元明詩概說

吉川幸次郎 著
鄭清茂 譯

作者吉川幸次郎先生(左)與譯者鄭清茂先生(右)於1972年攝於日本京都。
(照片提供／鄭清茂)

《元明詩概說》新版序

吉川幸次郎先生所著《元明詩概說》的漢譯本，由幼獅文化事業公司於一九八六年刊行。出版後曾獲國家文藝獎第一屆翻譯傑出獎。現已絕版。此次由聯經出版公司發行人兼總編輯林載爵先生提議再版發行，忝爲本書譯者，自無不欣然同意之理。在編印過程中，承編輯部朋友的鼎力協助，不勝感激，謹此致謝。屈指一算，原著者吉川先生逝世已過三十二週年忌辰，願藉此譯本再版的機會，表示個人對先生無限的仰慕與懷思。

鄭清茂　二〇一二年一〇月　臺灣

關於《元明詩概說》——代序

詩是中國傳統文學的主要形式；這是眾所周知的事實。但近來研究中國文學史的學者，對於近古各代的詩，不是敷衍了事，就是置之不理。中國的古典詩固然有其約定俗成的形式與基調，相沿既久，不容改變，卻不能因此就率爾斷定，以爲無非陳詞濫調，毫無新意。事實上，在這注定的命運之下，古典詩還是在繼續不斷地推移和發展；問題在其推移發展的眞相極爲微妙，難於掌握，不易闡明而已。不過我確信如果敢於面對這個困難，必能對中國文學史，甚至於中國文化史，獲得更完整更周到的認識。我這個粗淺的研究，就是想充當陳勝吳廣的角色，希望有人引爲同志，繼續並推展這個困難的研究工作。

以上是拙作〈關於漁洋山人的秋柳詩〉一文的結語。該文作於昭和十四年(一九三九)；當時正逢中國國勢不振，世界上盛行著「東方文明停滯不前」的時髦論調。

爾後，歲月如流，已過了四分之一世紀，但我所企待的「同志」並沒有接踵而來。既然如此，只好勉爲其難，再扮一下陳勝吳廣的角色，稍微擴大範圍，於去年先完成了《宋詩概說》，今年又接著完成了《元明詩概說》。

我很希望這兩本拙著，能夠充分地受到日本學界的批評。是非優劣姑且不論，總之是我盡力而爲的結果。過去我所寫的幾本著作，在國內往往如石沉大海，鮮有反響，反而總是先得到國外學者的評介。但願這次不會如此。

我想把自己與元詩明詩的因緣介紹一下，或許可供有意評論此書的人作個參考。

我與元詩或金元詩的接觸，開始於二十年前二次世界大戰期間，正在撰寫博士論文《元雜劇研究》的時候。爲了論文上篇〈元雜劇的背景〉，必須蒐集元代有關戲曲的資料，所以曾經立下了「宏願」，要把現存的金元人詩文集全部閱讀一遍，或至少瀏覽一番。不知幸或不幸，這些集子全部加起來，其實也只能找到兩百種左右而已。不過，有關演劇的資料原則上不會出現在詩文集中，眞是少之又少。這種調查的工作，就像在日本街上訪求愛斯基摩人一樣，不但要有耐性，也得靠運氣。幸而運氣還算不錯，終於在胡祗遹《紫山大全集》卷八裡，發現了一篇送給女伶的〈贈宋氏序〉，據其內容，得以確立了雜劇盛行的時代(詳《元雜劇研究》上篇第一章〈元雜劇的聽眾〉)。然而一旦有了收穫，「宏願」也就鬆懈下來。對著那些索然乏味的詩文集，興趣大減，越益感到海底撈針的徒勞，只好把剩下的稍加涉獵後，便草草收場了。

儘管如此，今天在日本與金元詩文集最有緣分的，說不定還是非我莫屬。還有一個人，爲了搜尋社會經濟史的資料，也曾細心地閱讀了所有金元人的集子。這個人就是人文科學研究所的安部健夫教授。但不幸的是，他在指出我的《元雜劇研究》有些資料的遺漏之後，不到幾個月，便留下了大量的卡片與世長辭了。

要之，當時我之所以涉獵金元人的集子，如上所說，另有目的，並非專爲讀詩而讀詩。只是每看到自己喜歡的詩篇，便用朱筆做了記號。這原是無意爲之，沒想到後來對這本書的寫作卻大有幫助。如果能像嚴謹的安部教授那樣一一作成卡片，那就更好了。

在金元作家裡，元好問最獲我心，所以把他的集子重複看了好幾遍。記得日本戰敗後一年，有機會與中國友人通信時，我曾寫了這樣的話：「平生所嗜，杜陵詩、遺山文，皆不祥物也。躬自閱歷，殆成言妖。」

至於我與明詩的結緣，則在元詩之後。

我的兩位恩師之中，鈴木虎雄先生酷好明詩。我在京都大學肄業時，就聽過他講李夢陽的課。狩野直喜先生卻正相反，以繼承清代學術自命；對於明朝文學成見頗深，認爲是毒害江戶以來日本漢文學的罪魁禍首，故斥之不遺餘力。這位博聞強識，無人能及的先生，常說「不知明人的事」而引以自豪。有時也說過：「在明朝，曲也不行。好的只有小說。」

我聽從了狩野先生的教導，對明代的一切相當冷淡。偶爾翻翻明人的集子，也總覺得不大合乎我的性情。後來突發奇想，何不叛離師說，探討一下狩野先生不屑一顧的明代文學；那已是停戰的時候了。當時明野史叢書《紀錄彙編》的景印本剛剛出版，便找來隨意看了一遍；有感於明人的直情徑行，興趣大增，而引起了繼續加以探討的願望。

大概是停戰後的第一年，我還在東方文化研究所的時候，京都大學史學研究會請我去做了一次演講，題爲「明代的精神」。那篇講稿找來找去都找不到，恐怕已經散失，不過演講的大意與本書第四章第一節所寫的大致相同。那時還在東北大學的小川環樹教授，因事來京都，談到「古文辭」運動。

我說這個運動便是明人直情徑行的一種表現。他也贊成我的看法。

自從轉職到京都大學文學部以後，就一直想講授明清詩，但怕準備不足，遲遲不敢貿然嘗試，只好重複講授漢至六朝的文學。這樣年復一年，久而久之，忽然發現在這方面，已有年輕的學者開始發表起出色的論著來。於是，我才終於斷然改變了講授的時代。不過，我卻跳過明朝，而從清初的錢謙益講起。直到三年前，也就是大學學年的昭和三十五年度（一九六〇—一九六一），才由錢謙益其人之詩再往上溯，利用並深入錢氏所編的明人詩選《列朝詩集》，正式開始講授明詩。在這期間，曾在《朝日雜誌》連載了〈沈石田〉一文，又爲前輩橋本博士古稀記念論文集，寫了〈李夢陽的一面——古文辭的庶民性〉。

總之，我在二十年前就與元詩結緣，但對明詩有計劃的探討，卻是最近幾年的事。宋詩亦然。去歲，即昭和三十七年（一九六二）暑期，在完成了《宋詩概說》之後，就接著著手本書的撰述工作。那時已與哥倫比亞大學約好，定於年底赴該校訪問講學，所以不得不加緊努力，在出國前總算草草趕出了初稿，便隨身帶到了太平洋的彼岸。客居紐約期間，本想利用這難得的機會多看點英文的書，而事實上也盡其所能而爲之，但是由於書店有交稿的期限，不得延誤，只好利用空隙進行修改，寫在航郵用的葱皮紙上，作成了第二稿。又經島田久美子小姐謄清後，我再加以補充，便是印成本書的第三稿。

本書的預告原爲《元明清詩概說》，但由於頁數有限，而且我的研究也有所不足，只好暫時把清詩部分付之闕如了。當我在美國的時候，有一次到普林斯頓大學訪問，住在該校招待所的二樓，早上在樓下的餐廳裡，偶然與一對英國人老夫婦同桌。他就是布里士妥爾大學希臘文學教授吉多先生。回到紐約後，買了一本他所著的《希臘》（*The Greeks*），一讀之下，才發現這本書也是半途而廢。不過，他在書裡說，如蒙上帝惠顧，假我數年，也許還有可能把剩餘的部分寫成一書。吉多先生看來比我年長。我在本書最後也說，盼能續寫一本《清詩概說》，說不定還有如願以償的機會。

目次

序章

第一節　元明詩的性質

本書是繼拙著《宋詩概說》（一九六二）之後，企圖考察元明代詩史的概論。元興於十三世紀初期，明亡於十七世紀中葉，前後共四百多年。至於清朝約三百年的詩史，一時無法兼顧，只好待諸來日，盼有機會另成一書，繼續加以論述。

本書所要探討的對象，不包括詞曲之類，只限於狹義的「詩」，亦即確立於唐朝而以抒情爲主的古詩、律詩、絕句三種詩體。這些詩體，不用說在宋朝，其後元明清各代，直到本世紀初，約七百年間，歷久不衰，仍然是中華民族最重要的文學形式；而且能夠承前啓後，繼續發展，不斷普及，產生了越來越多的詩人與作品。這個事實正反映著中華文明，在物質與精神各方面，都在不斷地進步，有力地否定了所謂「東方文明停滯不前」的輕率理論。中國詩是具有悠久傳統的文學形式，因此歷代詩人，不僅抱有護持傳統的使命感，往往也能以極為嚴肅的態度，認眞地抒寫各代發自人心的特殊感情，忠實地反映各代變化多端的不同現實，而為後世留下了寶貴的記錄。

不過，元朝以後詩壇的情況，跟以前的時代比較，卻不盡相同。至少有兩個新的現象。

第一是社會各階層廣泛的人們，開始積極地加入了詩人的隊伍，而且多數詩人的身分，已非官僚，而變成了所謂「布衣」的平民。

只要回顧一下從前中國詩的歷史，就知道到唐朝為止，甚至在北宋期間，有名的詩人基本上都屬於士大夫階級，亦即大小官吏，或有志於官場的書生。唐朝的韓愈、白居易；北宋的歐陽修、王安石、蘇軾等，不但是當代的代表詩人，也是當時朝廷的大官。至於李白和杜甫，則是欲求官職而失敗的例子。這樣的情況，到了十三世紀南宋末年，才開始發生了變化。我曾在拙著《宋詩概說》第六章裡，指出南宋末期的詩壇，已經顯出了漸由官場轉入民間的端倪。以後隨著時代的進展，這種趨勢也就愈益明顯起來。先是元朝，漢人在蒙古異族的統治之下，參預政治的機會大受限制。兼善天下之門既然不通，越來越多的人只好採取獨善其身的態度，退而求其次，把一生的精力消耗在詩歌上面。接著降至明朝，由於政治體制的改變，有利於平民勢力的抬頭和伸展，再加上教育逐漸普及，於是從事作詩活動的人數自然有增無減，終於促成了中國詩壇空前的盛況。其後進入清朝，這種現象還要持續下去，直到清亡為止。

當時的官僚當然也在作詩。詩文的修養一向是做官的必備條件，沒有置之度外的道理。只不過這個時期的官吏，大都是出身民間，通過公開的公務員考試，即「科舉」及第，而取得權位的才俊之士。貴族制度的消滅，可以說是宋朝以後中國社會的一大特色。其實，這不但在中國史上是個重要的演進，而且在同時期的世界史裡，也是中國獨有的發展。基於門閥家世的權位世襲制度，在唐朝多少還有蹤跡可尋，可是到了宋朝之後，就消滅殆盡了。從那時起，幾乎所有的中國官吏，都是不靠祖先的餘蔭，而只靠個人的能力，辛辛苦苦，衝破科舉的重重難關，好不容易才擠進了仕途的平民子弟。宋朝蘇軾的家世，直到他祖父一代，據小川環樹所著《蘇軾》(上)的〈解說〉，很可能還是個經營布莊的商販，可以視為較早的例子。這些出身於民間的新興官僚階級，由於家庭背景的關係，他們在日常起居上，不管是物質的或精神的生活，都不可能與平民社會完全脫節。有的甚至如明「前後七子」的情形，往往變成了民間詩壇的領袖人物。在他們的鼓吹和指導之下，吟詠蔚為風氣，於是作詩的人也就日益增多了。

這種現象，歷經元明清三代，非但不見衰落，反而繼續展開，更加普遍起來。在這前後七百年間，可以說隨時都存在著數千，乃至數萬的詩人，或至少具有作詩能力的人士。今天的日本，號稱擁有數萬的和歌人口、數萬的俳句人口。但在中國，類似的現象，早已有之，並不稀奇。當時中國的詩人人口的分布，密度最高的地區，當然首推長江下游流域的江蘇、浙江、安徽、江西各省。不過在國內其他省分裡，儘管有密度高低之別，也都有增無減，全面地呈現著愈益普遍的現象。

這就是在中國詩史上，元代以後的詩壇異於從前的一個新發展。換言之，就是這個時期的第一個特色。我認為這是個極為重要的發展。然而關於這一點，從來的學者似乎並不怎麼重視，也很少有人談到，所以不得不在這裡先加指出，也許可供文學史家的參考。

這個時期詩壇的第二個特色，或與從前不同的地方，便是學古擬古之風的盛行。本來，以過去的詩人及其作品為典範，而刻意加以祖述或模擬的作風，在文學史上其來有自，不是什麼新鮮現象。杜甫就說過：「熟精文選理」，「不薄今人愛古人」，「轉益多師是汝師」；表露了他尊崇古人、追求典範的心情。不過，這種意識行爲到了元代以後，卻被過分強調，甚至顯有變本加厲之勢。就某種意義說，這在詩人大量增加、作詩盛行的時代裡，也許是個理所當然，不可避免的現象。

一般而言，當時最受尊重而常被祖述的典範是唐詩。唐朝是古詩、律詩、絕句三種詩體完全確立，而臻於至善的黃金時代。難怪後世的詩人每每要借鑑於唐詩，仔細揣摩唐詩的措辭表現或感情內容，盼能從中求得一些作詩的靈感和方法了。崇尚唐詩的風氣，大概始於南宋末期，其後經元至明，終於達到了高潮。尤其在十六世紀間所謂「復古」時期，唐詩的地位更是如日中天，被詩壇奉爲至高無上的圭臬。不過，唐詩以抒情爲主，所以如果只學唐詩，而覺得有不足以應付日形複雜的現實的情形，也可以參考宋詩，拿來當作次要的典範。原因是宋詩比較注重敘述，富於社會意識，又有好發議論的傾向（詳拙著《宋詩概說》〈序章〉）。此外，唐代詩人如白居易等人的作品，由於在性質上比較靠近宋詩，往往也被列在次要典範的名單之中。這種祖襲古典的現象，與日本和歌文學的或祖《萬葉集》，或襲《古今集》的情形，頗有類似之處。說到宋詩的影響，其實也有過凌駕唐詩，風靡詩壇的時代。不過獨尊宋詩的局面卻來得相當晚，直到清末，才曇花一現而已。這與《萬葉集》之遲至江戶末、明治初，才壓倒《古今集》，成爲和歌文學的最高典範，如出一轍，也很相像。

以上所述的兩種情況，便是中國詩史在元明兩代的新發展、新趨勢，也可以說是當時日益顯著的特色。這兩種情況的存在，有長處也有短處，自然對當時的詩壇發生了或好或壞的影響。

崇尚典範，祖襲前賢，本來無可厚非。但若趨於極端，到了唯古人馬首是瞻的地步，則將斲喪獨創的潛力，而流於表面的模擬。結果難免會出現一些稀疏鬆散、內容貧乏、元氣不足、淡而無味的作品。這在當時，由於詩人人數的大量增加，再加上一般詩人重量不重質的習氣，就更進一步擴大了粗製濫造的現象。這是短處，也是有害的一面。

但在另一方面，詩人的大量增加，也提供了產生更多優秀詩人的機會。對於有良心而態度謹嚴的詩人而言，典範的存在，正如良師益友，不但無害，反而能引起肯定的刺激作用。更重要的是許多來自民間的人材，積極地獻身於作詩的活動。他們分別屬於元明兩代的新興階級，精力充沛，往往藉著詩的形式，大大地發揮了他們的才情見識。他們以新穎而敏銳的感性，仔細觀察並表現了層出不窮、變化多端的現實。再則宋代以朱熹爲中心而興起的「理學」，當時已經浸透民間；影響所及，即使遠在官場之外的一介平民，也多少具有對社會國家的道義心或責任感。所謂「天下興亡，匹夫有責」的觀念，早就深入民心，變成了人人共同的志趣。作起詩來，「在心爲志，發言爲詩」，自然常會受到影響。的確，在元明詩中，終篇專詠花鳥風月的作品，並不常見。要之，這個時期的中國詩的主要內容，可以說是各代新興階級的心理表現。以上便是長處，也是崇尚古代典範有益的一面。

儘管有長處和短處，但截長補短，利弊相除，我認爲這個時期中國詩的發展，還是健康的成分居多，依然不失爲傳統文學的主流。至少不像日本和歌文學的末流那樣，顯得有氣無力，索然乏味。

還有兩點值得注意。

其一、元明詩固然奉唐詩爲圭臬，祖之襲之，不遺餘力，但若細加吟味，就知道不一定照本宣科，毫無選擇。譬如唐詩中常見的過度的悲哀和絕望，就常被置之度外。究其原因，可能是當時平民的新興階級意識，趨向積極，發生了抑制的作用，有以致之。早在宋代大家蘇軾的詩裡，已經明顯地抒發了揚棄悲哀、阻遏絕望的情懷（詳拙著《宋詩概說》〈序章〉第七節與第三章第二節）。像蘇軾這樣出身市井的詩人，不失平民本色，充滿著樂觀進取的精神。他這個先例，可以說爲後代的平民詩人樹立了榜樣，指出了一個作詩的新方向。

第二、元明詩中純屬抒情的作品，固然陳陳相因，往往顯得千篇一律，無法擺脫前人的窠臼，但在另一方面，不少描寫或反映當時變化中的現實的詩篇，卻每多創意，令人有耳目一新之感。我覺得這才是值得重視的趨勢。簡言之，長處不在表現技巧，而在題材內容；不在怎麼寫，而在寫什麼。其實宋詩早有類似的傾向，元明詩能夠繼往開來，續加強調，成績也相當可觀。如果拿日本的和歌文學來做比較，遲至十九世紀江戶末期，因平賀元義、橘曙覽、大限言道等歌人的出現，才開始顯著的吟詠時代精神的傾向，在中國卻早在元明時代就已極爲普遍了。

此外，自元以後，還有一連串新的歷史現實，也對各代的詩風發生了很大的影響。在中國史上，向來尙稱柔順的非漢民族，終於一反常態，不但要與漢族分庭抗禮，而且敢於挑戰漢族的正統地位，甚至不只一次地取而代之，在中國的土地上建立了異族的王朝。如十三世紀間金朝與南宋之前後亡於蒙古，十七世紀中葉明朝之滅於滿族，又十九世紀到本世紀清廷之屢受西洋的侵略和壓迫，無一不是前所未有的巨變浩劫。每當這種所謂存亡續絕的關頭，有識之士往往慷慨悲歌，把他們的亡國之恨和故國之思，一五一十地抒發出來。於是，許多情緒高昂的抗議詩也就應運而生了。

本書的敘述，將著重中國詩在元明兩代普遍化的歷史；亦即如何發展衍變，而逐漸滲透廣大階層的過程。關於這方面，由於從來的學者大多置若罔聞，殊少言及，所以更有特予強調的必要。又當時的詩文學，既然顯有崇尙古法、祖襲前人的傾向，那麼，對於典範的選擇、模擬、態度、變遷等問題，也非隨時加以敘述不可。至於抗議詩的性質及其產生的時代，當然也要加以重視。

第二節　元明詩的文學地位——本書的意義

如上所述，元明詩或以後的清詩，顯然有其獨特的發展和性質。可惜的是從前的文學史家，卻往往置之不聞不問，拒絕給以公平而應有的評價。他們似乎認爲在同一時期裡，還有其他更值得重視的文學形式，所以就順理成章地把詩忽略或甚至加以輕視了。

這一時期整個文學史的發展情形，的確跟以前大不相同。自兩漢經六朝而到唐宋的文學史，可以說是詩與非虛構的散文所獨占的時代。所謂非虛構的散文，俗稱「古文」，指歷代史籍的文體，及其變形的短篇隨筆而言（詳拙著《談漢文》）。這種非虛構的散文與詩，簡稱「詩文」，基本上構成了宋朝以前文學作品的全部。至於虛構的文學，只有少數的所謂「傳奇」的唐人短篇小說而已。然而，從元代開始，虛構的文學就像河堤決口一般，澎湃洶湧地發展起來了。十三世紀的元「雜劇」，可以說是中國戲曲史的正式開幕（詳拙著《元雜劇研究》）。其後明清各代，繼續衍變發展，也產生了不少形式不同的戲曲。除此之外，成於十四世紀元末明初的《水滸傳》和《三國演義》，則爲中國小說史奠定了廣大的基礎。以後明有《西遊記》、《金瓶梅》，清有《儒林外史》、《紅樓夢》等，許多傑出作品相繼出現，先後風靡於世，大受歡迎。總之，戲曲小說這種虛構文學，便是這個時期的新興文學形式(genre)；當時與傳統的詩及非虛構的散文，並駕齊驅，共存共榮，各自產生了大量的作品。

中國的文學史雖然源遠流長，但有系統的整理研究工作，不管在日本或在中國，卻要等到本世紀初才始開其端。那些中國或日本的文學史家，每到敘述元明清文學的時候，都只注重新興的虛構文學

——戲曲和小說，而對當時的詩及非虛構的散文，則幾乎採取了輕視或無視的態度。

其所以如此，當然是有來由的。自從西潮東漸之後，中日兩國的文學史家，鑑於源出荷馬(Homer)的西方文學發展史，每每以虛構文學為其主流，也就理所當然地認為東方應該與西方一樣。於是，難免東施效顰，有意識地強調了虛構文學的存在。這是原因之一。不過，這種心態的出現，日本似乎搶先中國一步；因為早在明治末年，已有形跡可尋了。

再則中國的傳統文化，對於虛構的文學，一向採取貶斥壓抑或視若無睹的態度。從而有關的歷史資料不但零碎不全，有系統的整理研究也付之闕如。總之，在本世紀初，這是一片尚待開發的學術園地，只要發掘耕耘，多少便有收穫，所以能夠引起不少學者的興趣，爭先恐後，一擁而上，很快地變成了一門熱門的學問。這是原因之二。

然而最重要的原因，恐怕還是在「文學革命」的影響。這個開始於民國初年，以胡適為中心的文學改革運動，不但貶低了傳統文化的價值，也翻轉了過去對文學的評價基準。

「文學革命」運動的確有其值得稱讚的成就。如把公用的文體從文言改成白話，便是一個顯著的例子。但像這樣的成就，卻也牽涉到重估舊文學的問題。過去的詩以及非虛構的散文，包括元明清三代的作品，都使用文言文。反之，發生於同一時期的虛構文學，即戲曲小說之類，卻是使用白話的新文學形式。這種用語的差別，在「文學革命」以後，也就變成了決定文學價值的主要基準。於是，元朝以來的詩，由於仍然使用文言，自然受到了輕視忽視甚至於蔑視；而戲曲小說等虛構文學，則只因為採用了白話，卻反而大受尊重，甚至到了失之偏頗的地步(關於文言與白話的關係，請參看拙著《談漢文》)。

此外，也有從實質上來作評價的，認爲這一時期的詩，因爲蹈襲前人，注重模擬，所以總是陳腐淺陋，暮氣沉沉，索然無味，不值一顧；而戲曲小說則不愧是新興的文學形式，多半清新自然，活潑生動，興趣盎然，令人可喜。還有人更進一步，認爲從來的詩歌文學，由於具有古老的傳統，每每傾向保守，而堅持擁護「封建」的傳統立場。反之，戲曲小說不但能夠擺脫傳統的束縛，而且經常充滿著反抗傳統的意識。

我覺得這些都是一時的偏激之見，絕非理解中國文學發展史的正道。其實，在這期間從頭至尾，詩及非虛構的散文，尤其是詩，依然被視之爲文學的重心，照舊被當作表現眞摯感情的不二法門。至於戲曲小說之類，在「文學革命」以前，還一直被認爲是二流或三流的文學，不登大雅之堂的東西。因此，有頭有臉的人避之唯恐不及，能夠以公開而嚴肅的態度去創作虛構文學的，更是少之又少。像日本《源氏物語》那樣意識到虛構價值的小說，在本世紀魯迅出現以前，在中國文學史上，可以說鳳毛麟角，並不多見（參照拙文〈中國小說的地位〉）。

既然如此，那麼要研究元朝以後的文學，首先應該重視的當然是詩，至少不能把詩排除在外，視如敝屣。否則將無法正確而完全地認識當時文學史的實情。只憑用語的種類去評定文學價值，難免失之輕率，而且顯有政治判斷之嫌。時至今日，是應該加以反省的時候了。何況，其所以以虛構或非虛構爲評價的基準，也是來自對西方文學史一知半解的認識，本來就有以偏概全的缺憾，更不足爲訓了。即使西方文學，自荷馬以來，果眞是以虛構爲其主流和特色，那麼，我覺得東方更有理由強調西方所缺乏的非虛構文學，尤其是抒情詩的成就。

況且這個時期的詩壇轉入民間，多數詩篇成於平民之手；這一事實在社會史上，也具有極爲重要的意義。若能正確地了解當時中國詩的歷史及價值，我相信對於日本和歌俳句的研究，也能給予相當的啓發作用。或許可以幫助解答一個問題：難道和歌俳句只能算是「第二藝術」嗎？

除此之外，若能把當時中國詩與平民的關係，觀察得一清二楚的話，那麼，無疑的也可以幫助我們，對於從來文學史家所偏重的民間文學，即戲曲小說的歷史，獲得更正確而公平的認識。一般地說，民間的作家似乎都是精通了詩文學之後，心有餘而力尚足，才轉向虛構文學，另求發展的。從而兩者之間，應該是處於相輔相成的關係，不是互相矛盾的關係。戲曲小說的興替往往與詩文學的盛衰，互爲表裡，相反相成，便是最好不過的證據。這種情形在明朝尤其顯而易見。如果說，詩有「封建思想」，戲曲小說裡也俯拾皆是。反過來說，戲曲小說含有「反抗」的意識，其實在詩裡也屢見不鮮。要之，詩史的研究，不但對詩史本身不可或缺，同時在戲曲小說史的研究上，也具有重要的意義。當然兩者之間，偶爾也有不完全同興共衰的時期。如元代「雜劇」的盛衰，正好與詩的興替背道而馳，便是一例。不過，即使有一盛一衰的情形，衰的一方也從來未被完全忽略。譬如「雜劇」極盛的時期，詩的創作活動依然相當普遍，只是品質不精而已。附帶地提一下，我自己對中國的虛構文學也作過不少的研究工作，並不是完全的外行。

可喜的是自一九五〇年代以來，輕詩而重戲曲小說的偏向，似乎已有漸被糾正的跡象。譬如在最近中國人所寫的文學史著作裡，就彷彿看得出有些欲加糾正的意願在起作用。不過也只能說淺嘗輒止，我覺得還是不夠充分，不夠積極。至少對於東方非虛構文學的特殊價值，仍然缺乏敢於理直氣壯地加以肯定主張的信念和膽識。

本書便是在如此情況之下完成的。因爲還只是初步的嘗試，當然談不上完整無缺。尤其使我感到爲難的是作品數量的繁多。其實早在宋代已有類似的情形。我在《宋詩概說》(〈序章〉)中，曾經指出《宋詩紀事》中的詩人總數，遠遠超過了《全唐詩》，幾乎多了一倍；也曾經提到宋代的大詩人，大都是多產的作家。元代以後，由於民間詩人大量增加，同時也繼承了宋人多產的習氣，詩的產量也就越來越多，甚至到了氾濫的地步。像《全唐詩》那樣綜錄一代之詩的詩集，到現在爲止，只出現了一部《全金詩》而已。《全元詩》或者也有出現的可能性。至於《全明詩》及《全清詩》，成書的希望就更渺茫了。

元朝以後的中國詩，的確卷帙繁富，浩如煙海；我所讀過的大概還不到百分之一。我已經是個虛歲六十的人，餘年恐怕不多。但願後起有人，能夠再接再勵，繼續對這段詩史進行更深入、更有系統的研究工作。那麼，長江後浪推前浪，一定會有後來居上的成果。(譯者案：此書成於一九六三年，著者吉川氏已於一九八〇年逝世，享年七十七歲。)

第一章　十三世紀前半　金之亡國與抗議詩

第一節　蒙古風暴

在十三世紀期間，蒙古強悍的武力，像狂風暴雨般，橫掃東西各地，席捲歐亞兩洲，終於建立了空前的大帝國。這不但在中國史上，甚至在世界史裡，都不能不說是震古鑠今的一件大事。這股蒙古大軍的風暴，所向無敵。向東則波及日本，在日本史上留下了「元寇」之名；往西則吹過所謂西域的中亞各國，而直搗歐洲大陸。中國本土當然更不用說了。十三世紀初，女眞族建立在中國北部的金國，首當其衝，變成了蒙古鐵蹄下的犧牲品。於是產生了元好問等人的慷慨悲歌。當時在南方的南宋，幸而還在暴風圈外，得以偏安苟延，暫時在區域性的太平局面之下，繼續展開了民間詩人的創作活動（詳見拙著《宋詩概說》第六章）。然而好景不常，過了差不多四十年，即在十三世紀後半，這股暴風也吹進了南方。南宋望風披靡；雖有仁人志士起而反抗，但回天乏術，不久亦遭覆滅。這樣一來，蒙古終於吞併了整個中國，君臨了漢人的天下。於是乎文天祥等人的抗議詩，也就應運而生了。

本章與第二章所要討論的，便是這些反抗蒙古統治的詩人及其作品。這裡先談十三世紀前半，中國北方金亡前後的情形。在時間上，相當於拙著《宋詩概說》第六章〈南宋末期〉。

蒙古部人鐵木眞(一一六二——一二二七)，受周邊的部族擁戴，於一二〇六年即帝位，號曰成吉思汗，即《元史》上的太祖聖武皇帝。他一即位，就把矛頭指向領有滿洲與華北的金國，作爲第一個侵略的對象。九年後的一二一五年，便攻下金的首都「中都」北京，並且奪取了黃河以北的地區。金南渡黃河，遷都於汴京開封。不久蒙古的風暴轉向西方，席捲歐洲大陸。金朝因而得以苟延殘喘，暫時保持了命脈。但幾年後風暴凱旋東歸，在成吉思汗之子太宗窩闊台的率領下，終於攻陷汴京，滅了金朝，把整個中國北部置於蒙古勢力之下了。時爲一二三四年，即蒙古太宗六年，金哀宗天興三年，南宋理宗端平元年。

蒙古軍眞是名副其實的狂風暴雨。他們在攻城掠地的時候，有一套慣用的策略：假如受到包圍的城鎮自願請求歸順，他們就本著招降納叛的原則，寬大爲懷，不予深究。反之，要是稍有抵抗或拒絕投降，那麼在攻陷之後，便大開殺戒，除了俳優及工匠等技術人員之外，當地居民一律格殺勿論，絕不寬假。這套策略在攻占金的大小城鎮時，也一直沿用，嚴格執行，似乎收到了很大的效果。

蒙古軍這種殘暴的作風，從元詩人劉因爲友人田喜所撰的〈孝子田君墓表〉裡，可以略知一二：

「〔金〕貞祐元年(一二一三)十二月十有七日，保州陷，盡驅居民出，而君及其父與焉。是夕，下令老者殺。卒聞命，以殺爲嬉。未及君之父者十餘人，而君乃惻然，欲代其父死。遂潛往伏其父於下，以兩手據地，俛而延頸以待之。卒舉火，未暇省閱。君項腦中兩刀而死。夜及半，幸復蘇。後二日令再下，無老幼盡殺。時君已以藝被選而行次安肅矣。聞其父死，謂人曰：『我當逃歸葬吾父。』遂歸，求父尸而得之。負以涉河水，傷脛至血出。發母塚，下尸而塞之，乃還，而眾不之覺也。嗚呼！此其所以爲孝子者歟？」（《靜修先生文集》卷十七）墓表中的保州即保定，與安肅鄰近，俱爲河北省地名。

元好問有七律〈岐陽三首〉，抒寫金哀宗正大八年（一二三一）四月，陝西要地鳳翔淪陷時的慘狀。其第二首有一聯云：

野蔓有情縈戰骨，
殘陽何意照空城？

這大概是實景，不是詩的誇張表現。翌年又有七律〈壬辰十二月車駕東狩後即事五首〉，第二首有句云：

慘澹龍蛇日鬪爭，
干戈直欲盡生靈。

當時金都汴京被圍已經數月，哀宗剛剛脫圍出奔。詩人元好問困守圍城之中，「愁腸饑火日相煎」（第三首），眼看著生靈即將塗炭，於是悲痛萬分地寫下了這些詩篇（《遺山先生文集》卷八）。其後還不到一個月，果然汴京就被蒙古大軍攻下了。

蒙古的侵略，不僅是對生命的威脅而已，也意味著文明的荒廢滅亡。當時的蒙古人，至少還在東征西討期間，的確是最不尊重中國文明的部落。在此以前，凡是入侵或入主華北的異族，只要一進中國，就開始尊重華夏文化，採納中國體制，盡量實施漢化的政策。蒙古人卻不然。有些學者認為這是由於蒙古在接觸中國之前，早已受到西域風俗習慣的影響，養成了粗暴野蠻的作風。殺人放火，習以為常。當然無法了解高度文明的價值。

本來，北方部族的侵略中國，由來已久，並不自蒙古始。譬如慘遭蒙古覆滅的金朝，就不是漢人的政府。那是崛起於滿洲的女眞族，約於一百年前的十二世紀出頭，從北宋奪取了首都汴京及其領土的北半部後，在中國北方建立的異族朝廷。南宋只剩半壁江山，與之南北對峙，屢圖收復失地而不能如願以償；痛心疾首之餘，往往訴諸感情，不但鄙視金朝君臣，而且斥之為胡、虜、羌、戎、夷狄，甚至犬羊、犬豕、禽獸等等，不一而足。例如南宋大詩人陸游（一一二五—一二一〇），就是一個對金人充滿著憎恨，念念不忘於報讐雪恥的愛國志士。他有一首題為〈秋興〉的七言古詩，中有一段云：

中原日月用胡曆，
幽州老酋著柘黃。
榮河溫洛底處所，
可使長作旃裘鄉？

此詩作於南宋孝宗淳熙四年，即金第五代君主世宗的大定十七年（一一七七）。首句的「胡曆」，指金朝的建元年號「大定」。第二句的「幽州」，即金都中都北京。「老酋」指金主世宗皇帝。「柘黃」爲黃色，指天子黃袍。末句的「旃裘」，即毛皮大衣，爲胡人所穿，亦指部落的酋長。這個老不死的酋長居然恬不知恥地穿著中國天子的龍袍。「天無二日，民無二王」，中國應該只有一個天子，那就是我南宋的皇帝。怎麼可以讓夷狄的老酋長，隨便僭稱年號，冒充天子呢？何況他所侵占的領土，還是我們漢族的發祥之地！那有光榮歷史的黃河，那溫水長流的洛河流域，原來都是我們的江山。可是，現在這些地方卻被穿著毛皮的野蠻人據爲己有，當作他們的故鄉。這是漢族的莫大恥辱。我們一定要北定中原，絕對不許野蠻人長久在那裡占據下去。

然而實際上，女眞族所建立的金朝，並不像陸游所說那樣野蠻，那樣沒有文化。憑良心說，在入主中國北方的諸部族中，女眞族可以說是最敬重中華文明的。金朝的君主、貴族，還有少數的官吏，當然是女眞人。可是，絕大多數的官吏卻由漢人擔任。而且他們還忠實地繼承了漢人自豪的「科舉」，即公開遴選官吏的考試制度，作爲他們尊重中華文明的象徵。金朝科舉特別注重「詩賦」一科，是其特色。有人認爲當時退守南方的南宋，大體上祖襲程顥、程頤兄弟的「程學」，較重道德哲理的探討；而金則以「蘇學」之名倡導蘇軾的學風，偏重文學的修養和詩文的創作。

一般說來，金朝歷代君主大都善於漢文。雖然在太祖阿骨打及熙宗合剌兩朝，前後分別制訂了大小兩種「女眞字」，頒布國內通用，但那是拼湊漢字和契丹字而成的產物，流於形式，只能滿足民族主義的虛榮心，根本不切實際，無法廣被採用。在金朝諸主中，第三代的熙宗及第四代的海陵王迪古乃（漢名完顏亮），俱爲漢文能手。海陵王於正隆六年（一一六一）率大軍入寇南京，駐軍長江北岸時，據說親自作了一首七言絕句，詩云：

萬里車書盡會同，
江南豈有別疆封？
屯兵百萬西湖上，
立馬吳山第一峰。

同年年底，海陵王在揚州軍中遇弒而死。世宗烏祿繼位，建號大定。他就是陸游在前引〈秋興〉一詩中，斥之爲「幽州老酋」的第五代金主。世宗在位期間（一一六一—一一八九），外則與宋修好，維持了和平共存的局面；內則崇尚儒術，勵精圖治，實現了三十年的治世，號稱「虜中小堯舜」。他的治績可以媲美大約同時在位的南宋孝宗皇帝（一一六二—一一八九），因此在歷史上各有明主之譽。世宗的皇太子胡土瓦，善於畫竹，可惜早夭。帝位於是由皇太孫章宗麻達葛繼承。章宗在位二十年，極力仿效漢唐典章文物，可以說是最漢化的金朝皇帝。根據南宋周密《癸辛雜識》所載，當時有謠傳說，章宗是被金所虜的北宋末代皇帝徽宗趙佶的外孫。又據《金史》的〈選舉志〉，可知自海陵王以下金朝諸帝，往往親擬試題或審閱程文，有時還提出改進的意見，對於科舉制度表示了濃厚的興趣。

在這樣崇漢的心情和漢化的制度下，金朝一百多年，儘管不像南宋那樣產生過陸游等大詩人、朱熹等哲學大家，卻還可算是一個相當文明的國家。南宋人士之所以稱金爲胡虜、犬羊之類，除了敵愾同仇的民族感情之外，還有無形的鐵幕垂在對峙的兩國之間，致使雙方無由了解彼此的內情，恐怕也是個重要的原因。根據兩國之間所訂的幾次和約，只有在南宋孝敬歲貢銀絹、元旦致賀，或者偶逢雙方皇室有喜事凶事的時候，才互相交換使節，此外一概禁止吏民的接觸和往來。與陸游同輩的南宋詩人范成大（一一二六—一一九三），在金世宗大定十年（一一七〇），奉南宋孝宗之命出使金都「中都」北京時，曾經寫了七十多首七言絕句紀行詩（《石湖居士詩集》卷十二），其中有題爲〈耶律詩郎〉一首，嘲笑金「館伴使」的不學無術，連「提刑運使等字」也不認識（參照拙著《宋詩概說》第五章第二節）。不過，這只能說是個別的例子，不能代表金朝官場的全貌。范成大身爲南宋外交使節，住在招待宋使的「會同館」裡，形同軟禁；在嚴密的監視下，難怪無法觀察實際的情形。

一個社會的文明程度越高，人民的消費生活也就越奢侈，這是必然的現象。金朝的首都「中都」北京，以及蒙古入侵後的新都「汴京」開封，雖然比不上當時世界第一大都市——南宋的首都杭州，但也呈現著相當的繁榮。元好問年輕時，有一首七言絕句〈京都元夕〉（《遺山先生文集》卷十一），描寫了新都開封正月十五夜的街景：

袨服華裝著處逢，
六街燈火鬧兒童。
長衫我亦何爲者？
也在遊人笑語中。

詩人自己是個穿著「長衫」的書生。可是在明亮的月光下，在城裡六條大街上，卻是燈火燦爛，充滿著嬉戲的兒童和「袨服華裝」的仕女，似乎把蒙古的威脅忘在九霄雲外了。這時正當日本《新古今和歌集》(一二〇五)成立的時代，鎌倉三代將軍源實朝(一一九二—一二一九)被殺前後。可是較之日本的京都、鎌倉諸大都市，汴京要富庶繁華得多了。

就在金人紙醉金迷的時候，蒙古的狂風暴雨又從西方猛掃過來。新都開封在被圍一年之後，終告淪陷。末帝哀宗寧甲速脫圍而出，徐圖再舉，但不久在河南邊境的蔡州自縊而死。金亡。如前所述，那是一二三四年的事。

文明、繁華，如同幻夢，一朝成空。金人所尊重的中國傳統文明，尤其是文學與學術的價值；還有金人所忠實地繼承下來的中國政治體制，特別是選賢與能的科舉制度，都不是蒙古人所能理解的。於是，文明的脈搏停止了。科舉當然也被廢了。這對知識分子來說，不但是奪走了他們的特權，也威脅到了他們的日常生活。還有更大的威脅，那就是對生命本身；人人自危，生活在朝不保夕的恐懼之中。

在這樣的環境下產生的，便是當時第一詩人元好問的詩歌。不過在討論元好問之前，我想先談一談金詩的歷史。金國不但是個漢化很深的文明國家，而且具有百年左右的中國詩的傳統。對元好問而言，這個傳統是培養他的嫡系祖先，也是已故祖國的高度文明的見證。他在金亡之後，立即動手搜尋金詩，苦心編成了《中州集》，藉以表示他對前輩詩人的仰慕。我覺得先介紹一下這本集子，也算是對其編者元好問的一番敬意。

第二節　十二世紀的金詩《中州集》

元好問所編的《中州集》，收了金朝詩人約二百人的作品，總共一千九百八十三首。始於金人驅宋於南而入主華北，迄至汴京淪陷而亡於蒙古，即從十二世紀初到十三世紀初，前後大約一百年。金的領土包括古代豫州地區，處於九州當中，所以又有中州之稱。以「中州」做書名，也含有以華夏正統自居的自負。每個詩人的作品前面都附有小傳。元好問在這些小傳裡，常常附帶地抒發他對金詩的見解。

從這些小傳裡，可知金初的詩人泰半是被俘或羈押，不得已而降金的宋官。宇文虛中和吳激就是這樣的人。

宇文虛中(?—一一四六)，字叔通，四川成都人。原爲南宋資政殿大學士，高宗時使金，被拘不還，仕金至翰林學士承旨。有一首七言律詩〈己酉歲書懷〉(《中州集》卷一)，寫他羈留在北的心情：

去國忽忽遂隔年，
公私無益兩茫然。
當時議論不能固，
今日窮愁何足憐？

生死已從前世定，
是非留與後人傳。
孤臣不爲沉湘恨，
悵望三韓別有天。

末聯的「沉湘」，用屢遭放逐而終於沉身湘水的屈原故事。「三韓」原指朝鮮半島，這裡大概是因爲當時的金都上京在滿州會寧府（今吉林省），鄰近三韓之地，所以有此用法。這一聯的意思是說，他自己的不幸遭遇，並非像屈原那樣來自自己國君的蒙蔽不明，而是由於敵國的壓迫，軟硬兼施，不得不曲意逢迎。在這裡看不到祖國的天空，只能望著敵國廣闊的雲天，不禁悵然惘然。此詩作於「己酉」，即金太宗天會七年、南宋高宗建炎三年、西曆一一二九年。

吳激（?—一一四二），字彥高，號東山，建州人。他是蘇軾好友米芾的女婿。「工詩能文，字畫得其婦翁筆意」（《中州集》卷一）。南宋進士，官至朝奉郎。奉命使金，也像宇文虛中一樣被迫留下，一去不還，在金朝任翰林待制。其七言絕句〈題宗之家初序瀟湘圖〉（同上）云：

江南春水碧於酒，
客子往來船是家。
忽見畫圖疑是夢，
而今鞍馬老風沙。

原是「南船」之人，現在卻在「北馬」之地；這首詩流露了詩人羈留異地的悲哀。又在〈秋興〉(同上)一首裡，回憶江南美景來對照北國風物：

後園雜樹入雲高，
萬里長風夜怒號。
憶向錢塘江上樹，
松窗竹閣瞰秋濤。

他在寫這首詩的時候，當然知道錢塘江上的杭州，現在已經變成了故國南宋的新都了。

降至十二世紀中葉，海陵王時代，金的詩壇則以南宋降臣蔡松年爲重鎮。蔡松年(一一〇七—一一五九)，字伯堅，自號蕭閑老人。歸順金朝之後，官運亨通，升到尚書右丞。小傳云：「百年以來，樂府推伯堅與吳彥高，號吳蔡體。」(《中州集》卷一)到了十二世紀後半，世宗烏祿及章宗麻達葛時代，便有土生土長的文人，如蔡松年之子蔡珪(?—一一七四)、南宋詞人辛棄疾在北方時的同窗黨懷英(一一三四—一二一一)，以及元好問的老師趙秉文(一一五九—一二三二)等，相繼以「進士出身」的資格，成爲「翰林」重鎮，詩壇領袖。他們的作品，固然無法跟同時的南宋大家陸游、范成大、楊萬里的詩相比，但往往以南宋人看不到的北方風物入詩，是其值得注意的特色。如劉迎，字無黨，自號無諍居士，有古詩〈沙漫漫〉(《中州集》卷三)云：

沙漫漫，
草班班，
南山北山相對看；
我行乃在山之間。
行人仰不見飛鳥，
樹木足知邊塞少。
沙漫漫，
草班班，
我行欲趁西風還。
僕夫汝莫愁衣單，
我但著衣思汝寒。

這可能是在滿洲路上所看到的荒涼景象。「僕夫」指馬車馭者。末兩句的意思大概是：車夫啊，你只穿著單衣，一定很冷。但別發愁。我雖然穿著更多的衣服，還是覺得冷風刺骨，跟你沒什麼兩樣。推己及人，我當然不會不知道你冷得發抖的感覺。

進入十三世紀之後，蒙古入侵，奪去了黃河以北的領土，金不得不遷都於汴京開封(一二一四)。從那時起到亡國爲止，即所謂「南渡」時期二十年間，金的國運日非，但其詩壇卻反而熱鬧起來。而且與南宋的情形一樣，當時的金詩也有祖襲晚唐的傾向。不過雙方之間也有不同。南宋末期的詩壇充滿著民間作家；他們每每醉心於模仿姚合、賈島等晚唐詩人，寫些歌詠日常身邊瑣事的小詩（詳見拙著《宋詩概說》第六章）。另一方面，金詩卻奉唯美派的李商隱爲其祖師，仿之效之，不遺餘力。究其原因，大概與金朝詩人之多爲朝廷大官，詩壇中心在「翰林」，不能沒有關係。元好問特別推崇楊雲翼（一一七〇—一二二八）及其師趙秉文二人，以爲「南渡後二十年」翰林巨擘，「代掌文柄，時人號爲楊趙。」（《中州集》卷四〈楊雲翼小傳〉）

趙秉文，字周臣，自號閑閑道人。元好問說他「七言長詩，筆勢縱放，不拘一律；律詩壯麗，小詩精絕，多以近體爲之。至五言大詩，則沈鬱頓挫。」（《中州集》卷三〈趙秉文小傳〉）可謂推崇備至。當時的金詩多已亡失，唯獨趙秉文有完整的《滏水文集》二十卷，流傳於世。他的詩集中，除了模仿李商隱的七言律詩外，也有不少像蘇軾那樣「次韻」陶淵明詩的作品。所謂「蘇學」對金詩的影響，於此可見一斑。不過，就作詩的技巧而論，元好問對其作品的推崇讚譽，未免言過其實。只有幾首吟詠北方風物的小詩，尚富情趣，差可一讀而已。且舉一首寫雷雨的〈暮歸〉爲例：

貪看孤鳥入重雲，
不覺青林雨氣昏。
行過斷橋沙路黑，
忽從電影得前村。

寫得倒還輕巧可喜，但若與其弟子元好問所作同樣題材的詩（見下節），作一比較，在厚實活潑上面，就要相形見絀了。

總而言之，在大詩人元好問出現以前的金詩人，不管元好問如何推崇吹捧，畢竟還都是些小詩人。有人說金詩的特色在「清勁」。較之同時南宋末期的詩，的確清勁得多。但是我總覺得「清」有餘則「勁」不足；「勁」有餘則「清」不足，很少能夠兼而有之。當然，小詩人的詩自有不同的情趣，所以有時也會獲得博學之士的讚賞。譬如明末清初的批評大家錢謙益（一五八二—一六六四），曾把久被遺忘的《中州集》重刊於世，並且仿其格式和精神，他自己也編了一套明詩選，題爲《列朝詩集》。不過，錢謙益對《中州集》的過分推重，立即受到了弟子王世禎（一六三四—一七一一）的反駁。此外，清郭元釪也根據《中州集》，大加增補，編成了《全金詩》，共收五千五百四十四首，可是不大受詩家重視，未能進入古典之列。在日本則早在南北朝（一三三六—一三九二），《中州集》已有復刻本。繼之有所謂五山版，屢經重印，頗爲風行，似乎變成了室町時代（一三三八—一五七三）禪僧的必讀之書。降至江戶時代（一六〇三—一八六七），初期有延寶二年（一六七四）刊本。其後久被遺忘，直到末期，在社會動蕩、文壇繁瑣的空氣中，忽然於文化三年（一八〇六），出現了清顧奎光《金詩選》的復刻本，附有秦鼎、龜田鵬齋的序文。於是，《中州集》才又回到人們的記憶之中，受到了一些注意。

我在拙著《宋詩概說》（第六章）裡，曾經說到南宋末期，在中國詩史上，是個民間詩壇初次呈現盛況，平民詩人輩出的時代。然而那時在北方的金，到底還是個文明落後、正在發展中的國家，所以詩壇仍然把持在「翰林」官僚的手裡，說不上有什麼民間詩人。但預兆並非完全沒有。譬如元遺山推爲「三知己」之一的辛愿，字敬之，自號女几野人，又號溪南詩老，原是河南福昌縣出身的農民，

「年二十五，始知讀書。」他的詩現存二十首，見於《中州集》（卷十）。茲舉一首〈山園〉如下：

歲暮山園懶再行，
蘭衰菊悴頗關情。
青青多少無名草，
爭向殘陽暖處生。

要之，元好問之前一百年的金詩，可以說是為了產生元好問這個大詩人的準備過程。可是在這個漫長的過程中，堆積了足夠的經驗，打下了鞏固的基礎，替元好問的出現作好了準備的時候，金朝卻已面臨著滅亡的命運了。

第三節　元好問

元好問懷著亡國之悲，苦心編成了《中州集》，以期流傳後世，作為祖國文明的見證。當這本集子經由友人付印的時候，他寫了七言絕句〈自題中州集後五首〉（《遺山先生文集》）。在第一首裡，元好問表示了他對金詩的自豪之情，錄之如下：

鄴下曹劉氣儘豪，

江東諸謝韻尤高。
若從華實評詩品。
未便吳儂得錦袍。

「鄴下曹劉」，即曹植與劉楨，原是三世紀三國時代北方的詩人，這裡借來比喻北方金國的詩人，也一樣富於豪放的氣概。「江東諸謝」，指四世紀南朝謝靈運、謝惠連等謝家詩人，這裡用來比喻南宋詩的韻致之高。雖然祖國金朝的詩，與敵國南宋的詩，各有所長，但如果以表面的華麗與內容的充實作基準，來評定兩國之詩的品級高低，那麼，南宋不見得就會奪得冠軍。首獎恐怕還是我們金國的。「吳儂」指說吳語的蘇州人，這裡借來泛指南宋詩人。「錦袍」是唐代作詩比賽第一名的獎品，相當於錦標。

元好問這樣的豪言壯語，對《中州集》所收的金詩，其實並不恰當。不過，對元好問自己的詩倒很合適。他是十三世紀中首屈一指的詩人。同時代的南宋「江湖派」的詩人們，根本不是他的對手。他在十三世紀前半，寫了不少抒發亡國之悲的詩篇。到了同世紀的後半，南宋詩人也遭到亡國的命運，雖然也寫了不少悲痛的作品，但一般說來，在表現的力量上，還是不如元好問。總之，元好問不但是這個世紀的第一人，也是中國古今詩史上第一流的詩人之一。

元好問(一一九〇—一二五七)，字裕之，自號遺山。山西省忻州人。忻州靠近太原，位於中國本部的北端，是古代并州地域，也是「北風動地起，天際浮雲多」(《遺山文集》卷六續編〈并州少年行〉)的風土。元好問晚年，在一首五言古詩裡，描寫當地的秋景說：「霜氣一夏薄，杳杳秋山空。

臨高望煙樹，黃落雜青紅。造物故豪縱，窮秋變春容。錦障三百里，不盡臺山東。粲粲黃金華，羅生蒿艾叢。」（《遺山文集》）卷〈九日讀書山……十詩〉之四）在七世紀唐初所編的《北史》及《隋書》裡，比較南北儒學之不同，都說：「南人約簡，得其英華；北學深蕪，窮其枝葉。」（見各史「儒林」傳序言）這當然是簡化的概括之論，如果深信不疑，恐會導致決定論的偏見。不過，就元好問而言，他所生長的風土環境，對於他的詩的性質似乎有決定性的影響，至少不能說毫無關係。

元好問詩的主要特色是厚重——厚實穩重。他本來似乎是個性格激烈的人；對於外來的刺激，具有反應敏銳的詩人氣質。可是，他並不喜歡把他敏銳的反應，立刻輕率地表現出來。他總是先把刺激聚精會神地凝視一番，把接觸到的對象的任何與所有部分，摸得一清二楚，然後才把自己的反應表現出來。因此，在他的詩裡，很少有空洞無意義的字句。而且他並不以那些經過深思熟慮的表現爲已足，還要再下一番仔細凝練的工夫，使原已厚重的表現更多了厚重的分量。就厚重這一點而言，元好問恐怕是杜甫以後的第一人。

元好問生於金明昌元年（一一九〇），正值章宗麻達葛治世的開端。當時風聞章宗是宋徽宗的外孫（見本章第一節），大概也只是謠傳而已，自己不可盡信。不過，這位最漢化、最文明的「夷狄」君主，倒是與徽宗一樣，善於書畫，雅好音樂。所不同的是他比徽宗幸運，生前並未遇到亡國的悲哀。金國的文運以這位風流天子爲中心，風行草偃，終於發展到了最高峰。加之在章宗在位的末年，即泰和八年（一二〇八），元好問十八九歲的時候，南宋毀約來攻，金軍迎戰，大敗宋軍。南宋不得不把宰相韓侂胄的首級送到金中都北京，作爲再訂和議的條件，更助長了金國的聲威。

然而，正在金人沉醉於勝利的時候，蒙古的暴風雨，在不知不覺間，早就迫在眉睫了。在韓侂胄的首級送抵中都之前，北方蒙古的成吉思汗已經即位兩年。章宗無子，死後三年，才由叔父衛紹王繼位，建號大安。但那時的金國並不「大安」，已經處在蒙古暴風雨的侵襲之下。四五年後，衛紹王遇弒，章宗之兄宣宗吾睹補即位（一二一三），建號貞祐。蒙古的暴風圈越來越大，全國在風雨飄搖中，終於也吹到了元好問的身上。

貞祐二年（一二一四）三月，元好問的故鄉山西忻州淪陷。其兄元好古，字敏之，死於「北兵屠城之禍」。根據元好問所作〈敏之兄墓銘〉，這個哥哥「年二十就科舉。……再試不中，意殊不自得。又娶婦不諧，日致惡語，遂以狷介得疾。」可見是個不幸的人。同年八月，金遷都於汴京開封。翌年中都北京失守，黃河以北的領土全部落入蒙古之手。元氏一家遷到河南三鄉縣去避難。有名〈論詩絕句三十首〉（《遺山文集》卷十一），就是這個時候的作品。他在這一系列的詩裡，以批評的眼光檢討了漢魏以來古今詩人和詩派，有褒有貶，或取或捨，藉以發抒他自己對詩的見解和主張；充分表露了一個二十八歲青年的抱負。後來他又寫了《杜詩學》、《東坡詩雅》等專書，對他所景仰的幾個大家作了更深入的研究。可惜這些著作現在已經亡佚，只有各書的序文流傳了下來。

金宣宗興定五年（一二二一），元好問三十二歲，進士及第。這一年的監試官就是趙秉文。說到他們兩人的關係，還有一段有趣的插曲。根據〈趙閑閑眞贊〉（《遺山文集》卷三十八）及郝經所撰〈遺山先生墓銘〉（同上附錄）等資料，可知在興定初年，趙秉文看到了元好問的〈箕山〉、〈元魯山琴臺〉等詩，對於這個比自己年輕三十歲的青年，大為激賞，「以為少陵以來無此作也。」於是訂了忘年之交。由於這種特殊的關係，有人指責元好問的進士及第，是趙秉文等「元黨」徇私舞弊的結果。總之，當時金的詩壇，有祖襲晚唐唯美派詩人李商隱的傾向。風氣所尚如此，元好問自然也多少受到了影響。譬如他有〈野菊座主閑閑公命作〉七律一首（《遺山文集》卷八），從詩題上知道是奉趙秉文之命而作的。全詩錄之於下：

柴桑人去已千年，
細菊斑斑也自圓。
共愛鮮明照秋色。
爭教狼藉臥疏煙。
荒畦斷壠新霜後，
瘦蝶寒螿晚景前。
只恐春叢笑遲暮，
題詩端爲發幽姸。

首句的「柴桑人」指陶淵明。柴桑山在江西九江，是他住過的地方。陶淵明酷愛「東籬菊」的故事，人人皆知，不必細提。末聯的「遲暮」原是衰老之意，這裡比喻野菊開花，不在萬花齊放的春季，而竟在時節已晚的秋天。「幽姸」是幽雅孤高之美。這首詩力求文字的華麗，不脫習作的痕跡。但從末句所透露的志趣；作詩的目的在發掘野菊的「幽姸」，已可看出這個詩人喜歡凝視熟慮的端倪。他後來的詩以語彙豐富、用法切實見長；表現純熟而又有分量，不能不歸功於他年輕時，在唯美派的影響下，致力於文字之美的鍛鍊工夫。在私生活方面，當時在「南渡」後的紙醉金迷的氛圍中，他也難免沾了些享樂主義的習氣，覺得「獨惟醉鄉地，中有羲皇醇，」而希望「誰能釀滄海，盡醉區中民？」（《遺山文集》卷三十九〈酒裡五言詩說〉）這是他三十六七歲的時候。

接著在他四十歲前後，即金朝末帝哀宗寧甲速正大年間（一二二四—一二三二），輾轉於河南南部，做了內鄉、南陽、鎮平等地的縣令。其中內鄉一地，由於有許多逃亡的文人，相當熱鬧。他與杜善夫（字仲梁）、麻革（字信之）等，經常來往，成了很好的詩友。

從那時起，元好問在詩裡開始發揮了凝視熟慮的本領。譬如有一首七言律詩〈內鄉縣齋書事〉（《遺山文集》卷八），描寫他的感懷說：公務人員下班回去以後，我在內鄉縣的衙門裡，不覺已到了夜半時分，周遭是那麼空蕩蕩冷清清的，想到公事私事，百樣憂愁就像香煙繚繞般，絲來線去，一陣緊似一陣地薰著我的心坎。朝廷租稅的命令，一道緊跟著一道地下來，但是到現在，我卻還沒什麼政績可以記在考課表上。政府固然是爲了支援救國的戰爭，才通令地方人民捐獻穀子，可是有誰出得起呢？目前連老鼠都得忍饑受餓，到了不怕人的地步，儘遶著我的床，好像要跟我訴苦似的。忽然，外面的烏鴉大概受了驚吧，發出了悲涼恐懼的啼聲，打破了月夜的靜寂，聽起來也叫人心酸。百無聊賴之餘，不由得想起了我元家唐朝的遠祖元結（七一三—七七二）。他曾做過舂陵的地方官（道州刺史），正值安祿山之亂，也跟我一樣，不得不奉行橫徵暴斂的命令，於心不忍，而有意放棄官職，駕一葉扁舟，退隱山林之間，逍遙江湖之上。他是個拿得起放得下的人，深知窮達進退的道理。可是我呢？卻進退失據，無法脫下紗帽，而一走了之。回想他老人家悲天憫人、豁達豪放的胸懷，反觀自己的處境，實在慚愧之至。原詩如下：

吏散公庭夜已分，
寸心牢落百憂薰。
催科無政堪書考，
出粟何人與佐軍？
飢鼠遶床如欲語，
驚烏啼月不堪聞。
扁舟未得滄浪去，
慚愧舂陵老使君。

詩後有自注：「遠祖次山〈舂陵行〉云：『思欲委符節，引竿自刺船。』故子美有『輿含滄浪清』之句。」次山是元結的字，又有浪士、漫叟的外號。子美即杜甫。〔譯者案：元好問所引元結詩二句，不在〈舂陵行〉中，見於同時同地作的〈賊退示官吏〉。不過兩首都是抗議橫徵暴斂而同情人民的詩。〈賊退示官吏〉後半云：「使臣將王命，豈不如賊焉？今被徵斂者，迫之如火煎。誰能絕人命，以作時世賢？思欲委符節，引竿自刺船。將家就魚麥，歸老江湖邊。」杜甫爲元結好友，看到了他這些詩篇，頗有同感，作了一首〈同元使君舂陵行〉，中有「輿含滄浪清」之句，讚美他的襟懷。使君是當時對刺史的敬稱。〕

關於這首詩，有兩點值得注意。第一、以深夜的衙門辦事處入詩。這是從來的詩中少見的題材。據我所知，只有稍早的南宋詩人陸游偶一爲之而已。元好問敏銳的詩眼詩思，像杜甫一樣，往往能注意到別人所不注意的事物，所以令人有耳目一新之感。第二、表現技巧的推陳出新。如用「百憂薰」三字來形容憂心如焚的感覺，就很新穎而別致。「百憂」和「薰」都是極普通的語詞。但他卻能化腐朽爲神奇，把陳舊的用語變成詩歌的辭藻，使之再生，而且賦予新意。這是他的技巧過人之處，也可以說是他喜歡凝視沉思的結果。

元好問那善於凝視的詩眼，由內而外，一旦貫注在自然萬物上，也能有所發現而獨創新的詩境。約在同時所作的七言律詩〈張主簿草堂賦大雨〉（《遺山文集》卷八），就是一個很好的例子：

> 淅樹蛙鳴告雨期，
> 忽驚銀箭四山飛。
> 長江大浪欲橫潰，
> 厚地高天如合圍。
> 萬里風雲開偉觀，
> 百年毛髮凜餘威。
> 長虹一出林光動，
> 寂歷村墟空落暉。

這眞是神來之筆，絕妙的造型。先是嘈雜的蛙鳴、飛舞的銀箭、蓋天覆地的水簾，然後一轉，由合而開，展出長長的彩虹、靜靜的落日。藉著這一串形象的精妙的排比對照，發掘了前人視若無睹的自然奧秘，而造出了嶄新的境界。又「林光動」的「動」字，跟前舉「百憂薰」的「薰」字一樣，也是普通語詞的再生。

金哀宗正大八年（一二三一），元好問四十二歲，被召回汴京開封。翌年，入翰林知制誥，並爲尚書省掾。但這時的金國已經面臨著崩潰的邊緣了。困守在蒙古軍包圍的京城裡，他感時傷世，寫了不少所謂喪亂之詩。如哀悼陝西要地鳳翔陷落的〈岐陽三首〉、送走哀宗皇帝脫圍後的〈壬辰十二月車駕東狩後即事五首〉等，都是面對著大勢已去的國運，以悲憤但無助的心情，經過深思熟慮、千錘百鍊而成的佳作（《遺山文集》卷八）。如〈壬辰十二月車駕東狩後即事〉的第四首：

萬里荊襄入戰塵，
汴州門外即荊榛。
蛟龍豈是池中物？
蟣虱空悲地上臣。
喬木他年懷故國，
野煙何處望行人？
秋風不用吹華髮，
滄海橫流要此身。

詩中特別值得注意的是最後一聯。「華髮」是花白的頭髮。「要」字有不同的說法，但可以簡單地解作「需要」。這末聯的意思，根據我的解釋是：秋風啊，別以爲我老了，就儘吹著我滿頭白髮。你沒看到自古以來，天地間靜止無波的滄海，現在卻捲起了一股凶暴的浪潮？幾千年來持續不斷的中國文明，在蒙古的狂風暴雨之下，正面臨著危急存亡的緊要關頭。我要屹然不動地站在這股風暴當中，迎接滾滾而來的洪濤巨浪的衝擊。我不能倒下去。我一定要承受得住這種無情的考驗；因爲時代需要我這個人，我必須繼續存在。要我從事政治反抗已是無能爲力了。但我要做個中國文化的中流砥柱；我要以詩人敏銳的眼光，凝視這個可歌可泣、可悲可哀的時代，做歷史的見證，稍盡我作爲一個文人的責任。

哀宗天興二年（一二三三）正月，汴京守軍西面元帥崔立叛變，重組內閣，以尚書省掾元好問爲左右司員外郎。不久崔立打開城門投降了蒙古。元好問雖然幸而免於一死，卻屈服於當局的軟硬兼施，不得不參與崔立功德碑的撰寫工作，變成了他一生名節上的汙點。不過後來編寫元好問年譜的清代學者，如凌廷堪、翁方綱、施國祈等，都對這個詩人表示同情，而採取了替他辯護的態度。

汴京淪陷後，由於耶律楚材的關說，城民得以逃過了趕盡殺絕的命運。不過，所有儒佛道三教人士、醫生和工匠，都接到了強迫遷出的命令。元好問身爲「儒教人」，也便於同年四月二十九日離開汴京，五月三日北渡黃河，被押到山東聊城縣軟禁起來。在離京前七天，即四月二十二日，他寫了一封信給蒙古宰相耶律楚材，申述人材的難得與「斯文」的重要，並列舉了金的文化人士五十多名，以爲「衣冠禮樂，紀綱文章，盡在於是」，懇求「維新之朝」給予起碼的待遇和妥善的保護，以免他們「與草木同腐」（《遺山文集》卷三十九〈寄中書耶律公書〉）。雖然是一封懇求的書信，但在字裡行間，仍然流露著以中國文化正統自居的抱負。離京後，在前往聊城的路上，他觸景生情，也寫了若干律詩絕句，描寫所見所聞的慘狀，藉以發抒一己的感慨。

在聊城的軟禁生活中，他作了不少詩。其中有五言律詩〈十二月六日二首〉（《遺山文集》卷七），第二首云：

海內兵猶滿，
天涯歲又新。
龍移失魚鼈，
日食鬪麒麟。
草棘荒山雪，
煙花故國春。
聊城今夜月，
愁絕未歸人。

這一年元好問四十六歲。汴京淪陷前脫圍出奔以圖再舉的哀宗皇帝，已在河南蔡州自殺，完全斷絕了金朝的國運。這個悲慟的消息可能也傳到了聊城，所以才出現了「龍移」對「日食」這一聯。

兩年的軟禁解除之後，元好問繼續留在山東、河北地區，約有四年之久。這期間，他也跟一些其他金朝遺民一樣，受到了當地幾個「漢人世侯」的照顧。所謂「世侯」原是華北各地的土豪，後來接受了蒙古的招撫，但在軍事民政上仍然保持半獨立狀態的世襲軍閥。其中尤其是山東東平路行軍萬戶嚴實父子、其部屬山東冠氏縣令行軍千戶趙天錫，以及河北保定路軍民戶張柔，最能禮賢下士，對於元好問保護備至，極爲器重。於是元好問便在冠氏蓋了房子，過了一段稍爲安定的日子。但生活一安定，就難免懷念故鄉，所以在他四十九歲那一年的夏天，終於下定決心，舉家遷回了故鄉忻州。不過，以後他還是經常外出遊歷，往來於山西山東之間，直到去世爲止。

變成了亡國的遺民之後，元好問的詩眼詩思依然敏銳，甚於往昔。然而他所耳聞目睹的卻只是一片荒涼的景色。金朝百年所維持下來的中華文明，已經瀕於窒息的狀態，而新朝蒙古的政治體制，也還停留在模糊不清的階段。像暴風雨一樣消滅了金國的蒙古人，用虐殺的手段使漢人屈服歸順之後，由於不諳統治漢人的方法，便因地制宜，把政務軍權交給割據各地的世襲軍閥，然後很快地撤退出去。這些向蒙古宣誓效忠的軍閥，包括上舉的嚴實、張柔，以及河北五路萬戶史天澤、河北藁城行軍千戶董俊，合稱「漢地四萬戶」。這種情形維持了幾十年，所以那時的中國北部，可以說在一種無重心的半割據狀態之下。

對元好問而言，除了從事文學創作之外，還有一個極爲重要的任務。那就是爲滅亡的祖國留下正確的政治與文化的記錄。《中州集》便是他蒐集文化史料的成果，至今仍在流傳。關於政治方面的記錄，他也有著書的計畫。金亡後五年，即蒙古太宗窩闊台十一年(一二三九)，元好問五十歲，剛從山東返抵故鄉忻州後，便在當地的讀書山蓋了書齋，給取了個名字叫「野史亭」。那一年所作的五言律詩〈己亥元日〉(《遺山文集》卷七)云：

五十未全老，

衰容新又新。
漸稀頭上髮，
別換鏡中人，
野史纔張本，
山堂未買鄰。
不成騎瘦買，
還更入紅塵？

他對修史的計畫和努力，也散見於其他的詩。例如在冠氏所作〈學東坡移居八首〉中的第六首，是一首五言古詩，開頭就說：「國史經喪亂，天幸有所歸。但恨後十年，時事無人知。……」全詩三十行，都在強調修史的重要，尤其要經過敵人醜化的乖違傳聞，爲祖國留下公平可靠的歷史記錄（《遺山文集》卷二）。他原來計畫根據金歷朝實錄編寫金史，未能如願以償，只好採錄《金源君臣遺言往行》，作了《野史》百餘萬言。現存的《金史》編訂於十四世紀中葉元朝末年，以文筆優美見稱。這是因爲大量採用了元好問原稿的結果。

雖然他在前引詩裡，爲「還更入紅塵」而表露了心裡的矛盾，但爲了蒐集史料，以後也經常騎著「瘦馬」，眼看空幻之景，心懷緲茫之情，往來於各地之間。又有五言律詩云：

村靜鳥聲樂，

山低雁影遙。
野陰時滉朗，
冷雨只飄蕭。
涉遠心先倦，
銜寒酒易消。
紅塵忘南北，
渺渺見長橋。

詩題〈乙卯十一月往鎭州〉（《遺山文集》卷七）。鎭州是河北眞定，亦即石家莊。乙卯是蒙古憲宗蒙哥五年（一二五五），金亡後二十一年。元好問六十六歲。一切自然景象都顯得那麼遙遠，那麼渺茫；只見當中有一道像幻影似的長橋，直向虛空裡延伸過去。

金亡之後二十七年，即蒙古憲宗七年（一二五七），元好問去世，享年六十八。現存的詩有一千三百多首。他晚年有一件值得一提的事，就是在六十三歲那年，曾經迢迢北上內蒙古，往上都開平晉謁了主管華北漢地軍國庶務的忽必烈。忽必烈就是後來的元世祖，在蒙古諸帝王貴族中，最能理解漢人文化的價値。《元史》（〈本紀〉）說他：「知人任使，信用儒術，用能以夏變夷。」元好問可能對這個將來的蒙古皇帝，寄予某種程度的期待，所以會同替他引見的張德輝，「請世祖爲儒教大宗師，世祖悅而受之。」（《元史》〈張德輝傳〉）我想順便提一下「儒教」兩個字。這個複合詞，在日本雖然習以爲常，但在中國卻不多見。這是稀有的用例之一。

元好問不但是個優秀的詩人，也是個富於創見的詩論家，而且多半採用詩的形式，發揮他自己對詩的評論和主張。最有名的是早年所作的〈論詩絕句〉三十首（《遺山文集》卷十一），還有〈論詩三首〉（同上卷十四）。他在這些詩論的詩裡，檢討以前各代的詩史和詩人，期能從中發現可資借鑑的典範。他以後也有一些詩人或批評家，用同樣的方式，進行詩歌的討論。我在本書〈序章〉裡，曾經指出以後的中國詩，每每帶有濃厚的崇尚典範的模仿意識。元好問可以說是開風氣之先的一人。（關於他的〈論詩絕句〉及詩論，可參看郭紹虞《中國文學批評史》四九、小栗英一《元好問》解說。）

金朝「蘇學」盛行，久成風氣。元好問在這個傳統之下，自然會對蘇軾的詩發生濃厚的興趣。不過，如果仔細玩味他的詩和詩論，就可以看出，他似乎更景仰蘇軾所景仰的陶潛。尤其喜歡陶詩不重華飾、句句有內容的風格。譬如在〈繼愚軒和黨承旨雪詩四首〉五言古詩中（《遺山文集》卷二），就有「吾愛陶與韋，泠然如冰玉。……誰爲起九原，寒泉薦芳菊」之句（第二首）。愚軒是趙元的號，字宜之，黨承旨即黨懷英，字世傑；都是元好問的好友。又同題第四首云：

愚軒具詩眼，
論文貴天然。
頗怪今時人，
雕鐫窮歲年。
君看陶集中，
飲酒與歸田。

此翁豈作詩？
直寫胸中天。
天然對雕飾，
眞贋珠相懸。
乃知時世粧，
粉緑徒相憐。
枯淡足自樂，
勿爲虛名牽。

足見他對「今時人」的「時世粧」，即刻意雕飾的作風，是頗不以爲然的。詩中的「飲酒與歸田」，指陶潛的〈飲酒詩〉、〈歸去來辭〉、〈歸園田居〉等作品。這首詩從頭到尾所強調的，就是作詩要像陶潛那樣，「眞寫胸中天」；無論在內容或表現上，必須自然，必須眞摯。即使爲了注重自然與眞摯的成分，而導致了「枯淡」的結果，也是一種情趣，照樣值得高興。何況所謂「枯淡」並不是空洞無物，而是純熟充實的表現。是一種只有經過深思熟慮，去粗取精之後，才能達到的境界。

此外，他在另一首五言古詩〈與張仲傑郎中論文〉裡，也談到了詩文寫作的方法（《遺山文集》卷二）。張弘略，字仲傑，是「四萬戶」之一的張柔的兒子。全詩錄在下面，並夾以簡單的說明：

文章出苦心，

誰以苦心爲？
正有苦心人，
舉世幾人知？

「苦心」一詞，正是殫精竭力、深思熟慮之謂。

工文與工詩，
大似國手碁。
國手雖漫應，
一著存一機。

「國手」是某種技藝的全國冠軍。這裡指圍棋第一高手，相當於日本的「本因坊」。高手下棋，雖然看似漫不經意，但每下一著，都是關鍵所在，環節所繫，無不出自靈機巧智，絕不敢掉以輕心。下棋如此，詩文的創作也應如此。

不從著著看，
何異管中窺？
文須字字作，

亦要字字讀，
咀嚼有餘味，
百過良未足。

創作的時候，固然要像高手下棋一樣，步步爲營，字字斟酌，力求縝密周詳，即使在誦讀詩文的時候，也要字字咀嚼，反覆體會，才能得其眞意，而享受無窮的餘味。斟酌咀嚼的次數越多越好，甚至一百遍也還嫌太少。

功夫到方圓，
言詞通眷屬。

「功夫」謂致力與造詣。「方圓」喻無上的法則，至善的境界。只要肯下功夫，耐心鍛鍊，便可以達到「方圓」的地步。「言詞通眷屬」這句的意思，不甚了了。大概是說，一旦功夫到家，在語言文字的使用上，就能得心應手，一無阻礙，而獲得無懈可擊的表現技巧。可惜的是眞能了解個中消息的人，在目前卻是少之又少。如果以音樂作比：

只許曠與夔，
聞絃知雅曲。

今人誦文字，
十行誇一目。

只有像古代「曠」與「夔」那樣的音樂大家，才能真正理解並欣賞典雅純正的樂曲。「雅曲」喻至善至美的文學作品。至於現在的俗人，誇口一目十行，但求迅速，不求甚解，根本不是做學問的正當途徑。其結果是：

鬩顫失香臭，
瞀視紛紅綠。
毫釐不相照，
覿面楚與蜀。
莫訝荊山前，
時聞刖人哭。

就像壅塞的鼻子，聞不出香或臭；像色盲的眼睛，看不清紅與綠，等於失去了鑑別良莠、明辨是非的功能。「毫釐」與「楚蜀」分別代表至近與至遠的距離。於是，即使連最淺近的意思，也會視若無睹；對面既不相識，何況是深遠的道理？那就眞的是咫尺天涯，更可望而不可即了。最後一聯採用了「和氏璧」的故事。楚人卞和得玉璞於荊山中，好心好意地獻給了國王。鑑定專家卻硬說那只是石頭，不是什麼寶玉。國王以為他有意欺騙，一氣之下，砍斷了他的兩條腿。卞和滿懷冤曲，抱著玉璞，回到荊山下大哭了幾天幾夜。有人問他，他說：「吾非悲刖也，悲夫寶玉而題之以石；貞士而名之以誑，此吾所以悲也。」（《韓非子》〈和氏〉）純正眞實的文學，也像和氏之璧一樣，必須經過一番切磋琢磨的功夫，才能發現其中的寶貴價值。可是世上懂得這個道理的人，實在太少了，怎不令人悲傷呢？

元好問在散文裡，特別是序引之類的作品中，也經常發表他對文學的議論。如為友人楊叔能所作的〈小亨集引〉說：「詩與文特言語之別稱耳。有所記述之謂文，吟詠情性之謂詩；其為言語則一也。唐詩所以絕出於《三百篇》之後者，知本焉爾矣。何謂本？誠是也。……由心而誠，由誠而言，由言而詩也。……故曰『不誠無物』。」（《遺山文集》卷三十六）他之所以尊奉唐詩，主張「以唐人為指歸」者，無他，有誠而已。《中庸》云：「誠者，物之終始。不誠無物，是故君子誠之為貴。」所謂「誠」就是眞摯、實在、自然、深思熟慮。「物」字可作「內容」解。簡言之，不眞誠的文學就是沒有內容的文學。

他特別崇敬的詩人，除了陶潛之外，還有杜甫。這是理所當然的事。杜甫不但重視內容的誠實，也重視表現的誠實，可謂誠中而形於外，表裡一致。元好問在為楊飛卿《陶然集詩》所作的序文裡（《遺山文集》卷三十七），就引用了杜甫的「老去漸於詩律細」、「語不驚人死不休」等句，作為詩貴眞誠的證據。

元好問的詩，可以說誠而有物，並未辜負他自己在詩論上的抱負。雖然在明朝一度乏人問津，幾被遺忘，但是到了清初，由錢謙益發現了《中州集》以及他的詩，大加揄揚之後，詩譽有增無減，在中國詩史詩論上，確立了不可動搖的地位。在日本自江戶末期以來，元好問也一直擁有不少的讀者。

在他的詩集裡，也可以看到一些極度簡明率直的短詩。這大概與他北方人的氣質有關。例如七言絕句〈聞歌懷京師舊遊〉（《遺山文集》卷十二）：

樓前誰唱綠腰催？
千里梁園首重回。
記得杜家亭子上，
信之欽用共聽來。

「綠腰催」是俗曲名。「杜」是杜善夫，「信之」是麻革的字，「欽用」是李獻甫的字；都是他以前的詩友。他把當時流行的俗曲，以及自己朋友的名字，直接寫在詩裡。除了「梁園」是金都開封的雅名之外，什麼典故也沒有。

登山詩之多，也是元好問的特色之一，值得注意。在其他中國詩人的作品裡，登山詩並不是沒有，但只偶一爲之，不能算是一個普遍的特色。元好問的登山之作，多爲古體長篇，不便引用全詩。這裡只舉〈遊承天鎭懸泉〉首句，「詩人愛山愛徹骨」（《遺山文集》卷五〈續編〉）爲例，以見其遊山的雅興之一斑。

除了登山詩外，他也有不少吟詠杏花的作品，多達數十首。在荒涼的北國，漫漫長冬之後，春回大地，萬花齊放，滿山遍野，一片燦爛。其中最濃艷的就是杏花。

未開何所似？
乳兒粉粧深絳唇。
能啼能笑癡復駭，
畫出百子元非眞。
半開何所似？
里中處女東家鄰。
陽和入骨春思動，
欲語不語時輕顰。

這是雜言古體〈紀子正杏園燕集〉裡的一段（《遺山文集》卷五），有自注云：「甲午歲。」可知是作於開封淪陷後第二年的春天，正值金朝覆滅前後。那時他還被軟禁在聊城地區。這個充滿著激情而不得不壓抑激情的詩人，在那未開、半開、爛漫、而終於繽紛的杏花裡，說不定也看到了自己的影子。

第四節　耶律楚材

除了元好問之外，當然還有一些金朝的遺民詩人，如麻革、張宇、陳賡、陳庚、房皞、段克己、段成己、曹之謙等。他們的作品見於房祺所編的《河汾諸老詩集》。這是一本小冊子，收詩有限，也並不重要，可以略而不論，我在這裡，只想介紹一下征服者蒙古方面的一個參謀人物，就是歷仕成吉思汗及窩闊台兩朝，官拜中書令的耶律楚材。耶律是複姓，也可以寫作移剌。

耶律楚材（一一九〇－一二四四），字晉卿，契丹人，爲遼東丹王突欲八世孫。其父耶律履是金朝大官，仕金世宗爲尙書右丞。據元好問〈故金尙書右丞耶律公神道碑〉（《國朝文類》卷五十七），耶律履一生崇拜蘇軾，以爲宋之名臣無出其右者。又記有一段逸事云：

> 世宗曰：「吾聞蘇軾與駙馬都尉王詵交甚款，至作歌曲，戲及帝女，非禮之甚，其人何足數邪？」公曰：「小說傳聞，未必可信。就令有之，戲笑之間，亦何須深責？豈得並其人而廢之？……」明日錄軾奏議之上。詔國子監刊行。

由此可見，宋蘇軾在全國的聲譽及影響，並不限於文學界內，也及於宮廷官場，至被認爲是賢臣的楷模。而耶律履對於金「蘇學」的盛行，大力鼓吹，居中推動，也顯然作出了不少的貢獻（關於蘇軾的「小說傳聞」，可參看拙著《元雜劇研究》下篇第一章〈元雜劇的構成〉）。

耶律楚材就是這麼一個金朝重臣的兒子。他與元好問同年出生，但兩人在政治生命上的遭際，卻有雲泥之別。金宣宗貞祐二年（一二一四），金遷都汴京開封，耶律楚材時爲左右司員外郎，奉命留守中都北京。翌年，北京失陷，他被成吉思汗召見。仇人見面，不但不眼紅，反而一拍即合，隨即歸順了蒙古。以後成吉思汗征討西域諸國，他都隨侍左右；運籌帷幄，變成了極受器重的親信。

成吉思汗死後，太宗窩闊台即位，拜耶律楚材爲中書令，事無巨細，一以委之。言聽計從，無以復加。據宋子貞所撰〈中書令耶律公神道碑〉（《國朝文類》卷五十七），耶律楚材「以命世之才，值興亡之運。本之以廊廟之器，輔之以天人之學。纏綿二紀，開濟兩朝。贊經綸於草昧之初，一制度於安寧之後。自任天下之重，屹然如砥柱之在中流，用能道濟生靈，視千古爲無愧者也。」身爲金國降臣，而能歷仕新朝二主，成爲開國功臣；又能頂住蒙古權貴的排擠誣謟和野蠻作風，使無數生靈免於荼毒之禍，可謂厥功甚偉，殊爲難得。譬如說，有人主張漢人無補於國，「不若盡去之，使草木暢茂，以爲牧地。」他就建議徵收「地稅、商稅、酒醋鹽鐵山澤之利」，而阻止了屠殺漢人的殘酷措施。又如金都汴京陷落後，依照過去慣例，「凡敵人拒命，矢石一發，則殺無赦」，蒙古軍準備入城後，「盡屠之」。他就以「得地無民，將焉用之」的道理，說服了窩闊台，救了一百四十七萬戶的人命。又如「遣使入城索取孔子五十一代孫，襲封衍聖公。」並「令收拾散亡禮樂人等，及取名儒梁陟等數輩，於燕京置編修所，平陽置經籍所，以開文治。」又如包括西域人忽睹虎在內的朝臣，主張採取「以丁爲戶」的抽稅辦法，他就反駁道：「自古有中原者，未嘗以丁爲戶。若果行之，可輸一年之賦，隨即逃散矣。」結果另訂了適合漢人地區的稅制。又如爲了防止回鶻人的高利貸，以官銀代還當地官吏的債務後，規定「不以歲月遠近，子本相侔，更不生息，遂爲定制。」又如「侍臣脫歡奏選室女，敕中書省發詔行之。」他就以「恐重擾百姓」爲由，使朝廷取消了原來的計劃。又如「太原路課稅使副以贓罪聞。上讓公曰：『卿言孔子之教可行，儒者皆善人。何故亦有此輩？』」他就辯護說：「不義者亦時有之。……豈可因一人之有過，使萬世常行之道見廢於我朝乎？」又如窩闊台嗜酒如命，晚年尤甚。他「數諫不聽，乃持酒糟之金口，曰：『此鐵爲酒所蝕，尚致如此，況人之五臟有不損耶？』上悅。賜以金帛，乃敕左右日進酒三鍾而止。」諸如此類，不勝枚舉。所以〈神道碑〉最後說：「若此時非公，則人之類又不知其何如耳！」

耶律楚材有《湛然居士集》傳世。集中常有描寫西域風物的詩歌。如〈河中春遊有感五首〉（卷五）第三首云：

異域河中春欲終，
園林深密鎖頹墉。
東山雨過空青疊，
西苑花殘亂翠重。
把欖碧枝初著子，
葡萄綠架已纏龍。
等閑春晚芳菲歇，
葉底翩翩困蝶慵。

詩中的「河中」是撒馬爾罕，不是唐代設立於山西汾水與黃河之間的河中府。

這本詩文集，對於歷史學者或地理學家，也許可以提供一些有用的資料，可惜還沒有被細心而充分的利用。耶律楚材還有一本用散文寫的《西遊錄》，藏在日本宮內廳書陵部，久無人知。經神田喜一郎發掘出來，公之於世後，已經變成了西域研究的寶貴資料。

第二章　十三世紀後半　南宋亡國與抗議詩

第一節　南宋之亡國

十三世紀初葉，當中國北部在蒙古風暴的肆虐下，呻吟呼號，作垂死掙扎的時候，南宋不但幸而處於暴風圈外，而且以紙醉金迷的首都杭州爲中心，民間的詩壇開始抬頭而逐漸熱鬧起來（詳見拙著《宋詩概說》第六章）。這與江戶末期的日本，對於掃過印度而襲到中國的西洋風暴，或一無所知，或漠不關心，居然還發展了高度「町人」（商人）文學的情形，可以說如出一轍，差堪比擬。當然，風暴的影響不能說完全沒有。特別是在蒙古第二代皇帝太宗窩闊臺的時代，在南宋的邊境，就經常可以看到蒙古的騎兵，在那裡出沒窺伺。不過，後來窩闊臺再度西征。接著由於他的死亡（一二四一）而引起了繼位之爭，懸而不決，達十餘年之久，當然無暇外顧，於是南宋更把蒙古的存在置之度外了。雖然太宗的養子（拖雷長子）憲宗蒙哥，在即位後第八年（一二五八），曾與其弟忽必烈分從南北入侵，聲勢浩蕩，暫時割斷了南宋的疆域，卻又因爲蒙哥之死而受到挫折。忽必烈只好中止原來的計劃，正好南宋宰相賈似道派人來進行秘密外交，表示願意向蒙古稱臣並納歲幣，他也就因時制宜接受了這些條件，便班師返回北京了。關於這次喪權辱國的和約，由於賈似道的瞞上欺下，作了不實的報告，所以南宋居民一無所知，還以爲打了勝仗，更不把蒙古的威脅放在眼裡，繼續過著紙醉金迷的生活，維持了首都杭州的太平景象。

然而太平的日子畢竟有限。差不多過了二十年，蒙古的風暴又向南吹，在忽必烈的指揮下，終於併吞了南宋，完成了征服並統治整個中國領土的目的。

忽必烈，即元世祖皇帝，與從前的蒙古君主大相徑庭。在他以前的幾個汗，眼高志大，並不以君臨中國領土爲已足；而他卻一心一意想作中國一地的統治者。爲此，他至少在表面上不惜紆尊降貴，禮遇儒者，對中國文化表示相當的敬意。譬如說，蒙古人從前的紀年，極爲單純，還只用鼠兒年、丑兒年那樣通俗的方式。但到了忽必烈繼蒙哥而稱汗之後，就模仿漢族的朝代，開始採用紀元制度，建號中統（一二六〇——一二六三），旋又改元爲至元（一二六四——一二九四），可謂有意推行漢化的象徵。登基後第五年，即至元元年，定燕京爲「大都」，作爲政治的中心。至元八年，建國號曰「大元」；蓋取「大哉乾元，萬物資始」之義（《易經》）。這個國號屬於「稱義而名」之類，仿古代先王之例，如堯之唐、舜之虞、禹之夏、湯之殷等，不學後世秦、漢之「從初起之地名」，或隋、唐之「即所封之爵邑」（《元史》〈世祖四〉）。此外，又大量延攬漢人儒學或文學之士，問以治國之道，並徵召當時北方程朱學大家許衡，拜爲「國子監祭酒」，好像也有發展中國傳統儒學的意圖。

不過，忽必烈本人並不懂漢文，因此他對中國文化的善意和尊重，難免有一定的限度。特別是對詩賦文學極為冷淡；不但毫無興趣，而且相當反感。所以儘管有人提議恢復科舉，也都斷然加以否決；理由是科舉所重無非「詩賦空文」，既無益治國，反而有害世風。他所期待於漢籍士人的，不是文學的才華，而是實際的能力（《元史》〈董文忠傳〉，又〈楊恭懿傳〉）。在另一方面，他卻不憚其煩，常常通過翻譯，延請通儒碩學來談道說理。尤其是許衡進講的程朱之學，因為總要談到修身齊家治國平天下的實用道理，更能使他聽得津津有味，而大加讚賞和尊重。那股破壞中國文明，蹂躪漢人生命的蒙古風暴的威力，到了忽必烈的時代，才終於開始減弱了。

然而也正因為如此，他更希望能做個完全的、名副其實的中國統治者。中統元年，他一即汗位之後，覺得與南宋有建立外交關係的需要，便派遣元好問的弟子郝經為「國信使」，前往杭州辦理交涉，企圖正式簽訂兩國之間的和約。但是南宋的宰相賈似道，由於怕洩露過去答應忽必烈的喪權辱國的條款，心裡一狠，竟把郝經拘留在長江岸邊小鎮眞州，達十六年之久。郝經在拘留期間，無所事事，只好專心於經史的著述，或作詩文自娛。有一詩云：

佇立無人語，
巡簷思慘然。
夜江寒浸月，
春樹暝生煙。
計拙仍持節，
塗窮欲問天。

難爲繞指鐵，
萬折志彌堅。

詩題〈新館感秋〉。「節」即符節，外交使者所持標識；用蘇武故事。「繞指鐵」即「繞指柔」，劉琨〈重贈盧諶〉詩：「何意百鍊鋼，化爲繞指柔？」呂延濟注：「百鍊之鐵堅剛，而今可繞指，自喻經破敗而至柔弱也。」（《文選》卷二十五）據說郝經也學蘇武故智，曾經利用北飛之雁，繫帛書於其足，向忽必烈傳遞過信息。又爲了排遣拘留生活的無聊，也追隨蘇軾流放時期的前例，斷斷續續地「次韻」了陶潛所有的詩。可見這個元好問的弟子，仍然擺脫不了金朝「蘇學」傳統的遺習。

至元十一年（一二七四），忽必烈就以郝經被拘爲藉口，派出所謂「問罪之師」，分從各路大舉南侵。元軍將士奉命「毋得妄加殺掠」（《元史》〈世祖五〉），在中書左丞相伯顏的總指揮下，節節制勝，勢不可當，逐一攻下了長江沿岸的大小城鎮。終於在出兵後的第三年，即元至元十三年，亦即宋德祐二年（一二七六）的正月，接受了投降之後，便堂而皇之地進入南宋首都臨安杭州了。

可是杭州的朝廷，到了這時候，已經只剩下了一個空架子。凡是稍有志節或能力的官員多已遁逃，伺機反撲，以圖再舉。留下來的都是些不濟於事的庸材。當時南京皇帝恭宗趙㬎才六歲。太皇太后謝氏與皇太后全氏，帶著這個小孩皇帝，驚惶失措，不知如何是好。

在本章第三節還要介紹的汪元量，曾在題爲〈湖州歌〉的一系列七言絕句裡，寫下了這段亡國的哀史。其一云：

丙子正月十有三，
撾鞞代鼓下江南。
皋亭山下青煙起，
宰執相看似醉酣

「皋亭山」在杭州郊外，已被元軍攻下。「宰執」指宰相等朝中執政重臣。那些平時頤指氣使、胡作非爲的大官們，現在卻心慌意亂，六神無主，就像醉了酒一般，不是語無倫次，就是相對無言。就在他們手足無措當中，催降的最後通牒卻不斷地飛來。

殿上群臣默不言，
伯顏丞相趣降箋。
三宮共在珠簾下，
萬騎虬鬚遶殿前。

「趣」是催促。「降箋」即降表，投降的正式同意書。「三宮」指幼帝恭宗、其母與祖母。三人侷促不安地待在垂著珠簾的宮殿裡。外面有成千上萬的鬍子騎兵，把宮殿包圍得水泄不通。可謂插翅難飛。更加深了無助而且無望的亡國之悲。

然而那時還有一個骨鯁之臣。這個人就是文天祥。太皇太后與皇太后兩個寡婦，拜他爲右丞相兼樞密使，盼能挽狂瀾於既倒。文天祥臨危受命，前往元軍請和，與伯顏抗論於臯亭山下。他是南宋亡國抵抗運動的首領，也是抗議詩人的代表。

第二節　文天祥

文天祥（一二三六—一二八三），字宋瑞，又字履善。江西吉州廬陵縣人，是歐陽修的同鄉。理宗寶祐四年（一二五六），二十一歲，舉進士，中狀元；可謂少年得志，一帆風順。當時的主考官就是大學者王應麟，看了他在集英殿的對策，便向理宗皇帝上奏說：「是卷古誼若龜鑑，忠肝如鐵石，臣敢為得人賀。」（《宋史》〈文天祥傳〉）

他年輕的時候，在偏安而太平的空氣中，像許多富豪之家的公子哥兒一樣，並不怎麼熱衷於官場的聲名，而嚮往闊達自在的生活；常在故鄉廬陵縣南文筆峰的「文山」別墅裡，過著優遊自得的日子。這時的詩，如七言律詩〈山中〉（《文山先生全集》卷二）有如下一聯：

山中世已驚東晉，
席上人多賦晚唐。

可見他與南宋末期詩壇，喜歡模仿晚唐小詩的風氣，也不是完全無緣的。

南宋亡國那年，文天祥四十一歲。從此以後，他的生平就在波濤起伏中，充滿著可歌可泣的事跡；而這些事跡又都有詩加以記錄下來。

《指南錄》（《文山全集》卷十三）是國難後的第一本詩集。始於赴闕受命，以宋國右丞相兼樞密使都督諸路軍馬的身分，單槍匹馬，進入敵將伯顏駐在城外的軍營，分庭抗禮，進行談判。在談判的過程中，他徵引歷史事實，強調宋朝「承帝王正統，衣冠禮樂之所在」，侃侃而論，堂堂而辯；義正辭嚴，激昂慷慨。「大酋（伯顏）爲之辭屈而不敢怒，諸酋相顧動色，稱爲丈夫。」（〈紀事〉詩序）

單騎堂堂詣虜營，
古今禍福了如陳。
北方相顧稱男子，
似謂江南尚有人。

這是當時所作〈紀事〉詩六首的第三首。首句韻腳不諧，可能是忙中有錯。元軍的將士對他百折不撓，臨大節而不可奪的人格，敬畏交加；認爲是個難得的奇才，殺之未免可惜，釋之又不放心。因此不得不把他拘留下來，繼續加以威逼利誘，希望他終能面對現實，回心轉意，答應歸順而爲元朝所用。但是他卻寧死不屈，伯顏別無他法，只好藉著押送南宋降臣之便，也把他拉進船裡，準備送到大都北京後，再設法說服這個不識時務的硬漢。

文天祥也有他的計劃。在北上的旅途中，他與幾個心腹一直密謀逃走之計。等到船抵江蘇鎮江的時候，他們終於成功了。可是，逃走出來之後，鄰近的眞州、揚州等地的守將，卻懷疑他已投降蒙古，假借逃走之名來進行策反的陰謀，所以都不敢也不願讓他進城。他在腹背受敵的情況下，躲躲閃閃，歷盡千辛萬苦，終於有驚無險地抵達了江蘇的海岸。在這艱難萬狀的逃走期間，他也把路上見聞和感慨，一一詠之於詩，並且往往附以詳細的說明。舉一例，如到達海邊時所作的五言律詩〈即事〉云：

痛哭辭京闕，
微行訪海門。
久無雞可聽，
新有虱堪捫。
白髮應多長？
蒼頭少有存。
但令身未死，
隨力報乾坤。

「京闕」指在杭州的朝廷。「海門」即今江蘇海門縣，古屬通州。「蒼頭」是僕隸或士卒。「乾坤」謂天地。在晝伏夜行的逃亡期間，白髮大概長了不少，只是沒有鏡子可照，自己看不見罷了。原來跟隨我的那些小廝們，也大都零散而去，留在身邊的寥寥無幾。可是，只要我的生命存在一天，我就發誓要盡我的力量，設法挽救祖國，救濟人民，以便報答生我育我的天地。

他到了海門之後，就坐船出海，沿著浙江海岸直奔福建。那時已經有人在福州擁立了益王趙昰，重整旗鼓，準備作最後的掙扎。當他所坐的海船經過了溫州，目的地福州遙遙在望的時候，《指南錄》也就結束了。

文天祥一到福建，就幫助整頓朝政，建元景炎(一二七六—一二七七)。然後又到故鄉江西，收拾殘兵，指揮各地的游擊部隊。但不幸的是在福建的流亡朝廷裡，居然也有權利鬥爭。他的積極作風並不受歡迎，結果只得了個「信國公」的空頭稱號，被別人敬而遠之。兩年後，幼帝益王夭折，其弟衛王昺繼位，建元祥興，時為元至元十五年(一二七八)。這一年十二月，他帶著殘兵進屯廣東潮陽時，終被元軍元帥張弘範所俘。文天祥服毒自殺而不果。這兩三年間，他並沒有詩流傳下來。

第二本詩集《指南後錄》(《文山全集》卷十四)，始於宋祥興二年(一二七九)，元至元十六年的春天。那時南宋君臣在廣東海上，與元軍最後一戰而敗，趙宋國運終告斷絕。文天祥身為俘虜，只有向南慟哭而已。

從這時候起，他又開始寫詩。《指南後錄》的第一首詩，題為〈過零丁洋〉，自注說：「上巳日張元帥令李元帥過船，請作書招諭張少保(世傑)投拜。遂與之言：『我自救父母不得，乃教人背父母，可乎？』書此詩遺之。李不能強，持詩以達。張但稱好人好詩，竟不能逼。」這首詩相當有名，錄之如下：

> 辛苦遭逢起一經，
> 干戈落落四周星。

山河破碎風拋絮，
身世飄搖雨打萍。
惶恐灘頭說惶恐，
零丁洋裡歎零丁。
人生自古誰無死？
留取丹心照汗青。

首句說他自己苦讀經書，考上進士的前半生遭際。「四周星」即四周年。「惶恐」指對自己不誠實的焦慮；「零丁」是孤獨無依的感覺。這兩個語詞本來是擬態語，正好也是灘名和洋名，所以就用在詩裡，新穎別致，可謂神來之筆。末聯在絕望中，仍不忘肯定人生的價值，足見文天祥男子漢大丈夫的胸懷襟抱。「汗青」原指書寫用的竹簡，後世借用爲史策，也可以當作廣義的歷史。

文天祥寫這首詩時，已被軟禁在張弘範的船上，一邊還在注意著海戰的情形。張弘範是元好問詩弟子張弘略的兄弟，也有相當的文學修養。他看了詩後，知道已無法利用文天祥來招降宋將張世傑，只說了「好人好詩」，便開始向宋軍艦隊大舉進攻了。二月六日，宋軍大敗，回天乏術。左丞相陸秀夫便抱著幼帝衛王投海而死。文天祥坐在敵人的船上，眼看著自己的皇帝和國家如此悲壯的結局，心萬的痛苦和哀傷是不言而喻的。這時他作了幾篇長詩。這裡只舉一首五言律詩〈南海〉：

朅來南海上，

人死亂如麻。
腥浪拍心碎，
颷風吹鬢華。
一山還一水，
無國又無家。
男子千年志，
吾生未有涯。

末聯以豪言壯語作結，也表露了他死不肯絕望的積極的人生觀。

文天祥是個極為重要的俘虜，所以在南宋覆滅後，張弘範便派遣特使，從中國最南端的廣東，小心謹慎地把他護送到遠在北方的大都燕京。在他北上途中，每經一地，紀事抒懷，都有詩歌，而且多半附有日期。當他路經故鄉江西廬陵的時候，試圖絕食自殺，以死報國。但過了八天，卻若無其事；欲死而不能，只好再苟活下來。到了燕京之後，住在賓館裡受到隆重的禮遇。幾個南宋的降臣，還有被俘的幼帝恭宗——現已降封為瀛國公，陸陸續續前來勸他歸順，但都被他嚴詞拒絕。元人見勸降無效，便把他移到兵馬司，監禁在「土室」裡。

禁錮後第三年，就在這個「土室」裡，他寫出了他的代表作〈正氣歌〉。

「正氣」的「氣」，是宋代理學家提出來的概念，可以解作活力、生機、能源（相當於英文的energy）。這首歌附有長序云：

予囚北庭，坐一土室；室廣八尺，深可四尋。單扉低小，白間短窄，汙下而幽暗。當此夏日，諸氣萃然。雨潦四集，浮動床几，時則為水氣。塗泥半乾，蒸漚歷瀾，時則為土氣。乍晴暴熱，風道四塞，時則為日氣。簷陰薪爨，助長炎虐，時則為火氣。倉腐寄頓，陳陳逼人，時則為米氣。駢肩雜遝，腥臊汙垢，時則為人氣。或圊溷、或毀屍、或腐鼠，惡氣雜出，時則為穢氣。疊是數氣，當之者鮮不為厲。而予以孱弱，俯仰其間，于茲二年矣。幸而無恙，是殆有養致然爾，亦安知所養何哉？孟子曰：「吾善養吾浩然之氣。」彼氣有七，吾氣有一，以一敵七，吾何患焉？況浩然者，乃天地之正氣也。作〈正氣歌〉一首。

序中所說的「人氣」，從「腥臊汙垢」的修飾語看來，大概指的是蒙古人。又「倉腐寄頓」謂倉廩囤糧腐爛。「圊溷」即廁所、茅房。「鮮不為厲」的「厲」字是疾病。孟子語見《孟子》〈公孫丑〉篇。「以一敵七」就是以天地浩然之正氣對抗或抵制有害的水氣、土氣、日氣、火氣、米氣、人氣、穢氣。

下面是〈正氣歌〉的全文。分段引錄，並視需要夾以簡短的說明。

天地有正氣，
雜然賦流形。
下則為河嶽，

上則爲日星。
於人曰浩然，
沛乎塞蒼冥。

天地之間有一種純正之氣，雖然不停地流動分裂，千變萬化 ，雜然紛陳，但卻能以其特殊的創造力，塑造各種不同的物體，並且一一賦予確定的形象。在地上就變成黃河、五岳等名山大川；在天上就變成日月星辰，照耀千古。至於在人間 ，就是孟子所說的「浩然之氣」，波瀾壯闊地充塞在蒼天之下，人世之中。

皇路當清夷，
含和吐明庭。
時窮節乃見，
一一垂丹青。

「皇路」蓋即王道，謂基於仁義的良好政治。「清夷」指清明太平之世。如果是政治清明、天下太平的時代，這個「正氣」就會帶著和煦的春光，彷彿百花齊放似的，顯露在聖明開朗的朝廷裡。反之，萬一遇到國家危急存亡的關頭，就會表現在仁人志士忠貞不二的氣節上，使他們名垂青史，流芳萬世。「丹青」即史書。譬如：

在齊太史簡，
在晉董狐筆。
在秦張良椎，
在漢蘇武節。

前兩行舉出兩個守正不阿的史官。史官是撰述並保管政府實錄的人，為政者如有不正的行為，不管地位多高，權勢多大，都有照實加以記錄的責任。要大公無私，即使因而必須犧牲自己的性命，也要有在所不惜的精神。如春秋時代的齊大夫崔杼弒其君莊公，當時的太史就直書其事；結果被崔杼所殺。他有兩個弟弟也是太史，也因為堅持直書不諱，而相繼犧牲。又晉大夫趙盾之弟趙穿，因為私怨而殺了國君靈公。趙盾身為晉之宰相，卻置之不聞不問，拒絕加以嚴辦。史官董狐看在眼裡，認為兄弟二人狼狽為奸，同屬一丘之貉，便在史冊上直書「趙盾弒其君」。這些史官們手中所握的竹簡和筆桿，正是春秋亂世中「正氣」的體現。在秦始皇的時代，韓人張良為了報亡國之仇，曾以鐵椎狙擊暴君秦始皇於博浪沙中（《漢書》〈張良傳〉）。又在漢武帝的治世，蘇武出使匈奴，被逼投降而不屈，流放北海牧羊，仍持漢節，長達十九年（《漢書》〈蘇武傳〉）。他們英勇卓絕的精神，也是「正氣」的結晶。

為嚴將軍頭，
為嵇侍中血。

爲張睢陽齒，
爲顏常山舌。

三國時代，江州巴郡太守嚴顏敗於蜀將張飛，被捕而拒降，反而義正詞嚴地說：「卿等無狀，侵奪我州，我州但有斷頭將軍，無有降將軍也。」（《三國志》〈蜀書・張飛傳〉）又晉惠帝侍中嵇紹，以身捍衛皇帝，血濺御服而死。事後有人要洗御衣，惠帝說：「此嵇侍中血，勿去。」（《晉書》〈嵇紹傳〉）又唐代安祿山叛亂時，御史中丞張巡鎮守睢陽。每與叛軍交戰，總是大聲疾呼，眥裂血流，嚼齒皆碎。被圍數月後，城陷被執，叛軍用力撬開其口，發現只剩下了兩三顆牙齒。問他何苦至此，他答道：「吾欲氣吞逆賊，但力不遂耳！」（《舊唐書》〈張巡傳〉）又同時的常山太守顏杲卿，城陷被執後，也拒絕投降，而且罵安祿山說：「我世唐臣，守忠義，恨不斬汝以謝上，乃從爾反耶？」安祿山大怒，「節解以肉啖之，詈不絕，賊鉤斷其舌。」（《新唐書》〈顏杲卿傳〉）

或爲遼東帽，
清操厲冰雪。
或爲出師表，
鬼神泣壯烈。
或爲渡江楫，
慷慨吞胡羯。

或爲擊賊笏，
逆豎頭破裂。

「遼東帽」指三國時代管寧的故事。管寧於東漢末年黃巾作亂時，避居遼東，常著皂帽、布袴布裙，從事地方教育工作，過著「冰絜淵清，玄虛澹泊」的生活。後來天下三分，魏朝廷屢次徵召，他總辭疾不就（《三國志》〈魏書・管寧傳〉）。〈出師表〉就是諸葛亮那兩篇有名的前後〈出師表〉，其中有「鞠躬盡力，死而後已」的話，是古今忠臣的典範（《三國志》〈蜀書・諸葛亮傳〉）。「渡江楫」的故事是晉朝祖逖，於元帝時爲豫州刺史，爲了恢復被戎狄侵據的領土，統軍北伐，渡江時，中流擊楫而誓曰：「祖逖不能清中原而復濟者，有如大江！」辭色壯烈，眾皆慨歎（《晉書》〈祖逖傳〉）。至於「擊賊笏」，唐德宗時，朱泚陰謀叛變。司農卿段秀實假裝合作，等到見面時卻大罵朱泚道：「狂賊，吾恨不斬汝萬段，我豈逐汝反耶！」並且奪得象笏，把朱泚打得頭破血流，匍匐而走。但終因寡不敵眾而被害（《舊唐書》〈段秀實傳〉）。這些歷史上的眞人眞事，壯烈慷慨，大義凜然，無一不是「正氣」的表現。

是氣所旁薄，
凜烈萬古存。
當其貫日月，
生死安足論？

「旁薄」同旁魄或磅礴，浩蕩廣被，無所不在之意。「凜烈」亦作凜冽，冰清玉潔，莊嚴不可侵犯貌。「正氣」的存在和表現，固然千變萬化，沒有固定的形式，但總是「旁薄」而「凜烈」，永恆而不朽。當一個人的「正氣」可以貫穿日月，與宇宙同在時，對於自己所作所爲的結果，不管是生是死，也就可以置之度外，不必斤斤計較了。

地維賴以立，
天柱賴以尊。
三綱實係命，
道義爲之根。

「地維」是維持大地的繩索；「天柱」是支撐蒼天的巨柱。大地要依賴「正氣」才能屹立不墜；蒼天要依賴「正氣」才能顯其尊嚴。在人世間，「正氣」是維繫「三綱」命脈，即君臣、父子、夫婦之道的基礎，也是一切「道義」的根本。如果沒有「正氣」，則地維絕，天柱折，三綱淪喪，自然界和人世間的秩序，就要失其所據，而導致天下大亂的局面。

以上是「正氣」的哲學。下面接著歌詠這個「正氣」，如何在自己身上發生作用。

嗟予遘陽九，
隸也實不力。

楚囚纓其冠，
傳車送窮北。
鼎鑊甘如飴，
求之不可得。

「陽九」即百六陽九，謂厄會或窮境，類似今日所謂世界末日。「隸」謂賤者或罪人，自喻俘虜之身。「楚囚」一聯典出《左傳》（成公九年）：「晉侯觀於軍府，見鍾儀，問之曰：『南冠而繫者誰？』有司對曰：『鄭人所獻楚囚也。』」「傳車」謂來往驛站之間的車輛。可歎我生不逢辰，國家滅亡而無力挽救，變成了敵國的俘虜，也像古代楚國的俘虜鍾儀一樣，穿戴著故國的衣冠，被輾轉護押到了北方。我現在只求一死，即使受到「鼎鑊」烹煮的酷刑，也甘之如飴。可是他們卻不殺我，反而把我關在牢獄裡，繼續折磨我，侮辱我，不肯讓我一死了之。

陰房闃鬼火，
春院閟天黑。
牛驥同一皂，
雞棲鳳凰食。

前兩行蓋寫實景。「陰房」即黑牢。「闃」俗作「閴」，靜寂無人也。「閟」謂閉於門內。後兩行以驥（駿馬）、鳳凰自比；以牛、雞比蒙古人。謂與蒙古人同居一地，吃同樣的食物。

一朝濛霧露，
分作溝中瘠。
如此再寒暑，
百沴自辟易。

「濛霧露」謂暴露野外，因霧浸露濕而得疾。「瘠」爲棄屍，《說苑》〈善說〉云：「死之則不免爲溝中之瘠。」「沴」爲妖氣、惡氣。「辟易」是驚恐而退避之意。這四行說：我只希望自己一旦患霧露之疾而死，也甘願作個溝中的棄屍，絕無怨言。如此等待著死亡，已經兩年了。但我卻還沒病死；那些足以致病的種種妖氣，不但不敢來碰我，反而都自動地逃之夭夭了。

嗟哉沮洳場，
爲我安樂國。
豈有他繆巧，
陰陽不能賊？
顧此耿耿在，
仰視浮雲白。

「沮洳場」謂低濕泥濘之地，在此指土牢。「安樂國」為佛教極樂淨土之異稱；《無量壽經》云：「無有三途苦難之名，但有自然快樂之音，是故其國名曰安樂。」「繆巧」是智謀巧計。「賊」謂毀傷。我的遭際固然可歎，卻不妨把這個陰濕的土牢當作淨土，那麼，所有的苦難可以化成快樂，即使構成宇宙的陰陽二氣也傷害不了我。我之所以能夠如此看得開，並不是由於我有什麼其他了不起的辦法，而無非是我的「正氣」使然。「顧此耿耿在」：看著這個「正氣」，清淨明亮，與我同在，我也就心安理得，可以從狹窄的牢房裡仰觀廣闊的天空，而感到浮雲般的自由自在了。

我並不是沒有悲哀。祖國滅亡了，而華夏文明也面臨著岌岌可危的命運，怎麼不令人悲哀呢？難道連本來應該照顧人類的蒼天，也失去了應有的公平中正之道了嗎？

悠悠我心悲，
蒼天曷有極？

然而只要「正氣」存在一天，正義就不會滅亡，文明也不會滅亡。現在的我就是個證據。

哲人日已遠，
典型在夙昔。
風簷展書讀，
古道照顏色。

古代那些體現了「正氣」的賢哲之士，既為古代的人，當然在時間上離我們越來越遠。不過他們的「典型」，作為規範的價值，從往昔傳了下來，直到現在，萬古長存。我在牢獄的清風徐來的簷下，翻閱記載那些哲人言行的書籍，不禁感到那古來永恆不滅的道理，像一道明亮的光輝一樣照在我的臉上。

這首長詩的結尾也並不悲觀。雖然詩中有「蒼天曷有極」那樣的句子，顯示了不無動搖的瞬間，但動搖一現，馬上就被克服而代之以永恆的希望。最後，鑑往知來，還是對民族充滿著堅定的信心。我在《宋詩概說》（第三章第二節）中，曾經談到蘇軾的達觀哲學，指出他並不以個人生命為一個頹廢的過程，並強調了他揚棄悲哀、克服絕望的顯著傾向。到了文天祥，這種克服絕望的積極態度，更進一步，由個人的生命擴展到民族全體的前途，而且是在民族的命運瀕於危境的緊要關頭。

文天祥在大都獄中被關了四年。這期間，繼《指南後錄》之後，又有第三本詩集《吟嘯錄》（《文山全集》卷十五）。至元十九年（一二八二）年底，元世祖忽必烈親自召見了他，希望他回心轉意，歸順元朝。他的回答是：「天祥受宋恩，為宰相，安事二姓？願賜之一死足矣。」忽必烈只好成全他的心願，終於在十二月九日，在市場上執行了死刑。據說文天祥臨刑時，面色從容，南向再拜而就死。年四十七。死後從他的衣帶中，發現了一張字條：「孔曰成仁，孟曰取義；惟其義盡，所以成仁。讀聖賢書，所學何事？而今而後，庶幾無媿。」（《宋史》〈文天祥傳〉）

在日本，首先介紹文天祥及其文學的，是山崎闇齋的弟子淺見絅齋（一六五二—一七一二）。他在所編《靖獻遺言》一書中，選錄古今不遇的忠臣義士的詩文，並個別附以可歌可泣的生平事蹟。文天祥是第五個。其他有屈原、諸葛亮、陶淵明、顏眞卿、謝枋得、劉因、方孝儒等人。該書刊於貞享四年（一六八七）。此外，江戶末年的藤田東湖（一八〇六—一八五五），曾仿文天祥作了〈正氣歌〉，在日本相當有名。「天地正大氣，萃然鍾神州。秀爲富士岳，巍巍聳千秋。……」

最後值得一提的是，文天祥在獄中有集杜詩絕句二百首（《文山全集》卷十六），並編有號碼。舉其「妻第一百四十三」爲例：

結髮爲妻子　新婚別
倉皇避亂兵　破船
生離與死別　別賀蘭銛
回首淚縱橫　示宗文宗武

句下小注爲該句所出之杜甫詩題。其自序云：「凡吾所欲言者，子美先爲代言之。日玩之不置，但覺爲吾詩，忘其爲子美詩也。乃知子美非能自爲詩，詩句自是人情性中語，煩子美道耳。子美於吾隔數百年，而其言語爲吾用，非情性同哉？」

不用說，子美是杜甫的字。杜甫把人類共同的感情，代表人類加以歌唱出來。所以文天祥認爲所集杜詩，也就是他自己的作品，而且能更眞切深刻地表現自己的遭際和感情。「自余顛沛以來，世變人事，概見於此矣。」

第三節　其他抗議詩人：汪元量、謝翱、林景熙、鄭思肖、謝枋得

侵襲南宋的蒙古風暴，由於當時元世祖忽必烈有意籠絡漢人，採取了某種程度的漢化政策，所以較之四十年前橫掃金國時，威力的確已經大為減弱。即使如此，對漢族而言，整個中國的疆域，不分南北，都淪陷於異族的統治之下，卻依然是史無前例的巨變，是未曾有過的奇恥大辱。儘管說風暴的威力減弱了，但是南方的漢人，尤其是胸懷大志的讀書人，卻不得不面對新的現實，開始過著令人窒息的生活。文人書生賴以立身揚名的「科舉」被廢了；而且派來充當地方官吏的蒙古人或西域人，又對中國文化一無所知，也相當冷淡。

南宋滅亡後，激烈的反抗行為並未絕跡；隨之而產生的抗議詩歌，也所在皆有。這些詩歌本身不一定是傑出的作品，但反抗的行為往往慷慨悲壯，被當作英雄事蹟，而永遠留在後代人們的記憶裡。

汪元量，字大有，號水雲，杭州人。原是平民出身的琴師，後來進入宮廷供奉。至元十三年（一二七六）二月，杭州淪陷後，在文天祥被押解後數日，他也陪著幼帝趙㬎、太皇太后謝氏、皇太后全氏以及宮女們，被護送到大都燕京。七言絕句組詩〈湖州歌〉九十八首，便是歌詠此一悲愴之旅的哀歌（《水雲詩鈔》，吳之振編《宋詩鈔》收），例如：

一出宮門上畫船，
紅紅白白艷神仙。

山長水遠愁無那，
又見江南月上弦。

這首描寫一行乘船北上的情景。數十日後抵達燕京，受到忽必烈、皇后，以及群臣的熱烈歡迎，每日在不同的地方舉行盛大的宴會，繼續了好多天。雖然沒有被殺之憂，卻難免心懷不安之感。

皇帝初開第一筵，
天顏問勞意綿綿。
大元皇后同茶飯，
宴罷歸來月滿天。

「茶飯」指蒙古宴席上的飲食。接著又寫第二筵到第十筵，每次菜單不同，肴饌各異，有駝峰、酥酪、嫩蔥、馬肉、羊肉、蒸麋、燒鹿、熊肉、鶬鶊、野雉、葡萄酒等，不一而足。

留在燕京數年間，汪元量有時也帶著琴，到獄中去探視文天祥，互相唱和。文天祥就義之後，有詩哀悼他，中有句云：「雪平絕塞魂何在，月滿道衢骨未寒。一劍固知公所欠，要留青史與人看。」（〈文山道人事畢壬午臘月初九日〉）又宋幼帝入西域爲僧，號「木波講師」；全太后出家爲尼，也各有送別之作。權衡《庚申外史》記有一個謠傳說，元朝末帝順帝妥懽貼睦爾，可能就是宋幼帝出家後所生的兒子。言之鑿鑿，若有其事。但謠傳畢竟是謠傳，不可盡信。

那些追隨皇帝及二太后到燕京的宮女們，也有喜歡舞文弄墨的。她們後來根據忽必烈的意思，都分別嫁給了當地的工匠。汪元量有長詩詠〈宋宮人分嫁北匠〉事，有句云：

可憐薄命身，
萬里榮華衰。
江南天一涯，
流落將安歸？

當他要南歸時，那些宮女們替他餞行，而且各有〈送水雲歸吳〉的短詩送他。這些餞別詩，加上一些其他的，後來編成一個小冊子，題爲《宋舊宮人詩詞》，現仍流傳於世（見於《宋詩紀事》、《知不足齋叢書》等）。宮女之一的王昭儀，名清惠，字沖華，有五絕〈擣衣詩呈水雲〉云：

妾命薄如葉，
流離萬里行。
黃塵燕塞外，
愁聽擣衣聲。

「燕塞」指燕京城牆。

南歸之後，汪元量便出家為道士，經常往來於廬山與鄱陽湖之間，「長身玉立，脩髯廣頞，而音若洪鐘。江右人以為神仙，多畫其象祀之。」其生死年月不詳。

江元量的老友馬廷鸞，字仲翔，讀他的詩集，漕然淚下而至於撫席慟哭，題了「詩史」二字評語，認為可以與杜詩媲美。我覺得汪元量的〈湖州歌〉等組詩，還有文天祥的《指南錄》、《指南後錄》等作，都採用了詩歌日記的體裁，敘述並吟詠一段旅程的始末。這種寫法說不定是受了當時流行民間的講唱文學，如諸宮調之類的影響。不過，這只是我一時任意的想像。是否如此，仍待深入的比較研究。

謝翱（一二四九—一二九五），字皋羽，號晞髮子，福建長溪人。試進士不中。雖是科場敗兵，愛國卻不後人。當文天祥在福建從軍抗元時，他以布衣身分，任諮議參軍。文天祥死後，他悲不能禁，登上浙江桐廬縣富春山，在後漢光武帝布衣之交嚴光的釣臺古跡，設文天祥的神位，遙祭其靈。據他自己所作的〈登西臺慟哭記〉云：「今余且老，江山人物，睠焉若失。復東望，泣拜不已。有雲從西南來，渰浥浡鬱，氣薄林木，若相助以悲者。乃以竹如意擊石，作楚歌招之曰：

魂朝往兮何極？
莫歸來兮關水黑。
化為朱鳥兮有咮焉食？

歌闋，竹石俱碎。」（《宋遺民錄》卷三）他這樣作，不能不顧忌世人的耳目，所以雖然祭的是文天祥，表面上卻假託祭「唐宰相魯公」的形式。魯公即魯郡公，唐朝忠臣顏眞卿，字清臣的封號，世稱顏魯公。

林景熙(一二四二—一三一〇)，字德陽，號霽山，浙江溫州平陽人。南宋末年做過從政郎等小官，亡國後棲隱山林，以詩書自誤。有《霽山先生集》行世。宋亡後某年，一說至元二十二年(一二八五)，當時江南總統喇嘛楊璉眞伽，爲了破壞宋朝風水，使其不能復國，發掘了紹興南宋六帝的陵墓，取出骨頭及陪葬的東西，埋在杭州皇宮舊址，而且在上面蓋了佛塔。「其餘骸骨，棄草莽中，人莫敢收。」林景熙等遺民痛憤這種暴舉，「遂相率爲採藥者，至陵上，以草囊拾而收之。又聞理宗顱骨爲北軍投湖水中，因以錢購漁者求之，幸一網而得。乃盛二函，託言佛經，葬於越山，且種冬青樹識之。」(《霽山集》卷三〈白石樵唱〉〈夢中作四首〉章祖程注)

雜言古詩〈冬青花〉，就是當時的作品：

冬青花花時，
一日腸九折。
隔江風雨晴影空，
五月深山護微雪。
石根雲氣龍所藏，
尋常螻蟻不敢穴。
移來此種非人間，

曾識萬年觴底月。
蜀魂飛遶百鳥臣，
夜半一聲山竹裂。

「龍」是天子的象徵。「觴」是酒杯。「蜀魂」喻杜鵑、子規。《太平寰宇記》云：「蜀之後主，名杜宇，號望帝。讓位鼈靈，望帝自逃，後欲復位不得，死化爲鵑。每春月間，晝夜悲鳴。蜀人聞之曰：我望帝魂也。」又冬青花，一名女貞木，又名萬年枝，自漢朝以來，中國帝王陵墓常種此樹。

關於收埋宋陵殘骨的義舉，有一說是出自唐珏，字玉潛。謝翱有〈冬青引別唐玉潛〉詩一首。要之，大概是這幾個南宋遺民，包括林景熙在內，共同行動的。

林景熙的七言古詩〈書陸放翁詩卷後〉（《霽山集》卷三），也相當悲痛，末聯云：

來孫卻見九州同，
家祭如何告乃翁？

南宋的愛國詩人陸游，一生的宿願就是驅除金人，收復中原，八十六歲臨終時，仍耿耿於懷，留下了有名的〈示兒〉詩，作爲遺言：「死去元知萬事空，但悲不見九州同。王師北定中原日，家祭無忘告乃翁。」現在過了七十年，「九州」的確統一了，但統一中國的並不是大宋王師，而是另一種異族，與陸游的宿願正好相反。「來孫」即玄孫之子，泛指後裔。陸游的後代子孫，在家祭的時候，到底應該怎麼報告他老人家呢？

鄭思肖（一二三九？—一三一八），字所南，號憶翁。肖是趙之半，南指南宋，憶謂不忘。合起來就是永居南方，不忘趙宋的老人。這些字號都是亡國後所取，原名已不傳。宋末太學生。原籍福建連江，後來遷居江蘇蘇州，在其居室掛了「本穴世界」的匾額。把「本」字中的「十」拿掉，安在「穴」字裡，這個匾額就變成「大宋世界」。在街上聽到蒙古話，「必掩耳亟走」。又「精墨蘭，自更祚後，爲蘭不畫土，根無所憑藉。或問其故，則云：地爲番人奪去，汝猶不知耶？」（詳盧熊《蘇州府志》〈鄭所南小傳〉，《宋遺民錄》卷十三收）

他的詩傳於世者本來不多。其中有題爲〈錦錢餘笑〉二十四首，夾雜俗語，恣意笑罵，以洩胸中之憤，尚能引人注意。例如：

二十餘年來，
非不喜飲酒。
近日青天癡，
也逐世人走。
罵詈古冰雪，
讚歎新花柳。
安得不獨行？
鼻角插入口。

所謂「錦錢」，據其自注云：「以錦爲錢者，雖美觀，實無用也。」

不過，到了十七世紀中葉，明崇禎年間，即明朝重蹈南宋覆轍，行將亡於滿清的時候，在蘇州承天寺的井中，發現了用鐵函密封的鄭思肖的遺稿，題爲《心史》，一時成爲當時熱門的話題。這部詩集共四卷，充滿著對元人露骨的攻擊與厭惡之情。有人說是後人的僞作，有人說是眞蹟，言人人殊，莫衷一是。在日本有江戶末期的復刻本。暫且舉其七言絕句〈春日偶成〉五首之一爲例：

曉來怕上最高樓，
春盡時光只似秋。
草木荒寒生意澀，
風腥雨膩一天愁。

值得一提的是在這本詩集裡，有幾首說到元軍侵略日本，即日人所謂的「元寇」，而對其敗績頗有額手稱慶之意。在當時中國的詩文集中，「元寇」是很難得出現的題材。如果《心史》一書的確不是贋品，那麼，這幾首詩也有當作史料的價值。

謝枋得（一二二六—一二八九），字君直，號疊山，江西信州弋陽人。與文天祥同年進士（一二五六）。爲人豪爽，性好直言。做過建寧府教授、江東提刑、江西招諭使等官。曾經揭發賈似道的欺君罔上、誤國殘民，而謫居興國軍，是個硬骨頭的忠臣義士。亡國之際，在信州組織民兵，抵抗元軍。信州淪陷後，改名換姓，逃到福建建陽隱居起來，以賣卜爲生。至元二十三年（一二八六），漢人文臣程鉅夫奉忽必烈之命，南下徵召南宋舊臣，以謝枋得爲第一個爭取的對象。但他不爲所動，拒絕出仕。理由是：「亡國之大夫，不可以圖存；李左車猶能言之。況稍知詩書，頗識義理者乎？某之至愚極闇，決不可以辱召命，亦明矣。」（《疊山集》卷四〈上程雪樓御史書〉）

至元二十五年，忽必烈下了第五次招致人才的命令，謝枋得還是不受徵召。當時的福建行省參政魏天祐，一氣之下，只好採取強迫的手段，把他護送到大都燕京去。臨行時作了一首七言律詩〈初到建寧賦詩〉，有序云：「魏參政執拘投北，行有期，死有日，詩別妻子良友良朋。」（《疊山集》卷二）詩云：

雪中松柏愈青青，
扶植綱常在此行。
天下久無龔勝潔，
人間何獨伯夷清？
義高便覺生堪捨，
禮重方知死甚輕。
南八男兒終不屈，
皇天上帝眼分明。

「綱常」即三綱五常。三綱謂君臣、父子、夫婦之倫，五常爲仁、義、禮、智、信之道，都是永恆不變的倫理道德。「龔勝」是前漢末年的光祿大夫，王莽篡漢後，隱居不仕，拒絕應召，絕食而死。「伯夷」指伯夷、叔齊兄弟，義不食周粟，餓死首陽山的故事。「義高」、「禮重」一聯，蓋出自《孟子》〈告子上〉所說「生我所欲也，義亦我所欲也；二者不可得兼，舍生而取義者也。」「南八」即唐代南霽雲，安祿山叛亂之際，隨張巡守睢陽。「城陷，賊以刃脅降巡。巡不屈，即牽去，將斬之。又降霽雲，雲未應。巡呼雲曰：『南八，男兒死耳，不可為不義屈。』雲笑曰：『欲將以有為也，公有言，雲敢不死？』即不屈。」（韓愈〈張中丞傳後序〉）在這首詩裡，謝枋得以古代忠義之士、貞烈之臣比喻自己，充滿著忠貞不屈，死而後已的精神，使人聯想起文天祥那首有名的〈正氣歌〉來。

謝枋得在北行的路上，就開始絕食抗議。到了燕京之後，仍然拒絕飲食和湯藥，不久就衰病而死了。年六十四。謝枋得妻子李氏早在丈夫戰敗逃往福建時，就自動就俘，在建康獄中自縊，保全貞節，也是個烈女的典型。

謝枋得的忠貞事蹟，也見於日本淺見絅齋的《靖獻遺言》中，列在文天祥之後。他所編的古文選本《文章規範》，在中國雖然默默無聞，在日本卻流行既久且廣，相當有名。此外他對詩論也頗有見解，見於〈與劉秀岩論詩〉、〈重刊蘇文忠公詩序〉等文中。

在南宋遺民之中，除了詩人之外，也有一些學者在亡國之後，繼續從事研究著述，留下了相當可觀的業績，使後世獲益匪淺。王應麟的《困學紀聞》、胡三省的《資治通鑑注》、馬廷鸞、馬端臨父子的《文獻通考》等，都是極為重要的著作。

第四節　民間詩人

上述文天祥等人的抗議詩及抵抗行爲，都是光耀史冊的顯著事蹟。後世的中國，每逢國步維艱，民族存亡之秋，特別是滿洲入侵的明代末期，或西洋壓境的清朝晚年，這些忠貞不屈的事蹟，總會受到重視，當作仿效的典範，大肆宣揚，不遺餘力。即在日本的江戶末期，也變成了尊王攘夷論著的聖經。

不過，除了這些顯而易見的現象之外，在南宋覆滅後的中國南部，另有一種不大受注意的現象，也正在靜靜地、不知不覺地，而且廣泛地形成之中。這個新的發展，由於不以個人爲主，所以很難突出於歷史的表面，從而也不易引起後代學者的重視。但我覺得這是個劃時代的重要現象，不但對於以後詩史的發展，甚至於文明的歷史，都具有不可忽視的意義。

簡言之，由於蒙古人的統治，大大地限制了漢人參政的機會，因此漢人的精力不得不轉向文學的活動。大勢所趨，逐漸普及民間；舞文弄墨，一時蔚爲風氣。於是乎產生了無數平民也競相吟風弄月，參加作詩的現象。

其實在江南地區，在十三世紀前半的南宋末期，正如拙著《宋詩概說》第六章所說，已經出現了民間詩壇的盛況。詩史上所謂的「永嘉四靈」及「江湖派」，便都是當時的市井詩人。詩壇的主流已由官場轉入民間了。

十三世紀末葉，蒙古占據江南之後，這種情形不但沒有受到阻礙，反而導致了更爲普遍的趨勢。

「科舉」制度的廢止，無異是限制漢人從事政治活動的宣言。這一來，出身於民間的書生既乏仕進之門，似乎只有兩個方面可以發洩他們的憤懣，發揮他們的精力。在城市經濟發達的江南，經商當然是一條可行之路。不過由於中國社會重視讀書的傳統，有更多的人仍然捨不得文學，尤其想在詩歌的創作方面，追求不朽的文名。

類似的現象，約半世紀前，也發生在金亡之後的中國北部。那時在那裡無官可做的文人書生，以關漢卿、馬致遠、白仁甫等人爲首，從事於新興戲曲「雜劇」的創作，促進了中國最早的虛構文學的盛況（詳見拙著《元雜劇研究》，特別是上篇第二章〈前期作者〉）。

不過，南方的情況卻不盡相同。在南方，由於傳統的文學形式根深柢固，阻力較大，所以無法像北方那樣，立刻就出現了非傳統的虛構文學的盛況。一般文人的精力依然傾注在詩歌上面。可惜的是關於這方面的資料，當時本來就不多，流傳下來的更少。幸好從一些現存的資料裡，還可推想當時詩壇之一斑。

第一是《月泉吟社詩》。這是一本僅有一卷、數十頁的小冊子。浙江浦江縣吳渭編。吳渭字清翁，號潛齋。據《天祿識餘》云：「浦陽吳清翁嘗樹月泉吟社，延鄉之遺老方鳳、謝翺、吳思齊輩主於家。至元丙戌小春望日，以〈春日田園雜興〉爲題，預以書告浙東西之以詩名者，令各賦五七言律詩。至丁亥正月望日收卷。月終得詩二千七百三十五卷，屬方、謝諸公品評之。中選者得二百八十人。三月三日揭其甲乙次第，其第一名贈以公服羅一、縑七、筆五帖、墨五笏。第二名至五十名，贈送有差。乃錄其與選之詩，並摘出其餘諸人佳句，與其贈物回謝小啓，及其事之始末爲一帙，而板行之。首名爲羅公福。」文中的「至元丙戌小春望日」是元至元二十三年（一二八六）十月十五日。首名羅公福爲杭州清吟社詩人，其詩云：

老我無心出市朝，
東風林壑自逍遙。
一犁好雨秧初種，
幾道寒泉藥旋澆。
放犢曉登雲外壠，
聽鶯時立柳邊橋。
池塘見說生新草，
已許吟魂入夢招。

這本集子裡也有一首匿名之作，那是第六十名的「青山白雲人」。

要之，當時各地有詩社，而且似乎各有自己的刊物。《月泉吟社詩》就是這種刊物而偶然流傳下來的。不過從這本小冊子，可以推想到下列幾個事實：一、從浙東浙西一帶，即今天的浙江省境內，就有兩千七百以上的應徵者，表示當時在這個地區，至少存在著那麼多的詩人，或學過如何作詩的書生。二、在當選者六十人之中，雖也包括了仇遠、白珽等傳有詩集的人物，但絕大多數卻是別處未見的無名小卒。他們的身分大概非官非吏，只是普通的平民。三、這種徵詩辦法可說是私設的「科學」，其所以模仿科學的評審方式，不但流露了對於科舉制度的懷念，恐怕也含有抗議科舉被廢的政治意識。四、創辦者吳渭爲南宋遺民，他又邀請謝翱、方鳳、吳思齊等遺民詩人爲顧問，可見抗議詩人已成爲民間詩壇的領袖。

第二種資料是一些作詩的課本。這些課本多以民間詩人爲對象，平易簡便，可以說是啓蒙的手冊。在南宋末年，已出現了周弼的《唐賢三體詩家法》，通稱《三禮詩》，以及魏慶之的《詩人玉屑》等書（詳《宋詩概說》第六章第六節）。到了元初，這類書籍更是層出不窮。其中比較有名而重要者，有《瀛奎律髓》、《聯珠詩格》二種。

《瀛奎律髓》四十九卷，方回編撰。刊於至元二十年（一二八三）。方回，字萬里，號虛谷，又號紫陽山人，安徽歙州人。南宋景定年間進士。此書選唐宋兩代五七言律詩，自〈登覽〉、〈朝省〉、〈懷古〉起，至〈僊逸〉、〈傷悼〉爲止，分爲四十九類，依類編排。每詩之外，加以評語，並附作者遺聞逸事。對於宋代詩史，尤其是一些宋代詩人的生平事蹟，留下了難得而詳盡的資料。至於評詩方法，有抒「情」聯與寫「景」聯交錯之說。所謂「情」與「景」兩個概念，其實相當於《三體詩》所提出的「虛」與「實」（詳《宋詩概說》第六章第六節）。方回的主張大抵宗江西派，而排西崑體，所以稱杜甫爲「一祖」，而以黃庭堅、陳師道、陳與義爲「三宗」。這本書後來雖然屢受指摘，如清代紀昀就指出其選詩與論詩之弊數端，以爲「足以疑誤後生，瞀亂詩學。」（《紀文達公遺集》卷九〈瀛奎律髓刊誤序〉）但因爲便於初學，所以在中國與日本，屢經重刻，流行甚廣。關於編者方回的爲人，從來毀多於譽，紀昀甚至說「文人無行，至方虛谷而極矣」（同上）。據南宋遺民周密的《癸辛雜識別集》所記，方回原爲浙江嚴州知事，亡國之際走出城門，揚言誓死抵抗到底，可是不久之後，卻穿著蒙古官服，得意洋洋地回到江南。又他晚年住在杭州，儼然以一代宗匠自許，可是生性好色，有一天與妾調戲過度，推倒牆壁，壓死了睡在隔壁的蒙古人，不得不求人調解，含糊了事。不過，這個周密，字公謹、號草窗，據其友人之子袁桷的〈師友淵源錄〉（《清容居士集》），也是個詩壇宗匠，只是好財如命，從事書畫古董的買賣，而大賺其錢。雖然列名於《宋季忠義錄》（卷十四），可見也不是個白璧無瑕的人。

《聯珠詩格》二十卷，江西鄱陽于濟編，福建建安蔡正孫增訂。大德四年（一三〇〇）刊行。選唐宋七言絕句，自「四句全對格」以下，分為三百餘「格」，即表現形式，按類排列。每「格」之後，增訂者蔡正孫往往附以自作之詩。如在「前三句疊字相貫格」之後，就附有一首，題為〈凭闌〉：

幾度凭闌約夜深，
夜深情緒不如今。
如今強倚闌干立，
月滿空階霜滿林。

詩後自注「丙子」，即南宋首都杭州淪陷的一二七六年；其所以特別注出，蓋表示這是感懷亡國之作。蔡正孫，字粹然，號蒙齋野逸，也是個遺民，是前節所介紹的謝枋得的門人。對於謝枋得臨別所作的那首七言律詩，〈初到建寧賦詩〉，他也有一首次韻之作；其第三聯云：「肩上綱常千古重，眼前榮辱一毫輕。」（見於《疊山集》卷二）

《聯珠詩格》一書，在中國亡佚已久，幸經朝鮮傳入日本，而得以保存下來。書全名應該是《唐宋千家聯珠詩格》。大窪詩佛於日本文化元年(一八〇四),出版校訂本之後,正逢宋詩盛行之世,流傳更廣。為此書作序的山本北山,以書中所收多宋遺民詩,又以書成於南宋亡後二十多年,而特冠以「唐宋」二字,因之認為有寄託抗元之意。此外在江戶末期,還有朝鮮人徐居正的注本、阿部櫟齋的《聯珠詩格名物圖考》等,陸續在出版界出現,顯有洛陽紙貴之勢。

蔡正孫另外還編有《詩林廣記》一書,前後集各十卷。前集為唐詩加陶淵明,後集全為宋詩,所選詩人共約七十家。編輯體例,先舉其詩,後附詩話;可說是一種詩選兼詩評的參考書,頗便初學。這類書籍的出現,無疑是由於有此需求,足證當時學詩風氣之盛行。

從上面所舉的這些資料,可知南宋遺民雖有亡國之悲,而對於詩的普及卻有推進之功。影響所及,到了十四世紀以後,如次章所述,在全國各地,特別在長江流域,即將產生民間詩人大量增加的現象。

第五節　劉因

以上是十三世紀末葉,南方詩壇的狀況。下面我想附帶地介紹一下北方的情形,作為本章的結束。

元世祖忽必烈定燕京為大都之後,有意漢化,熱心於徵召漢籍文臣,已如前述。在他側近的儒臣中,除了許衡之外,有釋僧還俗而位至宰相的劉秉忠(一二一六—一二七四),原名侃,字仲晦,自號藏春散人,傳有《藏春居士集》六卷。還有王惲(一二二七—一三〇四),字仲謀,號秋澗老人,官至通議大夫知制誥。所傳詩文最多，有《秋澗先生大全集》一百卷。他們都是北方的漢人。那時距離金之亡國，早過了半個世紀，所以他們反抗蒙古統治的意識，似乎已被時間沖淡了不少。況且在歷史上，異族的君臨中國北部，屢見不鮮，其來已久。蒙古入主之前的金，已經不是漢族的朝廷。也許由於這樣的歷史背景，北方漢人較能淡然處之，所以不像首次淪於異族統治的南宋遺民那樣，激昂慷慨，充滿著敵愾之情。

然而，其中有一個特出的人物，就是劉因（一二四九—一二九三）。原名駰，字夢吉或夢驥，號靜修，又號雷溪眞隱。河北保定容城人。與許衡一樣，崇奉剛傳入北方的程朱之學，鑽研經書，著有《四書集義精要》等。也不只一次地受到忽必烈的徵召，但與許衡不一樣，都以孝養老母或自己生病爲由，婉辭了招聘。他並不贊成許衡應召仕元。有一次，許衡訪問了劉因，談到了這個問題。許衡說他應召的理由是「不如此則道不行」；相反的，劉因說他辭謝的理由是「不如此則道不尊」。這是一個流傳一時，相當有名的佳話。

結果，劉因便在故鄉保定的農村裡，度過了他的一生。他的詩雖然受了理學的影響，時有好議論、喜談道的傾向，但是頗有氣骨，格調亦高。在十三世紀的詩人之中，劉因可以說是僅次於元好問的大家。有《靜修詩》三十卷。其五言律詩〈半世〉云：

半世恆棲託，
孤生備險艱。
寡言非蘊畜，

褊性類清閑。
生計朝霞上，
交情暮雨間。
柴門本無客，
幽僻況長關。

「半世」即半生；「棲託」指貧士自給自足的單純生活。「險艱」謂艱難困苦。「褊性」即心狹而情急，指其個性。「幽僻」是偏遠之地。住在偏僻的地方，本來就沒有來訪的客人，所以柴門總是關著，難得有打開迎客的機會。其實他並不是沒有訪客，據《元史》〈劉因傳〉云：「公卿過保定者眾，聞因名，往往來謁。因多遜避，不與相見。不知者或以為傲，弗恤也。嘗愛諸葛孔明靜以修身之語，表所居曰靜修。」

可是當他打開柴門，策杖出外散步時，北國清勁的自然風物，映在眼簾，觸景生情，往往引起他的詩興。七言律詩〈秋郊〉云：

行過青林徑欲還，
誰家茅屋在林間？
雲初湧出半含雨，
風漸吹開微露山。

世味嘗來知懶貴，
物華老盡覺秋閑。
天教勝境爲詩敵，
未許幽人穩閉關。

末聯「詩敵」謂作詩的競爭對手；「幽人」即避世隱居之人，指作者自己。自然的勝景佳境天造地設，本身就是絕妙好詩；不但引人去發掘，也要與人一較短長。爲了要向大塊文章挑戰，即使悠閑懶散慣了的幽人，也得奮發圖強，經常出去對付「勝境」，不容許老關在門裡過著安穩的生活。

劉因與宋蘇軾一樣，也與前輩郝經一樣，有不少「和陶」即次韻陶潛的詩（《靜修集》卷三），可見金朝所謂「蘇學」的遺風，源遠流長，尚未斷絕。在此略而不舉。

劉因不但愛清潔的自然，也一樣愛清潔的生活。如五言律詩〈宿田家〉云：

偶到田家宿，
歡迎如遇仙。
杯盤陳户側，
妻子拜燈前。
青白眼誰靜？
炎涼情易偏。

豈知人世外。
還有野夫憐？

「人世」之中的人都是相當現實的。遇到自己喜歡的就青睞有加；碰到自己討厭的就白眼相待。一雙勢力眼，或垂青，或翻白，總是不停地在找好惡的對象，難得有靜止的時候。而且對於有錢有勢的就熱烈巴結；對於無錢無勢的就冷淡疏遠。世態炎涼，早已司空見慣。可是在這個「人世」之外，卻還有純樸老實的田家「野夫」，可憐我這個窮書生，把我當神仙般看待，使我感愧交加。

五言絕句〈村居雜詩〉五首，也是風趣盎然之作。如第一首：

陳翁走相報，
隔窗呼我起。
數日不見山，
今朝翠如洗。

又如第三首：

黃昏雨氣濃，
喜色滿南畝。

誰知一夜風，
吹放門前柳！

有時候，他也會在詩裡流露一個哲學家的觀察或思考。如〈飲山亭雜花卉〉八首中，詠「牡丹」一詩云：

世變日以文，
花卉亦應爾。
懸知太古時，
其美未如此。

劉因不但反對蒙古的君臨全中國，而且對於遼、金以來異族的統治北方，心中也頗不以爲然。喧賓奪主，本就不該；魚肉漢民，更屬可悲。他這種思想，在五言長詩〈燕歌行〉裡，表現得最爲明顯。此外，七言律詩〈易臺〉也含有類似的思想：

望中孤鳥入消沈，
雲帶離愁結暮陰。
萬國河山有燕趙，

百年風氣尚遼金。
物華暗與秋光老，
杯酒不隨人意深。
無限霜松動巖壑，
天教搖落助清吟。

「搖落」謂草木凋殘零落。這大概是他登易臺的感懷之作。「易臺」在河北易州，為戰國時代燕昭王所築「黃金臺」遺蹟。

又在五言律詩〈登保府市閣〉裡，寫其所見所聞云：「民謠混諸國，里號帶軍營。」很露骨地表示了他對蒙古駐軍的反感。根據他的意見，中國的正統不在蒙古，也不在先前的遼金兩朝，而應該在南宋。因此對南宋的滅亡，也有哀悼之詩，如五言古詩〈晨起書事〉(丁丑五月廿八日)。丁丑即至元十四年(一二七七)，杭州淪陷第二年。這首長詩採用記夢中所見的形式，一開頭就說：「蒼星彗明河，三月麗朱方。兩月忽散落，一月留中央。」又說：「誰令月有瘿，飄搖及吾窗?須臾日東生，有星環四旁。」全詩寫日月星晨的消長，似乎在隱喻人世國運的盛衰。大概有所顧忌，所以含意晦澀，語焉不詳。結尾云：「寢言札諸闥，庸俟知者詳。」又詩中第二句的「朱方」，春秋時代吳國地名，今江蘇丹徒縣，此處泛指南方。

日本淺見絅齋的《靖獻遺言》，也介紹了劉因的生平事蹟及其文學，排在第七位，在文天祥、謝枋得之後。而且比較劉因與許衡，認為許衡的應召仕元是「仕夷狄，失大義」。不過絅齋同代的伊藤仁齋，卻認爲許衡自有許衡的苦衷，而且把許衡與宋程顥、范仲淹並列爲古今三大賢人。

十四世紀以後，中國詩史的重心主要在南方的所謂江南地帶。至於北方，自從山西出了元好問，河北出了劉因之後，便詩運不振，一直沒產生過多少詩人。劉因可說是北方詩壇進入沉寂以前的最後一個詩人。

第三章

十四世紀前半　元詩的成熟

第一節　序說

十四世紀前半的政治史是個小康時期。雖然在十三世紀蒙古的狂風暴雨之後，中國疆域全部淪於蒙古的統治之下，但總算恢復並保持了和平的景象。

至元三十一年（一二九四），世祖忽必烈去世之後，其孫、曾孫、玄孫數人，連續繼承了帝位，但在位年數都不長。前後十帝，共約四十年。到了最後的順帝妥懽貼睦爾，在位期間較久（一三三三—一三六八），正值十四世紀中葉。不過，政府的高官要人還是蒙古或西域（色目）人，漢人之不得志於政治，依然如故。但時過境遷，當初蒙古粗獷的活力已逐漸消失，而中國的體制也就隨之開始登場。譬如在忽必烈之孫仁宗愛育黎拔力八達的時代（一三一一—一三二〇），「科舉」的恢復便是一個最好的徵象。雖然元朝歷代皇帝多半不懂漢語，依然使用蒙古話，但其「翰林」概由漢籍文臣組成，而且經常通過翻譯進講中國的經史。當然也有像忽必烈的曾孫文宗圖帖睦爾那樣，愛好並善於中國書畫的君主。至於最後的順帝，如前所述，有人謠傳甚至相信他是南宋末帝的私生子（第二章第三節），更是一個漢化到不像蒙古人的皇帝。（以上諸事，詳見拙文〈元諸帝的文學〉，原載京都大學《東洋史研究》，一九四四—一九四五。）

這個小康的和平局面，一直維持到順帝在位的十四世紀中葉，南方各地發生叛亂時，才告結束。在這期間，從政治被隔絕了的漢籍書生，別無出路，只好專心於文學的創作，收到了一些重要的成果。其中在詩歌方面，不但能承前啓後，而且影響到後來詩史的發展。從這個意義上來說，這是個值得注意的時期。

最值得重視的是在南方，尤其是長江下游一帶，平民詩的日臻成熟。萌芽於南宋的平民詩，經過這個時期的辛勤耕耘，終於不但大有收穫，也確定了以後的中國詩壇，將由平民，特別是由南方平民主宰的發展傾向。

同時，尊崇並祖襲唐詩的意識，也逐漸地接近成熟的階段。這也是南宋以來，醞釀已久的詩壇趨勢的自然結果；繼續延展下去，就變成了明詩復古運動的先驅。在這方面最有推進助成之功的，多半是出身於南方民間，而進入北方朝廷服務的漢籍文人。

元朝是個異族入主中國的變態時代。在蒙古人的暴力統治之下，向來中國文明的有些傳統，幾乎面臨著斷絕的危機。不過，異常的氣氛也是新的氣氛。在這充滿著新氣氛的時代裡，有些新的事物反而得以發生、成長，而至於結實。譬如元「雜劇」的發展與成熟，而且變成了中國戲曲史的開端，便是一個最顯著的例子（詳見拙著《元雜劇研究》）。在詩的歷史上，也有類似的情形。

第二節　楊維楨：南方民間詩壇的領袖

這裡先談南方民間詩壇的情形。

我在《宋詩概說》第六章裡說過，十三世紀前半，在南宋末期偏安的局面下，長江下游一帶出現了「永嘉四靈」、「江湖派」諸詩人，是爲民間詩壇興起的前奏。我又在本書第二章裡說，到十三世紀末葉，在南宋滅亡後的環境裡，由於一部分遺民的加入與領導，民間詩壇獲得了更進一步的發展。降至十四世紀前半，元朝末期，民間詩壇便進入成熟的階段了。這裡所謂成熟，不但表現在詩人數目的大量增加上面，也指著作品素質的顯著提高。至少具有精益求精的渴望與熱情。

從前的民間之詩，名副其實地出自民間，總是寫些日常生活的瑣事或感懷。南宋的「永嘉四靈」及「江湖派」，便是典型的代表。至於作詩的技巧，也卑不足道，無非是刻意模仿晚唐的小詩而已。這種傾向，到了前章所介紹的《月泉吟社詩》，也還很明顯。

不過久而久之，民間詩人就越來越講求作品素質的提高。他們作詩時，已經不能滿足於日常生活的題材與感情，而企圖有所突破，有所超越。楊維楨便是在這樣的時期裡，應運而生的特異的詩人。他出生於民間，而又終於回到了民間，變成了新詩壇的領袖。

楊維楨(一二九六—一三七〇)，字廉夫，號鐵崖。出生地是浙江紹興附近的小城諸暨。他的家庭大概是商人。元泰定帝也孫帖木兒泰定四年(一三二七)，他三十二歲時進士及第。在浙江錢清鎭鹽場做了幾年稅吏「鹽司令」，但個性狷直，官運不暢，不久就掛冠而去。從此以後，輾轉於江南各地詩社之間，儼然一代宗匠，自由自在地結束了七十五年的生涯。

他所追求的是華麗、恣肆，而富於幻想的詩歌。所以在技巧方面，也就盡量效法性質近似的古代典範。唐以前則模擬漢魏六朝的「樂府」歌體；唐詩則祖襲杜甫、李白與李賀，均為北宋以來久被閒置的文學。他的第一本詩集《鐵崖先生古樂府》十卷四百零九首。門人吳復編，刊於順帝至正六年（一三四六）。茲從其中舉出幾首為例。如〈精衛操〉（卷一），取材於古代傳說，有引言云：「按《述異記》：『昔炎帝女溺死東海中，化為精衛鳥，日銜西山木石以塡東海，怨溺死也。』余悲其志，為作精衛詞入琴操云。」「琴操」即琴曲。

水在海，
石在山，
海水不縮石不刊。
銜石向海安，
口血離離海同乾。

「離離」是往下直流的擬態語。

又如〈羅浮美人〉（卷二），寫仙女翩然而來的幻想。「羅浮」即羅浮山，福建的梅花名勝（一說在廣東）。

海南天空月皜皜，
三山如拳海如沼。
綠衣歌舞不動塵，
海仙騎魚波嫋嫋。
翩然而來坐芳草，
皎如白月射林杪。
洗粧不受瘴煙昏，
縞袂初逢鴻欲矯。
手持君山老人笛，
黃鶴新腔知音少。
江南吹斷桃葉腸，
雨聲夜坐巫山曉。

「三山」爲海中三神山，即蓬萊、方丈、瀛洲，爲仙人所居。「瘴煙」是毒氣煙霧，多在南方山川溫濕地帶，相傳可以致疾。「黃鶴」爲仙人所乘，在此指樂曲之名。「君山」在洞庭湖中，君山老人爲傳說人物。「桃葉」爲晉王獻之之妾，二人皆作有〈桃葉歌〉。「巫山」在長江巫峽之上，位於四川、湖北交界，有十二峰。峰下有神女廟。典出宋玉〈高唐賦〉。後世每以巫山喻男女間情愛幽會之事，如巫山之夢、巫山雲雨等。這首詩也以神話傳說爲題材，藉著超出常理的典故，企圖創造新的意境，可說是推陳出新、古爲今用的辦法。

他的七言絕句，往往模仿唐代劉禹錫、白居易等人的竹枝詞。有作於杭州的〈西湖竹枝歌〉九首，舉一兩首於下。

勸郎莫上南高峯，
勸我莫上北高峯；
南高峯雲北高雨，
雲雨相催愁殺儂。

「南高峯」、「北高峯」都是西湖周緣的山名。「郎」爲女子對丈夫或情人的第二人稱。「儂」是蘇州話女子自稱的代名詞。「愁殺」是極度的憂愁，現在所謂愁死人。又如：

湖口樓船湖日陰，
湖中斷橋湖水深。
樓船無舵是郎意，
斷橋有柱是儂心。

「斷橋」在西湖孤山之側，原名寶祐橋，唐時又叫斷家橋。

另外，有七言絕句〈漫興〉七首（卷十）。這是他祖襲杜甫之作，有序云：「學杜者，必先得其情性語言而後可。得其情性語言，必自其〈漫興〉始。錢塘諸子喜誦予唐風，取其去杜不遠也。故今〈漫興〉之作，將與學杜者也。」其中一首云：

楊花白白綿初迸，
梅子青青核未生。
大婦當壚冠似瓠，
小姑吃酒口如櫻。

詩中所寫的是鄉村酒店風景。「大婦」是老闆娘。「當壚」是負責溫酒賣酒之事。「小姑」指主人的小妹妹。吳復評這組〈漫興〉詩云：「漫興之爲言，蓋即眼前之景以爲漫成之詞。于其情性盎然，與物而爲春。其言語似村而未始不俊也。此杜體之最難學也。先生此作，情性語言，似矣似矣。」

楊維楨過了七十歲後，他的另一門人章琬編其晚年之詩，題爲《復古詩集》六卷，刊於至正二十四年（一三六四）。所收詩歌與「古樂府」偶有重出。有些寫得相當大膽，尤其模擬晚唐李商隱的〈無題〉情詩，或仿效韓偓《香奩集》的七言律詩〈香奩八題〉（卷五）、七言絕句〈續奩集二十詠〉（卷六）等，往往以年輕女性的色情爲主題。如〈續奩集二十詠〉中的〈染甲〉：

夜擣守宮金鳳蕊，

十尖盡換紅鵝嘴。
閒來一曲鼓瑤琴，
數點桃花泛流水。

「守宮」是蟲名，大概屬於壁虎或蜥蜴之類。據說飼以朱砂，長大後晒乾磨成粉末，點在女人肢體上，終年不滅，紅如赤痣；如有房事，即便消失，所以被當作保護貞潔的象徵。「金鳳」即鳳仙花，把花蕊搗碎，合以明礬少許，成深紅色，爲古代染指甲的材料。又如〈成配〉一詩，寫房事的喜悅：

眉山暗淡向殘燈，
一半雲鬟撒枕稜。
四體著人嬌欲泣，
自家揉碎砑繚綾。

諸如此類，多爲自由奔放，敢於衝破常識藩籬之作。楊維楨不但擺脫了北宋以來，以蘇軾詩爲代表的喜歡窮理盡性的傾向，同時也揚棄了南宋末期以來，民間詩人斤斤於日常瑣事的習氣。而且人如其詩，他在私生活上也表現得豪放闊達，不受世俗常規的約束。明初重臣宋濂是他的晚輩，與他爲忘年之交，受他的遺囑寫了〈元故奉訓大夫江西等處儒學提舉楊君墓誌銘〉。其中說到他的爲人云：

或戴華陽巾，披羽衣，泛畫舫於龍潭鳳洲中，橫鐵笛吹之。笛聲穿雲而上，望之者疑其爲謫仙人。晚年益曠達，築玄圃蓬臺於松江之上。無日無賓，亦無日不沈醉。當酒酣耳熱，呼侍兒出，歌〈白雪〉之辭。君自倚鳳琶和之。座客或蹁躚起舞，顧盼生姿，儼然有晉人高風。……蓋君數奇諧寡，故特托此以依隱玩世耳，豈其本性哉？

像這樣玩世不恭的作風，簡言之，就是藝術家故意要表現得與眾不同，甚至主張其特權的生活方式。從常識出發的平民文學，到了楊維楨之後，無論在文學的內容方面，或在作者的生活上面，終於能夠超越常識的藩籬，而提升到更複雜更高度的水準了。

楊維楨的文學的確離奇古怪，生活也不免矯情任性，難怪明初大官王褘頗不以爲然，而斥之爲「文妖」。儘管如此，許多當時的民間書生，卻把他尊爲文壇領袖，追隨或至少欣賞他的爲人與文學。他經常以奇裝異服的打扮，輾轉往來於杭州、松江、吳錫等浙江、江蘇各地的詩社。每到一地，總有不少文學青年包圍著他，恭恭敬敬地接受他的指導。宋濂所撰的〈墓誌銘〉又說：「吳越諸生多歸之。殆猶山之宗岱，河之走海，如是者四十餘年。」

他的爲人處世，固然在表面上顯得矯情任性，但他之所以如此受到仰慕，一定有足以引人的性格。當然，他在文學上的成就與名聲，更是重要的原因，所以才會得到民間廣泛的追隨與支持。他那些大膽的〈香奩八題〉等作，據其小序，就是在江蘇松江，寫給當地的「雲間詩社」作範本用的。當時各地詩社、文社之多，從楊維楨一些散文裡（《東維子文集》），也可以推測出來。

楊維楨還有一些描寫或贈與鹽商、相士、巫者、冶師、筆匠、醫師、牛商、貧婦、艾師等的詩歌，以及送給女說書者、筆匠、醫士、櫛工、優伶等的散文〈序〉，也都顯示著他是個身爲布衣而關心民間的詩人面目。明太祖朱元璋即位後，洪武二年（一三六九），曾經兩次派人敦促他出來做官。但他以做過元朝的官爲理由，加以拒絕，說：「豈有老婦將就木，而再理嫁者耶？」（《明史》〈文苑一〉）並賦〈老客婦謠〉一首進呈，云：

老客婦，
老客婦，
行年七十又一九，
少年嫁夫甚分明。

明太祖雖是個對文人極爲殘酷的君主（見第四章第一節），但對這個老人卻意外的寬厚，請他到宮廷裡住了三個多月，便讓他平平安安地重歸山林了。當時正在編修《元史》的翰林學士宋濂，有詩送他，中有句云：「不受君王五色詔，白衣宣至白衣還。」洪武三年（一三七〇），楊維楨七十五歲，終於以民間詩人的身分，結束了他的一生。

楊維楨的出現，以及以他爲中心的南方民間詩壇的盛況，可以說在中國詩史上開了新紀元。以後明清兩代的詩壇，將以這個地區的民間詩人爲中心，繼續發展下去。固然說這個趨勢，早在十三世紀南宋末期，已見端倪，但其成熟與固定，卻要等到楊維楨的時代。由於異族蒙古人統治中國的變態現象，漢人失去了參與政治的門路，反而促進了民間詩壇的發展、普及與成熟。這不能不說是歷史的諷刺。

第三節　文人的產生：倪瓚、顧瑛、高明

楊維楨及其一派的文學與生活，同時也構成了中國文明向來所無的新型人物。簡言之，即以文學至上、藝術至上而生活的態度。因爲以藝術爲至上，所以在日常言行上主張藝術家的特權，而不爲常識俗規所拘束。持有這種態度的人物，從這個時期以後，往往稱之爲「文人」。這是在過去的中國不一定存在的人物。

中國文明自早期以來，固然就以文學爲其不可或缺的成分，但至於排除其他構成文明的各種要素，而就文學本身主張其應有的獨立價值，卻是過去少見的觀念與態度。在從前的歷史裡，一般說來，文學雖與哲學、政治並存不悖，但每每屈居下位，忝陪末座。以前的文學家或詩人，必須具備哲學的修養並取得政治的職責，然後才能算是入流的文學家、入流的詩人。如歐陽修、王安石、蘇軾等，不但是北宋的代表詩人，也都是當時重要的政治家，兼出色的思想家或哲學家，便是能夠體現這種理想的典範人物。但是，以楊維楨爲中心的元末南方「文人」，他們的態度或志趣卻大不相同。他們與哲學無緣，與政治也無緣。或者被迫而不得不處於與政治無緣的環境之中。

「文人」一詞早已有之。不過用「文人」二字來稱呼這一類型的人物，恐怕始於元朝末年。他們既然與政治無緣，便只好專心致力於文學或藝術的創作。他們甚至要求自己不進官場，以便保持平民的身分。而且爲了做「文人」藝術家，他們在日常生活裡，往往故意矯情任性，顯示與眾不同，所以在言行上，難免有不合常理常情的荒誕作風。

在過去注重學而優則仕的文明體制下，像這樣的人物是不容易產生的。固然在南宋出現過「江湖派」那樣，毫無政治地位，而熱衷於作詩的一群詩人。但在南宋時代，文學、哲學與政治三位一體的概念，依然根深柢固，不容偏廢。「江湖派」的詩人，既然無法三者兼而有之，所以畢竟只能算是小詩人而已；即使詩寫得再好，也不可能在他們的社會裡，成爲受尊敬的重要人物。況且他們自己也還缺乏藝術至上，或爲文學而獻身於文學的意識型態。不過，到了元朝，由於漢人被排除於政治圈外，不得不另找出路，而採取專心於文學的態度。又由於過分強調這種態度的結果，終於產生了放蕩不羈、佯狂玩世的「文人」，也出現了能夠容忍或尊重這種「文人」的社會。楊維楨的社會關係與地位，便是最好的例證。這是異族統治所引起的又一個新現象。

最理想的「文人」，除了詩文之外，還必須具備書畫等藝術修養。或者如果特長是在書畫方面，也必須擁有善於詩文的能力。最典型的例子是元末四大畫家之一的倪瓚。

倪瓚(一三〇一—一三七四)，字元鎮，自號雲林居士，江蘇無錫人。出身富豪之家，但對家傳的事業卻了無興趣，只管花錢蒐集書籍、法書、名琴、奇畫、古鼎等物。又給自己起了倪迂、懶瓚、滄浪漫士、荊蠻民等不下十個奇特的字號，正是「文人」佯狂的表徵。他也留下了不少軼事。如「至正初，天下無事，忽盡鬻其家產，得錢盡推與知舊，人皆竊笑。及兵興，富家盡被剽掠。元鎮扁舟箬笠，往來湖泖間，人始服其前識也。」(錢謙益《列朝詩集》甲前編小傳)但更有名的是他的潔癖。「性好潔，盥頮易水，冠服振拂，日以數十計。齋前樹石，頻煩洗拭。見俗士，避去如恐浼。」(同上)又「其溷廁以高樓爲之。下設木格，中實鵝毛，便下則鵝毛起覆之。一童子俟其旁，輒易去，不聞有穢氣也。」(《古今圖書集成》文學名家列傳四十四引)

倪瓚以及同爲平民出身的吳興黃鶴山人王蒙、常熟大癡哥黃公望、嘉興梅花道人吳鎮，號稱元四大畫家，是眾所周知的事。其詩如其畫，也頗有骨格。如〈題自畫〉五言絕句二首（《倪雲林先生詩集》卷五），其一云：

東海有病夫，
自云繆且迂。
書壁寫絹楮，
豈其狂之餘？

其二云：

青林藏曲密，
遠水間微茫。
飛鷺浴鳧處，
人家半夕陽。

又如七言絕句〈六月五日偶成〉（同上卷六）：

坐看青苔欲上衣，
一池春水靄餘暉。
荒村盡日無車馬，
時有殘雲伴鶴歸。

這些詩寫他淡泊的情懷，如其畫境，寧靜幽雅。但他也有一些艷麗的詩。譬如〈竹枝詞〉八首（同上卷六），據其小序，可知是響應楊維楨〈西湖竹枝歌〉而作的。第三首云：

湖邊女兒十五餘，
烏紗約髮淺粧梳。
卻怪爺娘作蠻語，
能唱新聲獨當壚。

西湖邊酒肆的妙齡女兒，用黑色紗帶束著頭髮。素淡的打扮。父母為了做蒙古人的生意，學會了說些蒙古話。可是她卻不以為然，便一邊賣酒，一邊唱起新流行的漢語歌曲來。另一方面，他也寫蒙古駐軍的小姑娘，第八首云：

辮髮女兒住湖邊，

能唱胡歌舞踏筵。
羅綺薰香回紇語，
白氎蒙頭如白煙。

「回紇」即畏吾兒族。「白氎」亦作白疊，一說棉布，一說野繭絲布，爲蒙古人或西域人所用，俱非漢人衣料。

這八首西湖〈竹枝詞〉的小序說：「余暮春登瀕湖諸山而眺覽，見其浦溆沿洄，雲氣出沒。慨然有感於中，欲托之音調以聲其悲歎。久未能成章也。」杭州是南宋故都，曾幾何時，如今卻淪於異族蒙古人的統治之下；面對著西湖美麗的山水，使他「有感於中」而欲「聲其悲歎」。可見這個風流自賞的「文人」，也懷著刻骨銘心的敵愾意識。

「文人」也是人，所以儘管放浪形骸，超越世俗，依然得面對現實的生活。五言古詩〈述懷〉（同上卷二），寫他應付現實的苦惱，可說是自我告白之作。這首詩長達五十多句，首先敘他年幼失父，靠長兄養大；年輕時如何立志向學，盼能以文學藝術垂名後世。下面節錄兩段，以見一斑：

閉戶讀書史，
出門求友生。
放筆作詞賦，
覽時多論評。

白眼視俗物，
清言屈時英。
貴富烏足道？
所思垂令名。

不幸的是長兄與母親相繼去世。以後二十年，身爲富家之主，每爲苛捐雜稅所苦。有時還得一清早就到衙門，向那些小官折腰：

輸租膏血盡，
役官憂病嬰。
黽勉事污俗，
紛擾心獨驚。
罄折拜胥吏，
戴星候公庭，
昔日春草暉，
今如雪中萌。

不過現實儘管醜惡不堪，他卻拒絕同流合污。他決心要做個「悲歌歲崢嶸」的藝術家；要保持「被褐以懷玉」的人格。所以結句說：「蘭生蕭艾中，未嘗損芳馨。」

如上所述，元末在蒙古統治下的江南，產生了無數的新型「文人」。他們以楊維楨、倪瓚等人爲代表，到處呼朋喚友，成群結社，互相切磋，從事於文學藝術的創作活動。當時也出現了些贊助「文人」活動的人物。其中最有名的是顧瑛（一三一〇—一三六九），別名德輝，亦名阿瑛，字仲瑛，號金粟道人。江蘇崑山人。他出身富豪之家，但輕財喜客，又善詩文書畫，爲崑山一地的「文人」代表。「卜築玉山草堂，園池亭榭，餼館聲妓之盛，甲於天下。日夜與高人俊流，置酒賦詩，觴詠倡和。」（《列朝詩集》甲前集小傳）那些經常在玉山草堂讌集的「高人俊流」，經常包括楊維楨、倪瓚等「文人」。每有集會，顧瑛便把倡和所得的歌詩，彙集成冊，有《玉山名勝》、《草堂雅集》等集子。其中當然也收錄他自己的作品。他也有詩集《玉山璞藁》傳世。

另外以戲曲《琵琶記》出名的高明（一三一〇—一三八〇），字則誠，浙江永嘉人，也是當時江南文人之一。有詩集《柔克齋集》。他於元末至正五年（一三四五）進士及第後，做了幾年的地方官吏。元亡後就拒絕出仕，以布衣終其餘生。雖然他以《琵琶記》傳名於後世，但在世時，也與其他文人一樣，先致力於詩，然後才以餘力從事於虛構的戲曲創作。高明的詩亦見於《元詩選》，茲舉其一首於下。這是送給宋孟皇后後裔孟宗振之作。

汴水東邊楊柳花，
春風散入五侯家。
繁華一去江南遠，

閑汲山泉自煮茶。

孟宗振住在以茶泉出名的無錫惠山。

第四節　北方的詩人：趙孟頫、袁桷、虞集

江南詩壇的發展，如上所述，不但在當地產生了空前的盛況，而且波及北方，導致了不同的結果。所謂北方的詩人，其實原來多半是出身於南方，而出仕元朝宮廷，在「翰林」或「史館」供職的官員。由於環境和身分的關係，他們的詩風與南方民間詩人的自異其趣。簡言之，北方的詩壇更偏重祖襲唐詩，而且也獲得了相當的成果。

這時距南宋的滅亡早過了數十年，一般漢人的抵抗意識已不如當初那麼強烈，於是肯爲元朝做事的人也就越來越多。還有，在中國的文化傳統裡，一向有學而優則仕，或文學與政治合一的思想。其結果是歷代皇帝左右的文臣，往往構成了各代文學活動的中心。過去的情形如此，難免引起文人學者的懷舊之情。如今雖然在蒙古統治之下，不妨委曲求全，希望能在異族天子的宮廷裡，也把這個存在已久的傳統恢復過來。這恐怕也是漢人仕元的一個原因。在蒙古政治方面，當然注意到這一點。於是爲了滿足這些漢人的懷舊心願，也就逐漸採用了漢化的體制。總之，這些北方詩人的詩，與同時南方楊維楨等「文人」的詩，在詩風上是大有徑庭的。

其中最有代表性的人物是趙孟頫(一二五四—一三二二)。浙江吳興人。字子昂，號松雪。死後追

封魏國公，諡文敏。元世祖忽必烈在併呑南宋之後，派其親信文臣程鉅夫南下，巡迴各地，訪搜人材。有些人是拒不出仕，如前章第三節所介紹的謝枋得。但趙孟頫卻欣然應召北上，於至元二十三年（一二八六）抵達燕京。忽必烈對他優遇有加，常置之左右。

他的應徵仕元，因爲還在抵抗意識濃厚的時期，所以難免大受非議。他的從兄趙孟堅，字子固，尤其反對。何況他姓趙，又是宋太祖趙匡胤的後裔，更引起了人們的責難。不過，不管他政治上的是非如何，至少在書法上，他卻是從古到今的大家之一。過去宋人的書法，以蘇軾與黃庭堅爲代表，過分講求內在精神的表現，而往往忽略了外形整飭之美。趙孟頫則志在脫離宋人，直溯晉朝王羲之的均衡整齊。雖有「俗書」之譏，卻極優美。他的詩也盡量擺脫宋詩的「澀」或「硬」，而回到唐詩的純粹抒情。這是以後元宮廷詩人接近唐詩的開端。有《松雪齋文集》十卷，其中一半是詩。下面所舉的題爲〈絕句〉一首（卷五），大概作於燕京的宮廷：

春寒惻惻掩重門，
金鴨香殘火尚溫。
燕子不來花又落，
一庭風雨自黃昏。

他在忽必烈死後，曾經一度退隱，到了仁宗愛育黎拔力八達的時代，再度入爲翰林侍講學士、榮祿大夫。他對於自己不顧眾人非議，而出任元朝的事，似乎也耿耿於懷，不能毫無愧疚之念。譬如在題爲〈罪出〉的五言古詩裡(卷二),就露出了他的苦衷:「誰令墮塵網,宛轉受纏繞?借爲水上鷗,今如籠中鳥。」又惦記著在南方的家:「病妻抱弱子,遠去萬里道。骨肉生別離,丘壠誰爲掃?」他的夫人管道昇,字仲姬,吳興人,亦善詩歌書畫,與其姊管道杲俱有才媛之譽(詳見《元詩紀事》卷二十六)。

趙孟頫以後,抗元意識與時俱減,而且隨著蒙古政府逐漸採用中國體制,南方漢人應召仕元的也就日益增多。其中有些人,尤其是在「翰林」管制誥或修史的要員,不但是博通的學者,也是優秀的詩人。

袁桷(一二六六—一三二七)便是個極好的例子。他是江西四明寧波人,字伯長,號清容居士,諡文清。爲南宋大學者王應麟的弟子。有《清容居士集》五十卷,其中十六卷是詩歌辭賦。他的詩屬於學者之詩,故其筆力堅實雄渾,以豐富的學養,活潑的觸覺,描寫新現實的新素材,頗能創出新意。他於忽必烈之孫成宗鐵穆耳的大德年間(一二九七—一三〇六),應召入仕。在北上途中,有歌詠北方風物的五言古詩〈舟中雜詠十首〉(《清容集》卷三)。其第五首寫臨近燕京時,在舟中所見的兩岸白葦及其感懷:

白葦生寒沙,
殘花搖敝帚。
燕都百萬家,
借爾爲薪槱。

物微生最下，
功用乃堪取。
大勝桃李花，
矜矜鬥妍醜。

成宗死後，武宗在位只有四年，便進入了仁宗的時代(一三一一—一三一九)。當時在仁宗的朝廷裡，袁桷是僅次於趙孟頫的翰林重臣。而且曾經幾次隨侍仁宗，前往上都開平(多倫諾爾)避暑。有《開平集》四集，歌詠沙漠地帶的風物，也可說是他取材於新環境、新現實的作品。譬如〈上京雜詠〉五言律詩十首(卷十五)，便是歌詠多倫諾爾宮殿及街景之作。舉其第三首如下：

天闕虛無裡，
城低納遠山。
白榆迷雁塞，
青草補龍灣。
市簇家家近，
官清日日閑。
重遊深問俗，
漸恨鬢毛斑。

「天闕」謂宮門。高高的宮門聳立在「虛無」荒漠的太空裡，遠遠的群山越過低低的城牆，納入了人們的視界。「龍灣」即沙漠中的綠洲地帶。只有在這種地方才可以看到些青草。此詩作於延祐六年(一三一九)，袁桷五十四歲。稍後的翰林文臣柳貫(一二七〇—一三四二)，也有〈上京紀行詩〉(《柳待制集》)。

以上所舉的袁桷詩，雖然在反映新的現實上面，與宋詩的詩趣相同，但就其措辭與格調而言，卻較近於唐詩。

仁宗延祐二年(一三一五)，擱置已久的「科舉」制度終於恢復施行，自然增加了漢人仕進的機會。首次舉行的時候，僅在江浙地區參加行省「鄉試」的人數，就有一千二百多人。其中中試而成爲「舉人」的，計有蒙古人與西域色目人五名、漢人二十八名。從全國各行省入京參加「會試」的舉人，共達三百名。再經過宮廷「殿試」而得「賜進士及第」者，只有一百名。不過從這一批進士裡，倒出了不少人才。如馬祖常、歐陽玄、黃溍、許有壬等元末的翰林文臣，都是這次金榜題名的人。

元末還有文宗圖帖睦爾，雖然在位只有四年左右(一三二八—一三三二)，但愛好中國書畫，是個漢化最深的皇帝。他所設立的「奎章閣學士院」，不但是他蒐集鑑定書畫的機關，也是他與翰林學士文臣們聚會的場所。

在這些文臣之中，最有名的是有元詩第一大家之稱的虞集(一二七二—一三四八)。字伯生，號道園，世稱邵庵先生，謚文靖公。江西人。有詩文集《道園學古錄》五十卷。成宗大德年間，入仕元朝，授大都路儒學教授。以後一帆風順，到文宗時，拜奎章閣侍讀學士，信任之厚，無以復加。

虞集的歌詩，法度謹嚴，格律整飭，頗具風骨，不愧爲元詩大家。這大概是由於專心祖襲唐詩的結果。例如五言律詩〈題子昂長江疊嶂圖〉（《道園學古錄》卷二）：

昔者長江險，
能生白髮哀。
百年經濟盡，
一日畫圖開。
僧寺依稀在，
漁舟浩蕩回。
蕭條數根樹，
時有海潮來。

詩題中的「子昂」即趙孟頫，爲虞集的翰林前輩。「經濟」謂經世濟民，指政治事業。這首詩的主題是對古今治亂的感慨。長江天塹，爲古來南北攻守之地，不知發生過多少次驚天動地，慘絕人寰的戰役。但這些都變成了一場幻夢。如今是天下一統的太平之世，險要的長江也像一幅美麗的畫圖一樣，展開在眼前。

另一方面，虞集的筆力也足以處理新的素材、新的現實。譬如有一首五言古詩〈贈治冠者〉（卷一），就是寫給一個喜歡讀書而甘於貧賤的帽匠的：

車馬入隘巷，
言尋治冠師。
反關不受客，
高坐哦書詩。
布之不掩脛，
晝食甘藿藜。
冠成動經歲，
不售亦不辭。
我少好文章，
把筆無不爲。
愧爾爰寂寞，
愼與當自茲！

最後兩句總結全詩，表示了自己的感慨。看著你這樣安於本分，自甘寂寞；想到自己誤落塵網，浮沉徬徨，惶惶不可終日，實在慚愧之至。從今天開始，我應該學會謹愼的工夫，希望有一天也能跟你一樣，達到與世無爭的境界。

所謂元詩四大家，除虞集外，就是同樣爲文宗所器重的翰林侍講學士揭傒斯，再加上兩個仁宗朝的翰林國史院編修官，范梈與楊載。這四大家的詩集，在日本的室町時代（一三三八—一五七二），很受當時五山詩僧的歡迎，所以還有些和刻本流傳於世。此外，虞集與揭傒斯、柳貫、黃溍在一起，又號「儒林四傑」（《元史》〈柳貫傳〉）。

這些以虞集為代表的北方詩人，有一個共同的傾向。那就是一方面祖襲唐詩的核心部分，而在另一方面，設法擺脫宋詩的影響。這種趨勢雖然醞釀已久，但只有到這個時候，才算達到了成熟而肯定的階段。

具體地說，以蘇軾為主的北宋詩，由於議論過剩或太散文化，早就有人覺得不足為訓；而且為了救其偏頗，認為應該回到更富於純粹抒情的唐詩。這種想法，在與蘇軾同時的王安石的詩裡，已見端倪。其後，南宋大家陸游與楊萬里，也有同樣的心情。到了南宋末期，民間詩人競相模仿「晚唐」詩人，可說是直接祖襲唐詩的意識化和表面化（詳見拙著《宋詩概說》第六章）。北宋那種談道說理、充滿議論的詩，既非平民所好，亦非平民所能，因此他們只好從唐詩裡面，選些小詩人歌詠小生活的小詩，有意識地加以欣賞和模仿。但他們所追隨的那些對象，只是唐詩的末流，並非唐詩的核心。降至楊維楨，開始祖襲李白與李賀，算是比較優質的唐詩（本章第二節）。不過，楊維楨的興趣只在怪誕不經一面，所以還沒接觸到唐詩的核心部分，只有等到元末北方朝廷的翰林學士們，才算眞正試著接近並追隨唐詩最高的典範。祖襲唐詩的運動於是才算正式上了軌道，而且也為明代詩人「詩必盛唐」的主張，開了風氣之先，替他們準備了理論的基礎，以及實踐的榜樣。

明人批評元詩，一般認為只得唐詩的「纖艷」。固然有些詩人，如薩都剌的詩，的確有這個傾向（見下節），自不容諱言。但是，早在明人之前，就指出祖襲唐詩的途徑而加以確定的，正是元末的這一派詩人。

況且虞集等人的詩，視之以後明人模仿唐人之作，較少措詞彷彿而內容空虛的弊病。儘管元人在格調、措詞方面，也依傍唐詩，但如上舉袁桷、虞集諸家的詩，他們還有描寫或反映現實的熱情。異族的統治本身，就是元代的現實。這個巨大的現實，以及在其中繁衍出來的種種嶄新的現象，無疑地開闊了詩人的眼界，銳化了詩人的視覺。

在這裡值得一提的是元詩的盛衰與「雜劇」的關係。元朝初期，到世祖忽必烈的時代，「雜劇」作爲新興的虛構文學，相當善於反映時代的現實。然而到了十四世紀前半的元末，卻流於形式主義，而失去了原先生動的活力（詳見拙著《元雜劇研究》）。反之，元末的詩卻較前更能反映現實的社會情況。元末的「古文」更是如此。虛構文學的盛衰，與非虛構的詩文文學的消長，有時並駕齊驅，有時背道而馳。元詩與「雜劇」的關係，屬於後者。

再者，在這些進入仕途的漢籍文士學者之中，甚至也有暫時不顧主子是誰，而對「皇元」實現空前大帝國一事，沾沾自喜，不禁大加讚美的人。元末翰林蘇天爵所編的《國朝文類》七十卷，是元代詩文的總集。南方學者「國子助教」陳旅爲之作序，就流露了這種心態：

我國家奄有六合。自古稱混一者，未有如今日之無所不一；則天地氣運之盛，無有盛於今日者矣。建國以來，列聖繼作，以忠厚之澤，涵育萬物。鴻生雋老，出於其間。作爲文章，厖蔚光杜，前世陋靡之風，於是乎盡變矣。孰謂斯文之興，不有關於天地國家者乎？

又如元末另一翰林要員歐陽玄，在他爲宋濂《潛溪後集》所作的序裡（《圭齋文集》卷七），比較南宋與元代文學云：

南渡以還，爲士者以從焉，無根之學，而荒思於科試間。有稍自振拔者，亦多誕幻卑冗，不足以名家。其衰又益甚矣。我元龍興，以渾厚之氣變之，而至文生焉。中統、至元之文龐以蔚；元貞、大德之文暢而腴；至大、延祐之文麗而貞；泰定、天曆之文贍以雄。涵育既久，日富月繁。上而日星之昭晰，下而山川之流峙，皆歸諸粲然之文，意將超宋唐而至西京矣。

袁桷初赴大都燕京時，在路上所作的〈舟中雜詠〉裡，也有一首表現了同樣的心情：

清夜視北斗，
正色搖我前。
乃知中州殊，
譊譊浪談天。
召公化南國，
美教來自燕。
乾坤儻一致，

地氣何由偏？

「召公」云云用《詩經》〈召南〉故事。《詩・周南召南譜》云：「得聖人之化者，謂之周南；得賢人之化者，謂之召南。言二公之德教，自岐而行於南國也。」在這首詩裡，袁桷肯定了蒙古的統治中國，並以召公故事喻其德化美教，自北而南，廣被全國。

第五節　非漢族的詩：薩都剌

如上所述，元末的文壇還算相當熱鬧，並不是一個完全沉寂的時代。雖然繼其後的明人往往嗤之以鼻，以元爲夷狄之世而一概加以抹殺，但偶然也有像葉盛那樣，在其《水東日記》裡，把元末當作北宋以後的一個重要時期，從文學史的觀點加以肯定的人。

元末的文運，漢人自不必說，也產生了些非漢族的詩人。現代大史學家陳垣氏，在所著《元西域人華化考》裡，就列舉了許多名字，包括馬祖常、小雲石海涯（貫酸齋）、迺賢、丁鶴年等。這裡只想介紹其中之一的薩都剌，作爲本章的結束。

薩都剌（一二七二—？），字天錫，別號直齋，本答失蠻氏。陳垣據此氏名，認爲他是回教部族的出身。不過也有人說，他原來是漢人，爲了迎合時世，才取了個像異族的姓名。如孔齊《至正直記》云：「京口薩都剌，本朱氏子，冒爲西域回回人。」據《元詩選》戊集薩經歷都剌小傳：「祖父以勳留鎮雲代，遂爲雁門人。薩都剌者，猶漢言濟善也。」雁門在今山西省西北部，爲古昔代州之地，今之代縣。他之所以題其詩集爲《雁門集》，大概爲的是紀念他出生的地方。

薩都剌的生平傳記可以分成兩個階段：南方平民時期與燕京翰林時期。他的文章也顯得亦官亦民，混合並反映了兩種背景。據其年譜可知與虞集同年生。年輕時在南方經商。七言絕句〈客中九日〉二首，寫客中逢重陽，身爲行商的感懷。其第二首云：

佳節相逢作遠商，
菊花不異故人鄉。
無錢沽得鄰家酒，
一度孤吟一斷腸。

根據年譜，此詩作於成宗大德六年（一三〇二），時三十一歲。又如〈病中雜詠七首〉第二首：

爲客家千里，
思歸月滿樓。
水樨開欲盡，
病裡過中秋。

又同題第五首：

風葉高下落，
秋砧遠近聞。
天涯多病客，
倚杖看孤雲。

有個時期，他還做過江南諸道行御史臺的掾史，是個芝麻大的小官。後來在也孫鐵木兒泰定四年（一三二七），五十六歲時，進士及第，入京為文宗朝翰林文臣。七言絕句〈宮詞〉（《元詩選》作〈秋詞〉），大概作於宮廷：

清夜宮車出建章，
紫衣小隊兩三行。
石闌干畔銀燈過，
照見芙蓉葉上霜。

「宮車」是皇帝的車。「建章」是宮名。「紫衣」句謂隨駕的宮女們，排成兩行三行。

據《元詩選》小傳，薩天錫「出為燕南經歷，擢御史於南臺，以彈劾權貴左遷鎮江錄事。歷閩海廉訪司知事，進河北廉訪經歷。」以後的行蹤事跡，不知其詳。至於死年，更難斷定。他的官運並不順利，時間也不長，最多恐怕只有十年左右。在他晚年的詩裡，頗有些纖艷的題目，如「手帕」、

「美人紗帶」、「繡鞋」等等，使人聯想到楊維楨的一些作品。

在日本，早在南北朝(一三三六—一三九二)就有《雁門集》的復刻本。江戶初期又有《薩天錫妙選稿》刊本，其中錄有一首題爲〈天滿宮〉的七言絕句：

無常說法現神通，
千里飛梅一夜松。
萬事夢醒雲吐月，
觀音寺裡一聲鐘。

據神田喜一郎氏相告，這是室町時代的五山禪僧，投合當時民間流行的渡唐天神傳說，僞作而附加進去的。

《唐才子傳》的作者辛文房，也是這個時期的西域人。這本唐詩人傳記的書，在中國一度失傳。到江戶末期寬政年間(一七八九—一八〇一)，由幕府大學頭林述齋加以復刻，收入《佚存叢書》中，才又傳回了中國。

在元詩的選集中，卷帙最多、網羅最博的當推清顧嗣立的《元詩選》，分爲初集、二集、三集、癸集四部，前後費了數十年的蒐集編撰，才告完成。聽說有一天編者作夢，忽有身穿古代衣冠者數十人，圍著他鞠躬作揖，感謝他的功勞，使他們的作品有了再見天日的機會。

第四章　十四世紀後半　明代初期

第一節　明帝國的創建

「胡虜無百年之運」，這個預言畢竟應驗了。自從元世祖忽必烈併吞南宋之後，蒙古人對整個中國的統治，的確不到一百年，便告崩潰而結束。元朝末代天子順帝妥懽帖睦爾，雖然在位二十七年之久，但大部分的歲月，卻爲南方各地紛紛而起的叛亂，寢不安席，食不甘味，總是生活在恐懼之中。開始時，叛亂者各據一方，互相對峙，爭戰無已。後來，崛起安徽鳳陽的朱元璋，終於壓倒其他各派勢力；一旦鞏固了南方地盤，便揮軍北上，直逼燕京。順帝看大勢已去，只好落荒而逃，撤退到北方的沙漠地帶。這是一三六八年的事。朱元璋於是變成了漢人新帝國的君主，國號曰明，建元洪武，並定國都於江蘇應天，改爲南京，而創立了長達約三百年的明朝。

明太祖朱元璋開創新朝之際，似乎有意標榜一種特殊的作風，就是崇尚樸素、簡易、實踐、武斷，而憎惡煩瑣、文弱、虛飾的言行。這種作風與他自己的背景，也許不是無緣的。他是自漢高祖劉邦以來，經過約一千五百年，才又出現的純粹庶民背景的天子。他在年輕的時候，還甚至一度做過時人所不齒的僧侶。在中國歷史上，從漢以後到唐、宋各代的創業之主，幾乎各個都是前朝的高官重臣；即使金、元等異族的開國之君，原先也都是各部族的貴族。多半是由於出身微賤的關係，朱元璋並不喜歡貴族的豪華氣派，也不喜歡城市的虛浮氣習。

不過，朱元璋倒不是個完全不學無術的人。至少還不像漢高祖那樣，居然到了在儒冠上撒溺的地步。為了鞏固並延續他的帝國，他並不鄙棄文明。只是他所追求的，不是過去往往流於文弱、煩瑣，或虛飾之弊的那種文明。因為這個緣故，他厭煩從來專以文學為能事的知識分子。他所要求的是實事求是，能夠身體力行的人才。

他在即位後，由於需才孔急，稍經考慮，便於洪武三年，制訂而且舉行了新的「科舉」制度。有詔云：「漢、唐及宋，取士各有定制，然但貴文學而不求德藝之全。……自今年八月始，特設科舉，務取經明行修、博通古今、名實相稱者。」（《明史》〈選舉志二〉）考試的科目以經義為主，而廢沿襲已久的詩賦一科。方法是從儒家經典，特別是從《四書》中，選出一句或一小段為題；應試者必須按照規定的字數、文體及格式作答，寫成一篇議論，謂之制義，即所謂「八股文」。這種考法較之從前的科舉，的確簡化而單純得多。這一來，即使出身於民間低階層的百姓子弟，只要肯刻苦獨學，有志向上，也有可能應試、中舉而成為官吏。

基本上，這是為了順應平民勢力之膨脹而採取的措施，而且主要對象不是文學的才華，而是經國濟世的實際能力。朱元璋似乎有意壓抑正在都市日益抬頭的文學之士，相反的，盡量鼓勵樸實淳厚的鄉間人物，亦即與他自己同一階層的平民，給以方便之門，使他們得以進入仕途，也有立身揚名的機會。新的時代必須由新階層的人民充任官僚，充任知識分子，負起領導的作用，才能創造眞正新的文明。據我的猜測，這才是簡化「科舉」的意識型態。

朱元璋是個性格強悍的人。爲了實現他的政策方針，有時會殘酷到殺人不眨眼的地步。尤其對於他認爲頑固守舊的知識分子，更是冷酷無情。關於高啓等詩人被他殺害的事，容後再說。這裡先舉一兩個極爲殘酷的事例。在他尚未稱帝，還在長江上游與陳友諒交戰時，發覺其隨侍文士夏煜的家人，私下販鹽與敵。他一氣之下，便把夏煜剝得精光，縛在小舟上，置於武昌黃鶴樓下大浪中，過了三日三夜，才處以死刑。又他有一個得力的將軍，夫人是個醋罈子，在丈夫有權有勢之後，仍然不許他享受齊人之樂。有一天，這個將軍參加宮中的宴會，朱元璋叫人搬來了一個朱漆盒子賜給他。他感激涕零地把蓋子打開一看，裡面放著的竟是一雙女人的手腕。而且再仔細端詳，腕上所帶的手鐲，不是別人的，正是他夫人的東西！前一個故事見於《列朝詩集小傳》（甲集）；後者出自稗官野史之類，已不記得書名。固然，這些故事也許不是眞的，但即使確有其事，徵諸朱元璋的性格，也不值得大驚小怪。

明太祖朱元璋的作風和政策，也被他的繼承者維持下去，而且收到了相當可觀的成果。在他的子孫君臨中國的三百年間，明朝文明的聯邦調查局是樸實、率直，或奔放。有時甚至流於粗獷、殘暴。這種特色，視之清代文明的崇尚精練細緻，可謂恰成對比。

在哲學思想方面，最能代表明代的，首推十六世紀王守仁（王陽明）的「心學」，通稱「陽明學」。從孟子「萬物皆備於我」（《孟子》〈盡心上〉）的觀點出發，王陽明主張「心即理」、「致良知」或「知行合一」之說，而排斥煩瑣的博聞強識的道理之學。在歷代儒學諸多門派當中，「心學」最爲簡易便捷，所以能夠風靡一世，頗爲一般文人學者所接受。又就文學史而言，最顯著的現象是戲曲小說的繼續發展，出現了大量的作品。追根究底，大概由於這類文學，不管在用語上或在內容上，都趨於通俗化，講求簡易、率直、奔放、有趣，所以才受到了一般讀者的歡迎，蔚爲風氣，促現了空前的盛況。

要之，明代三百年文明的發展趨勢，並未辜負朱元璋當初的期待。在人才的遴選和起用上，老式的傳統型士大夫階級，開始被敬而遠之，終於失去了壟斷的地位。同時民間各階層的才學之士，尤其是不務華飾、本性率直、實事求是的人物，起而代之，變成了推進文明的中堅。如果說，僅靠政策規制不足以創造或改變時代，那麼也可以做這樣的解釋，就是在中國歷史的發展過程中，明朝正值求變轉向的階段，而朱元璋能夠洞燭機先，也就聰明地順應了時代的要求，走在時代的前端，成功地改變了文明發展的方向。

明帝國驅逐了蒙古政權，恢復了漢人的主權與文明；這是值得驕傲的事實。可是在另一方面，有些跡象顯示，卻把蒙古人以暴力加諸中國的樸實作風，巧妙地加以利用而繼承了下來。明代已經有人指出了這一點。這個人就是靠近晚明的張居正（一五二五—一五八二），字叔大，號太岳，嘉靖進士，在第十四代神宗萬曆帝時，做過十年的宰相。近代史學家對他評價甚高，認爲是僅次於宋王安石的進步政治家。他在其〈雜著〉中（《張太岳文集》卷十八），有一段討論「極則變，變則反始」的道理，並回顧明朝的歷史說：

經漢唐至宋，而文敝已甚，天下日趨於矯僞。宋頹靡之極也，其勢必變而爲胡元。取先王之禮制，一舉蕩滅之，而獨治之以簡。此復古之會也。然元不能久，而本朝承之。國家之治，簡嚴質樸，實藉元以爲之驅除。而近時迂腐之流，乃猶祖晚宋之弊習，而妄議我祖宗之所建立，不識治理者也。

簡言之，明朝所承襲或應該承襲的，是胡元的簡嚴質樸，而不是晚宋的頹靡弊習。

明詩的發展，大致上，也是朝著簡易率直的方向。而且更多的民間詩人，加入了創作的活動。這個現象使當時的詩風更趨簡易率直；而簡易率直的詩風，又足以吸引更多的平民。清朱彝尊所編的《明詩綜》一百卷，共收詩人三千四百餘家。其中大半是平民，小半是官僚。

再者，由於簡易率直的緣故，自然具有純粹抒情詩的傾向，所以祖襲的典範也以唐詩，尤其以率直的唐詩爲主。至於重視議論與敘述的宋詩，因其冷靜而理智的性質，往往被敬而遠之，遭到乏人問津的命運。

這種趨勢在明初的詩壇已很明顯。當時比較出色的詩人多半在南方，特別是以蘇州爲中心的地帶。不過，這些詩人專以文學爲能事——至少朱元璋認爲如此，卻招來了極大的不幸。他們被看成舊態依然、不肯改變的老式知識分子，結果大都變成了肅清的犧牲品。明初的第一詩人高啓，也在其中。

第二節　高啓

高啓（一三三六——一三七四），字季迪，江蘇長洲人，是明初詩壇的一顆明星。有人認爲他是明三百年的詩人第一，譬如清陳璋甚至說他「冠於明，勝於元，高於宋，兼乎晉唐，追乎漢魏」（《青邱詩集》序）。其實他在洪武七年（一三七四），年僅三十九，便被太祖朱元璋腰斬於市，所以他眞正做明帝國的臣民，只不過七年的歲月而已。他的青年時代，正值元末紛亂之世，以一介平民，住在張士誠所據的蘇州地區。二十三歲那年，他搬到蘇州郊外，吳淞江畔的青邱，因就地名而自號青邱子，青邱（亦作青丘）是古傳說中神仙所居之地，爲海內十洲之一。「在南海辰巳之地，一洲之上，專是林木，故一名青丘。仙草、靈藥、甘液、玉英、靡所不有。」（《海內十洲記》）

高啓是個早熟的天才。元順帝至正十一年（一三五一），他才十六歲，便與近鄰的青年詩伴王行、徐賁、高遜志、唐肅、宋克、余堯臣、張羽、呂敏、陳則，組織了一個詩社。因爲他們都住在蘇州北邊的城牆附近，所以號爲「北郭十友」，又稱「十才子」。其中，王行是個藥商的兒子（《明史》〈文苑一〉）。依此類推，也大致可知高啓的背景身分。在元末浙江地區，「每歲必聯詩社，聘一二文章鉅公主之。四方名士畢至，讌賞窮日夜。詩勝者，輒有厚贈。」有一年，由淮南行省參政饒介主持，大集名士賦〈醉樵歌〉。高啓得了第二名，獲贈白金三斤（同上〈張簡傳〉）。

由此可知，高啓也屬於南宋以來，江南所培養出來的民間詩壇的流派。不過由於他具有特異的資質，他的詩奇拔爽朗、超逸幽遠，有如鶴立雞群，遠在向來民間詩人之上。他是個多愁善感的詩人。

如五言古詩〈我愁從何來〉（《青邱詩集》卷四），就寫他爲無端而無謂的哀愁所困擾的心情。其前四聯云：

我愁從何來？
秋至忽見之。
欲言竟難名，
泯然聊自知。
汲汲豈畏老？
棲棲詎嗟卑？
既非貧士歎，
寧是遷客悲？

又如樂府體〈悲歌〉（卷一），也是同一資質或性格的表露，有句云：

浮雲隨風，
零亂四野。
仰天悲歌，
泣數行下。

因爲他有過人的才情，所以無法滿足於從來民間詩人的斤斤於日常瑣事，而企圖有所突破，以便翱翔於常識之外的世界。他的代表作〈青邱子歌〉（卷十一），便是這種心願的表白。此詩爲長短句長篇，起頭云：

青邱子，
臞而清；
本是五雲閣下之仙卿，
何年降謫在人間，
向人不道姓與名。

又其中段云：

斲元氣，
搜元精，
造化萬物難隱情。
冥茫八極遊心兵，
坐令無象作有聲。

換言之，詩人的任務是探尋宇宙的根源，琢磨自然的本質；讓精神逍遙自在地遨遊於無限的時間與空間，發掘天地萬物無形的奧秘，用有聲的語言加以具體地表現出來。

像這種天馬行空的翺翔精神，在從前的民間詩人裡，並不是沒人嘗試過。譬如前章所述的楊維楨，就是一個比較顯著的例子。然而仔細揣摩一下，便不難發現，楊維楨只不過依傍李白、李賀等前代詩人，借用或蹈襲他們的超塵絕俗，逍遙世外的語詞，往往限於詩歌表面的裝飾，不免有貌似神異之憾。眞正能夠體現翺翔精神的，或至少體現得比較深刻的，不得不等到高啓這個特異的天才。自南宋以來醞釀已久的民間詩運，有了高啓的出現，才總算達到了最高峰。

再者，高啓對於時局和政治的關心，也是他企圖超越民間詩人心態的一種表現。這也許與元末紛亂的局勢不無關係。在異族的統治之下，久被隔絕於政治圈外的民間人士，面對著這個動蕩不安的時代，無疑的產生了或多或少的憂患意識，而恢復了關心政治的態度。高啓便是典型的例子。其五言古詩〈秋風〉(卷四)云：

秋風屋外來，
落葉紛我傍。
不出門幾日，
我樹如此黃。
但覺成懶性，
焉知逝頹光？

朝餐止一盂，
夕臥惟一床。
仲尼欲行道，
轍跡環四方。
而我何爲者，
不與世相忘？

「仲尼」即孔子。這位古代聖人環遊西方，爲的是經國濟世，實現他的政治理想。我只是個生活極簡單，只要有一碗飯、一張床便滿足的小市民。然而，儘管如此，爲什麼世上的事，政治社會的問題，老是困擾著我，使我耿耿於懷呢？又如五言絕句〈客中歲暮〉（卷十八）：

已嗟求道晚，
復省濟時難。
碌碌成何事？
天涯又歲闌。

這次的天涯作客，歲暮而仍在他鄉，有什麼任務或目的，跟其他一些旅行詩一樣，也一字不提，所以不得而知。據其友人李志光、門人呂勉所撰傳記，可知高啓對張士誠政權並沒什麼好感，屢次拒絕應徵，始終採取不即不離的態度。如後者云：「張士誠據浙右，時彥皆從之，先生獨弗與處。」但與張士誠的部將饒介，卻相當投契，常在一起談論天下大勢。「先生尤好權略。論事稠人中，言不繁而切中肯綮。人莫不聳動交聽，而厭服其心。」（呂勉〈槎軒集本傳〉；參看李志光〈鳧藻集本傳〉，二文均見於《青邱詩集》卷首）

由於對自己特殊才華的自負，難免產生了孤獨之感。如五言律詩〈孤雁〉（卷十二），可以當作他自己的寫照：

衡陽初失伴，
歸路遠飛單。
度隴將書怯，
排空作陣難。
呼群雲外急，
弔影月中殘。
不共鳧鷖宿，
蒹葭夜夜寒。

湖南衡陽有回雁峰，相傳雁飛到此地便不再南飛，待春而飛回北方。「鳧鷖」是水鴨之類，也是《詩經》〈大雅〉篇名，「詩序」謂「守成也。」在此喻守成不變的凡俗詩人。他自己是一隻孤雁，與鳧鶖不同。在「北郭十友」中，大都奉承過楊維楨，只有高啓一人，對於這個大他四十歲的所謂詩壇宗匠，似乎敬而遠之，至少沒留下接觸過的痕跡。在他的眼裡，楊維楨說不定也是個他不願共宿的鳧鷖。不過，他與大他三十五歲的高士倪瓚，卻是忘年之交，有〈寄倪隱君元鎭〉、〈題倪雲林所畫義興山小圖〉、〈遊獅子山次倪雲林韻〉等題畫、次韻或贈送詩，共約十首，見於集中。

高啓在明朝建國以前，其實已有天才青年詩人的名聲。第一本詩集《婁江吟稿》及第二本詩集《缶鳴集》，都是當時的作品。友人王禕爲後者所作之序云：「季迪之詩，雋逸而清麗，如秋空飛隼，盤旋百折，招之不肯下。又如碧水芙蕖，不假雕飾，翛然塵外，有君子之風焉。」（見於《青邱詩集》卷首）

洪武二年（一三六九），高啓三十四歲，被南京新政府徵召，入翰林院參加編撰《元史》的工作。他以驚恐萬狀的心情，勉強接受了這次的招聘。如前所述，明太祖朱元璋是個對文人極端殘酷的君主。況且高啓的故鄉蘇州，又是與朱元璋周旋到底的張士誠的地盤。從蘇州赴南京的舟中，高啓已經惶惶不可終日。五言絕句〈赴京道中逢還鄉友〉（卷十六）云：

我去君卻歸，
相逢立途次。
欲寄故鄉言，
先詢上京事。

可見他在赴京道中，最關心的不是留在故鄉的家人，而是新政府的空氣。他在南京停留了一年多，始終充滿著不快、不安與恐懼，偶爾也流露在詩歌之中。如七言古詩〈京師苦寒〉（卷十），便委婉地表現了這種複雜的心情。結尾說：「不如早上乞身疏，一蓑歸釣江南村。」

高啓的不安並不是杞人憂天。《元史》完成之後，朱元璋要升他爲戶部右侍郎，他以年紀尚輕，不敢當重任爲理由，拒絕接受，而且獲准還鄉。但他的不安依然困擾著他。果然，回到蘇州後的第四年，朱元璋便以捏造的罪名把他處死了。世上所傳的高啓畫像雖穿著明朝官服，但他在這個新的帝國裡，卻不是一個幸福的人。

雖然高啓英年早逝，只活到三十九歲，但是他的詩不但代表了明初的詩風，卓然自成一家，也爲以後三百年的明詩，預備了發展的共同基礎和方向。他不愧爲明詩的先驅。

首先，他的詩是純粹的詩人之詩。以平易的抒情爲主，尤重熱情的表現，而從不直接反映學識或思想。如前所述，他是個關心政治的文人，也是個修過《元史》的學者。即或他還不到博古通今的地步，但絕不像一些後來明代詩人似的不學無術。儘管如此，他卻堅持反對在詩裡發抒思想，或炫示學識。他不是沒有歌詠思想的作品，不過都像〈青邱子歌〉那樣，那是一種在詩的熱情中，經過千錘百鍊而後才產生出來的思想。

其次，他所尊崇而祖襲的古代典範，取捨嚴格，大都限於最富熱情的詩歌。李志光評他的詩說：「上窺建安，下逮開元，大曆以後則藐之。」（〈鳧藻集本傳〉）大曆是中唐代宗的年號（七六六—七七九），從此以後的唐詩便缺乏熱情，不值得一顧了。高啓的另一友人張羽，有一首悼其早逝的絕句：

生平意氣竟何為？
無祿無田最可悲。
賴有聲名消不得，
漢家樂府盛唐詩。

值得注意的是這兩個人的意見，指出漢魏與盛唐為高啓的典範。到了十六世紀明朝中葉，所謂「古文辭派」或「復古派」的詩人，也提倡並強調同樣的主張。可見高啓也是這個傾向的先聲。

不過，高啓詩與漢魏或盛唐之詩，是否近似或近似到什麼程度，那是別的問題。其實他的詩，正如他自己所說，「青邱子，臞而清」，顯得清澈爽朗，而不夠豐厚複雜；寧可說是單純的。在這一方面，他也為以後簡易率直的明詩，開了風氣之先。

高啓的詩論，最具代表性的，見於為詩僧道衍所寫的〈獨菴集序〉（《鳧藻集》卷二）：

詩之要，有曰格，曰意，曰趣而已。格以辯其體，意以達其情，趣以臻其妙也。體不辯則入於邪陋，而師古之義乖。情不達則墮於浮虛，而感人之實淺。妙不臻則流於凡近，而超俗之風微。三者既得，而後典雅沖淡、豪俊穠縟、幽婉奇險之辭，變化不一，隨所宜而賦焉。

根據他的看法，詩必須具備三個要素：「格」即體裁韻律，「意」即主題內容，「趣」即情致氣氛。

這三者，大體說來，依次相當於後來詩論家所主張的「格調」、「性靈」與「神韻」。又在上文中，有「師古之義」一語，譯為現代話，就是效法古人的道理或原則。由此也可看出高啓依傍古人，重視典範的思想。

第三節　吳中四傑、袁凱

元末明初的江南詩壇，特別在所謂吳中的蘇州地區，的確產生了不少詩人。除了上舉的「北郭十友」之外，另有「高楊張徐」的所謂「吳中四傑」。高就是高啓；楊是楊基，字孟載；張是張羽，字來儀；徐是徐賁，字幼文。其中，高、張、徐三人也屬於「北郭十友」。他們的詩風都像高啓，而成就卻不及高啓。這四個人的命運也很相似，都是明太祖朱元璋肅清下的犧牲品。高啓被腰斬，已如前述。楊基與徐賁死於獄中。張羽謫居嶺南，被召還途中，自知不免，投江而死。所謂「吳中四傑」的稱呼，是仿照七世紀的「初唐四傑」，即王勃、楊炯、盧照鄰、駱賓王，也都是死於非命的詩人。

張羽傳有《靜居集》，茲舉其五言律詩〈贈僧還日本〉為例。這個日本僧大概是足利幕府(一三三八—一五七三)初期的禪僧。

杖錫總隨緣，
鄉山在日邊。

遍參東土法，
頓悟上乘禪。
呪水龍歸鉢，
翻經浪避船。
本來無去住，
相別莫潸然。

長江下游三角洲地帶的都市松江，自楊維楨以來，與蘇州並立，也是個民間詩壇的中心。袁凱，字景文，有《海叟集》。他年輕時就獲得楊維楨的青睞，以〈白燕〉詩一舉成名，人呼爲「袁白燕」。洪武三年應召入爲御史，但慣於裝瘋賣傻，朱元璋只好放他還鄉。「生平負權譎，有才辨，雅善戲謔，卒以自免於難。歸田後，每背戴方巾，倒騎烏犍，往來峰泖間。好事者圖以入畫。」(《列傳詩集小傳》甲集)那首有名的〈白燕〉詩如下：

故國飄零事已非，
舊時王謝見應稀。
月明漢水初無影，
雪滿梁園尚未歸。
柳絮池塘香入夢，

梨花庭院冷侵衣。
趙家姊妹多相忌，
莫向昭陽殿裡飛。

第四節　劉基

雖然大多數的明初文人，先後慘遭朱元璋殘酷的迫害，但也有少數的例外，譬如劉基與宋濂，便受到格外的優遇。這兩人既是文學之士，也是實務之才。宋濂（一三一〇—一三八一），字景濂。洪武二年主持《元史》的編修工作，爲其總裁官；以後歷仕翰林學士承旨兼太子贊善大夫、侍講學士等職。太祖朱元璋稱他爲開國文臣之首。不過，基本上他是個散文家，詩名並不高。有《宋文憲公全集》五十三卷，其中有〈日本夢窗正宗普濟國師碑銘〉、〈日本建長禪寺古先原禪師道行碑〉（以上卷二十）、〈日本瑞龍山重建轉法輪藏禪寺記〉（卷十六）、〈跋日本僧汝霖文稿後〉（卷十八）等文，所以在日本也享有文名。至於劉基，不但是個散文大家，也是個優秀的詩人。

劉基（一三一一—一三七五），字伯溫，浙江青田人。應太祖朱元璋的徵召，拜御史中丞兼太史令，又授開國翊運守正文臣、資善大夫上護軍，封誠意伯，追謚文成公。他原是元文宗至順四年（一三三三）進士，做過元朝江浙儒學副提舉等官。方國珍叛變時，曾任元將西域人石抹宜孫的參謀。石抹敗死，有幾首詩悼他。現有《誠意伯文集》二十卷傳世。他天性深沉，喜歡思考，加以出身偏僻的鄉下，因此他的詩自成一格，不像高啓等都市詩人那樣靠才華與熱情作詩。如早年的五言古詩〈感懷三十一首〉（卷十二）中的第四首：

古人盜天地，
利源不可窮。
今人盜農夫，
歲暮山澤空。
紛紛九衢內，
連袖如長虹。
共笑沮溺鄙，
各事遊冶雄。
悠悠方自此，
袞袞何時終？

古代的經濟直接取自自然，又講求適可而止，所以有用之不竭的資源；現在的經濟卻靠剝削農民，形同洗劫，因此每到年底，鄉村一貧如洗，連山上澤裡也空無一物。相反的，都市卻極繁榮，通衢大道上，熱鬧非常；衣香鬢影，五光十色，就像長虹一般。「沮溺」即長沮、桀溺，古代隱居農村的兩個賢人，事見《論語》〈微子篇〉：「長沮、桀溺耦而耕，孔子過之，使子路問津焉。」「遊冶」謂到處遊蕩，追求聲色之樂。「悠悠」在此同謬悠，荒唐無稽，可解作無秩序、無法無天。「袞袞」指秩序紛亂的渾沌狀態。繁榮的都市與貧窮的農村，到底什麼時候才能解決這兩者之間的矛盾呢？劉基這種思想，與後來朱元璋之抑城市而重農村，可以說如出一轍。

他好思索的傾向，有時也採用更複雜的形式。如五言古詩〈雜詩四十一首〉（卷十二）之第十九首：

黃鷹食鳥雀，
山雞食蟲豸。
蜂食花上蜜，
蝦食苔間滓。
兔食茅草根，
鳳食梧桐子。
所嗜由性成，
易之則皆死。
冥觀付一笑，
誰與窮茲理？

冥想觀察無數的分裂、矛盾而複雜的現實，而竟付之一笑，這當然是一種反諷的寫法。他的目的還是要窮究這些現實現象中的原理，並尋找如何對付的方法。可是，這個世界上到底有幾個志同道合的有心人呢？

上面所引都是他出仕朱元璋以前的作品。他於明建國前九年，即元至正十九年（一三五九），四十九歲時，與宋濂同時應召爲朱元璋的謀臣。現在民間流行的〈燒餅歌〉，亦名〈帝師問答歌〉，是一種預言歌謠，一般傳說是劉基所作，但不可盡信。也許由於他生前善於謀算世事時勢，所以才有這種傳說。

劉基儘管備受優遇，可謂得志大行，但其晚年與太祖朱元璋的關係，卻顯得相當微妙。明末錢謙益編《列朝詩集》時，把他仕明以前的詩與仕明以後的詩，分別收在甲前集與甲集之中，說後者「悲窮歎老，咨嗟幽憂，昔年飛揚硉矹之氣，澌然無有存者。」又說：「竊窺其所爲歌詩，悲惋衰颯，先後異致。其深衷託寄，有非國史家狀所能表其微者。」恐怕不是無的放矢，其中定有不可告人的苦衷。譬如古樂府〈江上曲〉八首的最後一首（卷一）：

紅蓼丹楓一色秋，
楚雲吳水共悠悠。
人間萬事西風過，
惟有滄江日夜流。

生逢改朝換代之世，自己也挺身而出，爲政治活動奔勞。如今驅逐蒙古，建立新朝，可以說大功告成，本來應該慶幸，但也同時失掉了許多原有的東西，萬事成空，何勝茫然。這首詩裡或許含有這樣的感慨。

他的詩在當時各家中，無疑的最有沉思冥想的傾向。儘管如此，他的詩風卻類乎唐音，而不似宋調。這是值得注意的。例如上舉五言古詩二首，可能就是祖襲唐陳子昂的〈感遇〉、李白的〈古風〉等詩之作。要之，劉基之以唐詩爲典範的意識，不但如同高啓那樣，見於發抒感情的詩裡，而且推而廣之，也見於表現思索的詩中。

附帶提一下。劉基與《琵琶記》的作者高明也有交遊，有〈從軍詩五首送高則誠南征〉（卷十三）、〈次韻高則誠雨中三首〉（卷十六）等詩。

第五節　《唐詩品彙》

這裡再談一件事，作爲本章的結束。

祖襲唐詩或以唐詩爲典範的意識，到了明朝初年，更加深化。這種意識的發展，如前章第四節所述，經過元末虞集等以北方宮廷爲中心的一派詩人，已經開始進入了軌道。再經本章所介紹的高啓、劉基等人的實際創作，效果卓著，成績斐然，終爲此後明詩的發展，確定了以祖襲唐詩爲主流的趨勢。

不僅在實際的創作上，在詩論方面，這個時期也出現了不少論文和書籍，積極地強調唐詩的優越性，並企圖確定唐詩中何者爲最高的典範。影響所及，至於規制了有明一代的詩論與批評的基準。其中最重要的是福建長樂人高棅所編的《唐詩品彙》九十卷。

這本書其實是大規模的唐詩選集，並不採取抽象的詩論形式。書中所收凡六百二十家，五千七百六十九首。又有《拾遺》十卷，收作者六十一人，詩九百五十四首。卷首載有歷代名人的敘論，並有凡例、諸書總目。編法是依詩歌形式，先分爲五言古詩（二十四卷）、七言古詩附長短句（十三卷）、五言絕句附六言（八卷）、七言絕句（十卷）、五言律詩（十五卷）、五言排律（十一卷）、七言律詩附排律（九卷），一共七類。各類之中的詩歌，再按時代的前後加以排列。編者高棅認爲時代的前後，代表著作品的優劣或其價值的高低。據其「總序」與「凡例」，唐詩有九格，即正始、正宗、大家、名家、羽翼、接武、正變、遺響及旁流。大致上，七世紀「初唐」諸家爲「正始」，即正統的創始。八世紀前半，開元、天寶時代的「盛唐」諸家，如李白、杜甫、孟浩然、王維、儲光羲、王昌齡、高適、岑參、李頎、常建等人，屬於「正宗」、「大家」、「名家」或「羽翼」，代表了唐詩的頂峰。從八世紀後半到九世紀初的「中唐」諸家，如韓愈、白居易等，謂之「接武」，是爲衰微之端。以後到九世紀末的「晚唐」諸家，如杜牧、李商隱等，則爲「變態之極」，但仍有「遺風餘韻」，故稱之爲「正變」或「遺響」。至於方外異人之詩，謂之「旁流」，自成一格。書名「品彙」是品別彙錄之意。要之，此書的編撰旨趣，在於肯定並強調李白、杜甫等「盛唐」詩的價值，以爲祖襲的最高典範。

其實，早在約一百五十年前，南宋末年的嚴羽已有「當以盛唐爲法」的主張。他在《滄浪詩話》（〈詩辨〉）裡，借禪喻詩說：「漢、魏、晉等作與盛唐之詩，則第一義也。大曆以還之詩，則已落第二義矣。晚唐之詩，則聲聞、辟支果也。」（參看拙著《宋詩概說》第六章第六節）高棅立論大致依傍並引用嚴羽之說。不過嚴羽生當南宋末年崇尚晚唐之世，他的主張雖是空谷足音，卻顯得孤立無援，難得知音，而且在理論上，也尚屬片面，不夠完整。至於高棅的《唐詩品彙》，不但確定了初唐、盛唐、中唐、晚唐的時代區分，同時也嘗試以五千數百首詩的優劣，證實時代的先後與詩品的高低之間，的確具有密切的關係；所以說：「觀詩以求其人，因人以知其時，因以辨其文章之高低，詞氣之盛衰。」（〈總序〉）

此外，高棅還有比嚴羽更進一步的意見。嚴羽把漢魏晉詩與盛唐詩並列，一概歸於「第一義」，俱為最上乘、高棅則不然。他與同鄉前輩林鴻討論的結果，認為唐代以前漢魏與六朝的詩，仍然含有不夠成熟的成分，只能算是達到「盛唐之盛」的準備過程。這是過去的詩論家，包括嚴羽在內，從未表示過的看法。

《唐詩品彙》成於洪武二十六年（一三九三）。其後，高棅又從此書中選出聲律之純正者，另外編成《唐詩正聲》二十二卷；分為五言古詩六卷、七言古詩三卷、五言律詩三卷、五言排律三卷、七言律詩二卷、五言絕句二卷、七言絕句三卷。高棅以盛唐為宗，李、杜為主的主張，較之向來崇尚唐詩的泛泛之論，可說更直截了當，也更具體細密。有趣的是這樣的主張，沒出現在當時詩壇中心的江南，反而產生於稍為偏遠的福建地區。究其原因，恐怕是由於身在中心圈外，能以超然的立場，從事思考與判斷使然。

說到福建當時的詩壇，其實也並不寂寞。林鴻就是當地的領袖人物。在更南邊的廣東也顯得同樣的活躍。由此可知，明初民間詩壇的盛況並不限於江浙一角，且已波及各地，遠至極南的海隅。只是他們的詩還不算頂好。

在日本的江戶中期，由於荻生徂徠（一六六六—一七二八）倡導唐詩，《唐詩品彙》也就變成了盛行一時的讀物。其中，五言絕句部分有享保十八年（一七三三），題為「南郭先生考訂」的刊本。七言律詩部分復刻於元文三年（一七三八），卷首有服部南郭的序文。又五言排律部分，也有文化十三年（一八一六）的和刻本。至於《唐詩正聲》，則有伊勢東裝的「箋注」本，刊於天保十四年（一八四二）。

第五章
十五世紀　明代中期之一　中衰與復活

第一節　明詩的中衰

前面第三、第四兩章所述的十四世紀，即元末及明初時期，可說是中國近古詩史上的一個盛世。楊維楨、虞集、高啓、劉基等人，皆不愧爲詩壇巨擘。不僅在詩界，連戲曲小說等新興的文學形式，也呈現著一片空前的盛況。如高明的《琵琶記》及其他南戲的傑作；羅貫中編撰的《水滸傳》、《三國演義》等中國最早的長篇小說；又如瞿佑的《剪燈新話》，都是十四世紀元末明初的產物。

然而一到了十五世紀，一切就沉寂了。這一沉寂，竟綿延達半個世紀之久。整個文壇頓成空虛，進入了暫時停滯不前的狀態。

不過在政治史上，當時並不沉滯。在這期間，明朝的中央集權統治體制，儘管發生了一些事件，卻有驚無險，愈益鞏固。第一代洪武帝朱元璋在位三十一年，於世紀末的一三九八年去世。太孫建文帝嗣位，但不到五年，便被其叔成祖永樂帝篡權自立。當時忠臣方孝孺(一三五七—一四〇二)為建文帝殉節的故事，淺見絅齋在其《靖獻遺言》裡，作了詳細的介紹。又幸田露伴(一八六七—一九四七)的《運命》，便是描寫這個事件的始末及其餘波的歷史小說。永樂帝的軍師僧道衍，曾經是高啓的詩友之一。篡位成功後，永樂帝把國都遷到北京，使明朝的國運更加強固起來。這個天子也像父親朱元璋，對文人極為苛刻。譬如把文臣解縉(一三六九—一四一五)灌醉後，活埋雪中，使他窒息而死等等，不一而足。永樂之後，歷經仁宗洪熙帝、宣宗宣德帝、英宗正統帝各代，基本上是太平之世。雖然正統帝親征瓦剌(衛拉特)，為也先所俘，留守京師的皇弟景泰帝於一四五〇年即位，正好是世紀之半，但這個波瀾並未動搖了國內的太平。附帶值得一提的是，明朝自太祖洪武以下，每個皇帝只用一個年號，在位期間沒有改元的情形，可說是這個朝廷崇尚簡樸作風的表現。

儘管明朝的政治體制，愈發鞏固；在文學方面，卻反而日趨式微，全然不振。當時在朝的文臣之中，固然有江西出身的楊士奇(一三六五—一四四四)、福建出身的楊榮(一三七一—一四四〇)、湖北出身的楊溥(一三七二—一四四六)，並稱「三楊」，所作詩文號為「臺閣體」，但雍容有餘而情趣不足，率皆索然乏味，是以久被束之高閣。那個慘遭活埋的解縉亦然，他的全集也早已無人問津。再者，上世紀在南方盛極一時的民間詩壇，竟也顯得奄奄一息，了無生氣，形同中斷。當然，詩是民間教育不可缺的一部分，所以作詩的一定還是大有人在，只是能夠流傳後世，值得一提的詩人卻是少之又少。總而言之，乏善可述，等於交了白卷。

那麼，為什麼會忽然產生中衰的現象呢？這與朱元璋和早期諸帝以樸實立國的政策，及其成功，可能不無關係。其中細節固然有待社會史家進一步的研究，但據初步的推測，明初改制的科舉方式，大爲簡化，收到了預期的效果，使從來無法進入官場的淳樸的平民，只要精通「八股文」的作法，便能中式揚名，取得官吏或知識分子的資格。不過，由此抬頭的新興的士大夫階級，儘管也算得上知識分子，但作爲詩人，恐怕還缺少高度的藝術修養，或充分的創作能力。

關於南方民間詩的衰微不振，可能也有政治的因素。民間詩人最多的蘇州地區，原是張士誠抗明的基地，朱元璋恨之切骨；一統之後，橫徵暴斂，稅率之高，冠於全國。這個殘酷的現實，不但使當地的人們意氣沮喪，恐怕也剝奪了他們舞文弄墨的雅興。

有趣的是詩壇的空虛，也一樣支配著其他所有的文學形式。譬如在虛構文學方面，已無上世紀那樣繁榮盛行的景象。在這半世紀裡，傳世的虛構文學作品，充其量也只有李禎(一三七六—一四五二)的小說《剪燈餘話》、太祖之孫周憲王朱有燉(?—一四三九)的幾種雜劇而已。

第二節　沈周

詩壇的停滯蕭條的狀態，直到後半世紀，才終於出現了轉機。原先被也先所俘的英宗正統帝，於一四五七年獲釋回國，即以天順的年號重登帝位。去世後，其子憲宗成化帝、其孫孝宗弘治帝，依次繼承大統。三代共五十年，依然是承平之世。

在樸實的政策下新興的樸實的階級，在這期間，總算擺脫了本來的樸實傾向，進而熟習了文學的技能。這也許是詩壇復活的原因。

在這復活的過程中，搶先嶄露頭角的正是南方的平民，尤其是向有文人淵藪之稱的蘇州一帶的平民。他們的領袖是富農出身的沈周（一四二七—一五〇九），字啓南，號石田。他雖然以畫名家，號爲明代第一，但作爲詩人，也是個聲名籍甚的大家。

值得注意的是他的生平身分。宣宗宣德二年，生於蘇州北郊的水鄉相城里的地主之家，以後直到武宗正德四年，以八十三歲的高齡去世爲止，竟以一介平民終其一生。他並不是沒有應舉而出仕的條件和才識，卻因爲視之爲畏途，或淡於功名，或家庭關係，所以除繼其父親擔任「糧長」，負責當地年貢米的徵收上繳之外，始終與政府未嘗有過任何直接的牽連。不過，儘管他不求聞達於官場，作爲畫家和詩人的名聲卻不脛而走，風靡一時。傳有錢謙益所編的《石田先生詩文集》（十卷）等書。

不愧是個畫家，沈周的詩頗富於描寫的筆力。他描寫的對象很多是鄰近農村的生活。例如七言古詩〈低田婦〉，描寫農婦踩水車淘田水的辛勞。「低田」是低於湖水水位的田。

湖田十年纔一耕，
今年又與湖波平。
男兒築岸婦踏水，
日長踏多力不生。
百輻翩翩轉鴉尾，
塗足蓬頭濯風雨。
君不見田家不悔苦生涯，
生女還復嫁田家。

「田家」即農民之家。「鴉尾」一詞，曾見於蘇東坡詩，其義不詳，大概指繫在水車上的布條。又沈周身爲地主，當然不必親自下田勞動。不過，比照過去的所謂田園詩，這首詩所表現的情趣卻大爲不同，至少沒有純粹旁觀者的超然態度。這也難怪，如前所說，蘇州及其近郊的農村，原是頑抗明軍最久的地區，事後朱元璋有意報復，所以課以全國最高的稅率。何況沈周又是當地負責徵稅的糧長，夾在政府與人民之間，他的痛苦可想而知。

畫家沈周往往好作著色的山水，描繪遠離塵寰的風流世界。詩卻大異其趣。個中原因，從題畫詩七言絕句〈桃源圖〉裡，也許可以窺見一斑。詩云：

啼饑兒女正連郥，
況有催田吏打門。
一夜老夫眠不得，
起來尋紙畫桃源。

「桃源」即桃花源，陶淵明幻想中的理想的農村。面對著農村在饑饉、苛政下呻吟的現實，慘不忍睹，自愧無能爲力，在無可奈何之餘，只好畫畫桃花源的風景，聊以寄托憤懣之情。由此看來，他的藝術也是一種消極的抗議。

沈周以詩畫爲中心的藝術活動，不但促進了沉滯已久的蘇州文化的復興，而且變成了當時聲望最隆的藝術家，受到各地人們的尊敬。他永遠不亢不卑，以身爲一介平民而自傲。有一年的年暮，他從蘇州近郊名勝光福鎮倦遊歸來，在舟中作了一首五言律詩：

兩竿西下日，
吾棹正東歸。
溪老過橋去，
野禽穿樹飛。
水將人眼明，
葉與鬢毛稀。
納納乾坤內，
秋風自布衣。

「竿」是量天空高度的單位。過橋的「溪老」大概指當地的漁夫。「野禽」是飛鳥。「納納」謂包容萬物，比喻廣大無邊。「乾坤」即天地或宇宙。「布衣」指綿麻粗布衣服，爲平民所穿。獨立在無限的天地當中，面對秋風的一介平民，自由自在，也自有他一己的尊嚴。

沈周以一介平民而獻身藝術，可以說也屬於前面所解釋並介紹的「文人」範疇(第三章第三節)。只是他在生活上，卻沒有那種奇行怪癖、放蕩不羈的作風。這可能是使他更爲有名、更受仰慕的原因。(關於他的詳細傳記，請看拙著〈沈石田〉，《全集》卷十五。)

凡是民間文明正在發展的時代，不但會產生尊敬民間才俊爲偉人的社會，也會因而出現更多值得社會尊敬的民間人物；進而能使平民受到鼓舞刺激，養成他們以平民而自豪的積極心情。沈周應運而生，他的生平事跡正是這種時代的佐證。

第三節　祝允明、唐寅、文徵明

沈周的蓋世名聲吸引了不少民間的才子，或拜在門下，或過從交游；風流文彩，極一時之盛。在他的弟子當中，難免也有放浪形骸的人物。不過他們的放浪行爲，與楊維楨、倪瓚等元末「文人」(第三章第二、三節)，在動機上似乎不盡相同。雖然他們同樣主張藝術家的特權，但他們不像元末「文人」那樣，具有反抗異族統治的政治意識。他們的存在象徵著民間勢力的膨脹，而他們的放浪作風，可說是主張平民自由的一種表現。

祝允明(一四六一—一五二七)，字希哲。由於手有枝指(六指兒)，所以自號枝山，又號枝指生。長洲人。祖先可能原是蘇州城內的商戶。祖父祝顥(一作顯)進士出身，兒子祝續也是個進士。他自己卻科場不利，只考了個舉人，做了一個時期的地方小官，便謝病歸隱，舞文弄墨，終其一生。他的書法尤其有名，喜作狂草，自由奔放，無拘無束，如同其人。「好酒色六博，善度新聲。……海內索其文及詩，贄幣踵門，輒辭弗見；伺其狎游，使女伎掩之，皆捆載以去。爲家未嘗問有無，得俸錢及四方餉遺，輒召所善客噱飲歌呼，費盡乃已。或分與持去，不留一錢。每出，則追呼索逋者相隨於道路，更用爲忭笑資。」(《列朝詩集》丙集小傳)足見其狂誕無賴之一斑。

他的詩與徐禎卿、唐寅、文徵明齊名，號「吳中四才子」。著作甚多，有《懷星堂集》等。例如歌詠蘇州風景的五言律詩〈暮春山行〉：

小艇出横塘，
西山曉氣蒼。
水車辛苦婦，
山轎冶遊郎。
麥響家家碓，
茶提處處筐。
吳中好風景，
最好是農桑。

「冶遊郎」即所謂花花公子。祝允明儘管狂誕無賴，但從詩中所寫消費者與生產者的甘苦對照，可見他對社會上不公平的現實，還是懷有某種程度的關切。

又如七言絕句〈三月初峽山道中〉：

春陰春雨復春風，
重疊山光濕翠濛。
一段江南好風景，

不堪人在旅途中。

寫他在旅途中的所見和感懷。他在詩裡往往好作豪言壯語，最明顯的如五言古詩〈春日醉臥戲效太白〉的末聯：

人生若無夢，
終世無鴻荒。

「鴻荒」指混沌無秩序無是非的狀態。他那荒唐無稽的言行，原來是有意追求「鴻荒」境界的必須條件。

唐寅（一四七〇—一五二三），字伯虎，一字子畏，號六如居士。蘇州人。他放浪不羈的程度，曾使祝允明自嘆不如。《今古奇觀》裡有一篇故事，題爲〈唐解元玩世出奇〉，說唐寅有一天坐船出遊時，看到另一畫舫上有一青衣美女，向他掩口而笑，爲之神魂顚倒。經過打聽，知是無錫華學士家的丫鬟後，便改姓易名，扮成潦倒書生，到華府上門求職。由公子伴讀而書館書記而典鋪主管，極受器重。最後獲得華家同意，娶了那個叫秋香的丫鬟，總算如願以償。但成親數日後，便與新娘雙雙逃回蘇州，重過文彩風流的生活。這雖然是個故事，不可盡信，但恐怕其來有自，不是純屬憑空捏造。

唐寅生前以「江南第一風流才子」自許。疏狂玩世，而才情富麗，自謂「生涯畫筆兼詩筆，蹤跡花船與酒船。」有《六如居士全集》行世。其詩如長篇〈短歌行〉最後四句：

來日苦少，
去日苦多。
民生安樂，
焉知其他。

他於孝宗弘治十一年（一四九八），二十九歲時，參加南京鄉試，考中第一名，成爲舉人，聲名大噪。但第二年上北京參加會試時，發生了試題偷漏事件，他雖無辜，卻不幸也受到牽連，因而永遠斷絕了仕進的門路。痛心之餘，頹然自放，或詩酒徵逐，或專心畫業，反而得以享受自由自在的生活。有七言絕句云：

領解皇都第一名，
倡披歸臥舊茅衡。
立錐莫笑無餘地，
萬里江山筆下生。

鄉試及第謂之「領解」；其第一名爲解元。這是俗稱「唐解元」的來由。「倡披」謂穿衣服不繫腰帶，比喻放浪形骸，不受拘束。「茅衡」即衡茅，木門茅屋，指隱居的簡陋房舍。居住的空間儘管小得無立錐之地，但先別嘲笑，一旦展紙濡筆，畫起畫來，便能創出雄偉廣闊的「萬里江山」，讓你無邊無礙地神遊其中。他的畫比他的詩更負盛名；在畫史上，與沈周、文徵明、仇英爲「明代四大畫家」。

唐寅的性情脾氣也極爲突出。寧王朱宸濠曾以厚禮聘他到江西藩府，有意加以重用。但當他發覺寧王有叛變的陰謀之後，便故意喝得爛醉如泥，裝瘋賣傻，甚至裸露下體，令人不堪入目；寧王只好放他回家。從此以後，他在桃花塢修造亭閣，添植桃樹，稱爲桃花庵，時與文人畫士盤桓其中，過了「半醒半醉日復日，花落花開年復年」（〈桃花庵歌〉）的餘生。嘉靖二年去世，享年僅五十四。臨死前，他還說「後人知我不在此」（《明史》列傳），似乎早已預料到後人不但會誤解他的眞面目，而且會大肆渲染他生前放浪不羈的事跡。

文徵明（一四七〇—一五九七），初名壁，以字行，更字徵仲，號衡山居士。與沈周同爲長洲人；與唐寅俱爲同年生。詩文書畫，無一不佳。性情耿介，爲人溫文爾雅。書法清挺秀勁，小楷尤其精妙，正如其人。自從其師沈周與師兄弟祝允明、唐寅等，相繼凋謝之後，主宰江南文壇畫苑，直到十六世紀中葉，長達數十年。嘉靖三十八年，以九十高壽去世。他的子侄孫輩，也大都能詩善畫。明代中葉以後，吳中畫家多出其門，聲勢喧赫，影響極爲深遠。寧王朱宸濠慕其名聲，也贈送厚禮試加羅致。他不但拒絕接受，而且根本置之不理。世宗嘉靖二年（一五二三），五十四歲，以歲貢生被薦入京，授翰林院待詔，預修《武宗實錄》，侍經筵。但由於他不是正派科舉出身，雖然慰賜甚厚，總覺得與宮中諸臣格格不入，並且屢受冷眼，鬱鬱寡歡，所以在京不到四年，便乞歸故鄉。從此杜門不問世事，以翰墨自娛，名聲更響。有《甫田集》三十五卷。他的詩多半抒發個人感情，如五言律詩〈獨生〉：

獨坐茅簷靜，
澄懷道味長。
年光付書卷，
幽事續罏香。
日出烏烏樂，
雨收花竹涼。
蕭閑習成懶，
不是寡迎將。

「蕭閑」指寧靜賦閑的心情。他的家在蘇州城內。據《明史》列傳：「四方乞詩文書畫者，接踵於道，而富貴人不易得片楮，尤不肯與王府及中人，曰：『此法所禁也。』周、徽諸王以寶玩爲贈，不啓封而還之。外國使者道吳門，望里肅拜，以不獲見爲恨。」可作最後一句的注腳。不過，他的心境永遠是蕭閑的。可見文徵明與沈周一樣，有意強調並享受平民的特權。又如七言律詩〈早起〉：

殘更斷續天蒼蒼，
開門汲水夜欲央。
雞聲人語杳無際，
落月曙光相爲光。

臨風短髮不受塵，
泫露碧葉微生涼。
屋頭日出萬事集，
惜取靜境聊徜徉。

「徜徉」是逍遙自在或安閒從容的樣子。詩中有平仄不協的地方，說不定含有錯字。這首詩所寫的是人口數十萬的蘇州晨景。

當時的蘇州及其附近地區，以上述的沈周及其弟子們爲中心，恐怕有數千的大小詩人，從事於作詩的活動，促進了南方詩運復興的局面。以下再介紹一兩個有特色的人物。

桑悅（一四四七—一五〇三），字民懌，蘇州鄰縣常熟人。十九歲便考中舉人，但以後的會試並不順利。據說由於答策含有傲慢不雅馴的語言，得罪了考官，所以一敗再敗，到了第三次才考了個副榜；卻又陰錯陽差，二十六歲的年齡被誤爲六十六，按例不得敘任正官，只做了幾年的地方訓導和通判，便歸去來兮，恢復布衣之身了。桑悅目中無人，爲人既狂妄又怪誕。讀過的書一概燒掉，說是已在腹中。銓次古人，以孟子自況；月旦當代文章，以自己爲天下第一。當他還是個生員時，求見督學使者，送上了寫著「江南才子」的名刺；某御史請他去談論詩學，他卻吊兒郎當，赤著腳，邊談邊抓癢扒垢，可見他自負才情，不修邊幅的一斑。有《思玄集》十六卷。〔譯者案：吉川未舉其詩，茲特引其七言律詩〈贈蕭時清〉如下：

十里螺湖如掌平，
開門正挹滄浪清。
偶逢道士贈丹決，
閒課山童鈔酒經。
晝長燕子飛入户，
春盡樹蔭鋪滿庭。
近來聞説有奇事，
賣藥修琴曾到城。」

楊循吉（一四五六—一五四四），字君謙，吳縣人。憲宗成化二十年（一四八四）進士，授禮部主事。但是身體多病，在京數年之後，便致仕南歸，年纔三十有一。他是個典型的書呆子，廣涉經史子集，旁通內典稗官。有《松籌堂集》十二卷。在五言古詩〈題書廚上〉裡，他吐露了他自己如何由商家之子，變成了士人的經過，分段引之如下：

吾家本市人，
南濠居百年。
自我始爲士，
家無一簡編。

「南濠」，蘇州小地名。據楊循吉〈自撰生壙碑〉云：「君世家崑山，元末雲擾，來居吳城西市坊。」爾來大約一百年。「士」即讀書人，今所謂知識分子。「簡編」是書籍。

辛勤一十載，
購求心頗專。
小者雖未備，
大者亦略全。
經史及子集，
無非前古傳。

這一段寫購書的情形。「經」是儒家經典，「史」是歷史記錄，「子」是各家哲學，「集」是文學作品；合稱四部。接著寫他藏書及讀書的甘苦：

一一紅紙裝，
辛苦手自穿。
當怒讀則喜，
當病讀則痊。
恃此用爲命，

縱橫堆滿前。
當時作書者，
非聖必大賢。
豈待開卷看，
撫弄亦欣然。

最後寫家人不知愛惜書籍的愚蠢。自己愛之如命，他們卻視若敝屣，不免感慨萬千：

奈何家人愚，
心惟財貨先。
墜地不肯拾，
壞爛無與憐，
盡吾一生已，
死不留一篇。
朋友有讀者，
悉當相奉捐。
勝遇不肖子。
持去將鬻錢。

在注重簡易率直的風氣下，明朝的詩人原則上並不追求博學。楊循吉可說是個例外的人物。據《列朝詩集》小傳(丙集)及《明史》列傳的記載，說他「善病，好讀書，每得意則手足踔掉，不能自禁，人呼爲顚主事。」又「性狷狹，好持人短長，又好以學問窮人，至頳赤不顧。」有一次，南京刑部尚書顧璘(一四七六—一五四五)，道經蘇州，「以幣贄，促膝論文，歡甚。俄郡守邀璘，璘將赴之。循吉忽色變，驅之出，擲還其幣。明日璘往謝，閉門不納。」諸如此類，固然未免不近人情，違背常識，倒是不愧乎明代書生的作風。他的晚年窮困潦倒，被人冷落，卻享盡天年，活了八十九歲。

第四節　李東陽

十五世紀後半期的詩運的復興，並不限於南方的民間，在以宮廷爲中心的北京地區，也終於破除「三楊」臺閣體的遺習，出現了否極泰來的徵象。首開其端者爲李東陽。

李東陽(一四四七—一五一六)，字賓之，謚文正。因生前住在北京名勝十剎海西岸，故自號西涯。英宗天順八年(一四六四)，年僅十八，即成進士。之後，從第九代憲宗成化元年(一四六五)起，經孝宗弘治年間(一四八八—一五〇五)，直到去世前四年，即第十一代武宗正德七年(一五一二)，始終在朝廷，累遷翰林侍講學士、禮部侍郎、吏部尚書、兼文淵閣大學士、加少傅、少師等諸多要職，參預機務，長達四十餘年，儼然三代重臣。由於他崇高的地位，又由於屢任科舉主考，得以獎掖後進，推挽才俊，以文章領袖學士大夫；在文學與政治上，變成了名副其實的「巨公」。

然而，李東陽的出身卻相當微賤；既非官宦世家，也非書香門第，更談不上地主富商。原籍是湖南茶陵，但從祖父一代以後，便以所謂「戍籍」，即警衛兵員的身分，一直住在北京的營房。儘管如此，由於慧悟夙成，李東陽四歲時便有神童之譽，景帝再三加以召見，並特許他進入京學。結果不負所望，十八歲便進士及第。從此以後，一帆風順，不但變成了朝廷重臣，也變成了文壇巨公。自太祖洪武帝以來，經過歷代皇帝，鼓勵低下階層出頭翻身的政策，總算開花結果；即使在文學方面，也臻於成熟的階段，產生了名滿全國、獨步一時的詩人。李東陽就是個極好的例子。

他的詩深厚雄渾，格律嚴整，與其地位頗為相稱。例如七言古詩〈捕魚圖歌〉：

貧家捕魚多用罾，
富家捕魚多用網。
貧家不如富家利，
一網得魚長數丈。
江花夾岸江水深，
此時尺魚如寸金。
岸高罾小扳不足，
漁歌哀咽愁人心。
家家賣魚向江浦，
大船小船不知數。
大船魚好多得錢，

小船悠悠竟朝暮。
長沙遊子思故鄉，
安得坐觀江水傍？
買魚沽酒對明月，
我雖不飲強舉觴。
我家海子橋西住，
中使饋魚長比箸。
居民未識忍獨嘗？
自倚欄杆放教去。
吾生有興不在魚，
披圖看畫已有餘。
無家無業豈足問？
但願四海赤子同解腴。

全詩二十四行，含有不同的觀點。前大半段，詩人以客居北京的「長沙遊子」的立場，想像故鄉湖南的捕魚風景，特別引起了對那些貧窮小漁民的關懷。自「我家海子橋西住」以下，視點轉到北京現在自己的生活環境。「海子」是小湖，北方方言。身爲大臣，居有官邸，就在十剎海的橋頭西邊。由「中使」即皇帝的使者送來的魚，有最長的筷子那麼長。可是想到故鄉的「居民」，恐怕連看這種大魚的機會都沒有，怎能忍心獨自享用呢？只好心領了皇上的恩典，偷偷地把魚帶到湖邊，倚著欄杆，放回水裡去了。到此爲止，是以實際的捕魚爲題材，重在抒發感懷。最後點到本題的捕魚圖。其實自己的興趣並不在眞的魚，只要有一幅捕魚的圖看看，也就夠了。自己雖然是個大臣，但住的房屋是公家的，更沒有私人的產業。只希望「四海赤子」即國內的人民，都能夠吃到又新鮮又肥大的魚，也就心滿意足了。

他的律詩也時有佳作；委曲精煉，韻味雋永。例如〈己亥(成化十五年、一四七九)中元陪祀山陵道中奉和楊(廷和)學士先生韻十首〉，其第九首云：

路盡郵亭始入京，
水村山郭幾經行。
逢人借屋寧知姓？
信馬題詩不起程。
沙浦雁回風忽斷，
石梁魚落水初清。
瓊樓合在層霄外，
莫遣微雲綴月明。

「瓊樓」即瓊樓玉宇，指月中宮殿；在這首詩裡也用來比喻遠在北京城內的皇宮。

李東陽另有《擬古樂府》百餘首，專詠歷代史實和人物。這個集子對日本文學也發生過影響，成了賴山陽（一七八〇—一八三二）《日本樂府》（六十六首）的原型。有安政年間（一八五四—一八六〇）的和刻單行本。如《冬青行》，詠南宋亡後，諸帝陵寢被掘，林景熙或唐珏偷偷收埋殘骨，種冬青樹爲誌的義舉（詳見第二章第三節林景熙條）：

高家陵、
孝家陵；
麟骨盡蛻龍無靈。
唐義士、
林義士；
野史傳疑定是誰？
玉魚金粟俱塵沙，
何須更問冬青花？
徽欽不歸梓宮復，
二百年來空朽木。
穆陵遺骼君莫悲，
得葬江南一坏足。

「玉魚金粟」指殉葬之物。最後四行，謂北宋末二代天子徽宗與欽宗，爲金人所俘，生前歸不得，死後才躺在「梓宮」（天子之棺）裡被送回來。距今已兩百年，也們的棺材也變成一堆朽木了。「穆陵」即永穆陵，南宋理宗的陵墓，在紹興。理宗的頭蓋骨曾被元人當作「飲器」，然後丟進湖中，也由林景熙等人設法撈回，埋在附近的地方。後來到了明朝，太祖洪武帝採納了文臣危素（一三〇三—一三七二）的建議，尋得理宗的遺骨，重修了原來的永穆陵，即詩中所謂的「江南一坏」。所以最後告慰義士在天之靈說，你們也該滿足，不必再悲傷了。

李東陽著作甚多，傳有《懷麓堂集》一百卷。錢謙益推崇他爲明中期一大宗師，評其詩云：「以金鐘玉衡之質，振朱弦清廟之音。含咀宮商，吐納和雅；渢渢乎，洋洋乎，長離之和鳴，共命之交響也。」並謂：「西涯之詩，原本少陵（杜甫）、隨州（劉長卿）、香山（白居易），以迨宋之眉山（蘇軾）、元之道園（虞集），兼綜而互出之。……而其爲西涯者自在。」（《列朝詩集》丙集小傳）。錢謙益的評語雖然有些過獎，其弟子王士禎也表示過異議，但李東陽的詩，具有明詩少有的柔和委婉，在詩史上自有其應得的地位。

不過，像李東陽那樣以高官而主宰文壇，時間太久，自然會招致反感與排擠。何況他作爲政治家的表現，也像他的詩一樣，儘管謹守法度，卻難免過於柔順委曲，時有畏首畏尾之嫌。尤其在他晚年，正逢武宗正德帝在位的期間。這個年輕的皇帝，在某種意義上，可以說體現了明朝統治者的心態，本就殘暴多疑，加以寵信宦官劉瑾，更是如虎添翼，胡作非爲，無所不用其極。結果，大多數的朝臣不是掛冠而去，以示抗議，就是坐獄謫戍，遭到整肅，甚至死於非命。至於李東陽，雖然也屢以老病乞休，只是辭意不堅，依然好官須我爲之，繼續留在朝廷，扮演好好先生的角色。如此委曲求全的態度，當然也引起了少壯派學士官僚的反感。他們於是化反感爲挑戰，群起附和，勢不可當，終於產生了如火燎原，風靡一世紀之久的「復古」運動。

總而言之，整個十五世紀的正統詩壇，由前由世紀的萎靡不振，經過一段醞釀後，又臻於下半世紀的復興活潑；可以說是一個過渡時期，爲十六世紀「復古」派的興起，準備了良好的條件，奠定了鞏固的基礎。

不過，應該在此附帶指出，在十五世紀的後半期間，詩壇雖然已經復興，在虛構文學方面，卻仍停滯不前，乏善可述。只是等到進入了十六世紀，才水到渠成，產生了《金瓶梅》等小說及大量的戲曲作品；隨著復古運動的盛行，也呈現了一派欣欣向榮的氣象。這是因爲在文運復興的過程中，早期的作者往往傾其全力於正統的詩文，務以興微繼絕、開創基業爲己任，孜孜於是，無暇他顧。後來者得以承其衣鉢，繼其餘光，自然能事半而功倍；於是，或作詩文而有餘力，或不以詩文爲已足，才開始染指戲曲小說等虛構文學的創作。換言之，事有緩急，時有先後，在中國的傳統文學裡，戲曲小說總是忝陪末座，所以發展或復興的過程，不但較詩文爲遲，也需要更長的時間。

第六章

十六世紀　明代中期之二　復古時代

第一節　復古運動

十六世紀的中國，可以說是個新古典主義運動支配著正統文學的時代。

這就是又名「古文辭學」的復古運動。這個運動以恢復古代雄厚峻峭、情淳質樸的文學爲目標；主張文學創作必須以古人爲典型，而典型的範圍必須限於最上乘的經典著作。具體言之，散文則祖述以《史記》爲主的公元前「秦漢」之文；詩歌則仿效以杜甫爲首的八世紀「盛唐」之詩，或則益之以公元初「漢魏」古體。除此之外，所有過去的文學都屬於旁門左道，尤其宋人的詩文更不足取，應該完全加以排斥，加以唾棄。而且在創作的方法上，主張自己的作品必須嚴守古人成法，一致同歸；不但要求用語措辭上的形似，也要求內容感情上的神似。復古派的口號是「文必秦漢、詩必盛唐，非是者弗道。」（《明史》〈李夢陽傳〉）還有人甚至發出了「不讀唐以後書」之類的偏激宣言（《列朝詩集》丙集李夢陽小傳。）

這個運動一旦興起之後，便如狂風怒濤般遍及全國，持續百年之久，受到了各階層廣泛人士的支持、參預和歡迎。復古派的理論，以其如火燎原之勢，不僅迅速地變成了十六世紀文學活動的圭臬，也似乎支配了一般社會的價值觀念，被人們奉為日常生活的信條。在這時期裡，明詩的發展終於進入了高潮。至少在數量上，出現了高度膨脹的狀態。

復古派前半世紀的領袖人物是李夢陽、何景明等「前七子」；後半世紀的主要角色是李攀龍、王世貞等「後七子」。所謂「七子」，原指漢末建安年間（一九六—二二〇），以文學齊名的七個人，即孔融、陳琳、王粲、徐幹、阮瑀、應瑒、劉楨，又號鄴中七子。明朝的復古派諸文人，竟以「七子」之名互相標榜，除了志同道合之外，恐怕也有意以古人自況，流露了要與「建安七子」分庭抗禮的抱負。

從表面上看來，復古派以古典為唯一楷模的態度，好像帶有貴族化的色彩；而他們力求與古典同歸一致的作法，也似乎含有煩瑣主義的傾向。其實並不盡然，毋寧說正好相反。這個運動是在崇尚簡易、率直、劇烈作風的時代裡，體現了簡易、率直、劇烈的精神，應運而生的文化現象。

首先，復古派所推崇的最高典型，諸如《史記》的文章或「盛唐」的詩歌，在過去的文學當中，就是屬於感情最率直、表現最劇烈的作品。其次，他們認為從事文學的不二法門，無他，只要精研這些有限的古代典型之作，字模句擬，依樣葫蘆，如能求其近似或一致，便可進入文學的堂奧，上比古人，自成名家。換句話說，如果想作散文，只要熟讀《史記》；如果想寫詩歌，只要熟讀一些「盛唐」大家，除此無需他求，便可受用不盡。像這樣簡易單純的治學方法，或能精而絕不博，根本不合乎煩瑣主義的定義。事實上，有人甚至主張創作之道，只要選取有限的範本，尺尺寸寸，守其成法，認眞模擬，如同書家臨摹古帖一般，描到維妙維肖的地步，便可功成名就。這樣的方法就更直截了當，可謂簡易率直之至。復古派之所以厭棄宋人著作，避之唯恐不及，就是因爲宋人往往有注重博學，好談道理的傾向。這在他們的眼裡，代表著文學的墮落和退化，最不足取，因此堅持非加以徹底排斥不可。如下所述，「前七子」第一人李夢陽與「後七子」第一人李攀龍，不約而同，都是農村俠客之家的後代。他們的背景也有助於說明復古運動的性質。正因爲如此，才能吸收許多民間的才人俊士，如百川之歸巨海，匯合成了流行百年的文學運動。

除此之外，政治環境的依然太平，也爲這個運動提供了理想的條件。繼十六世紀初孝宗弘治與武宗正德年間之後，世宗嘉靖帝在位長達四十五年(一五二一—一五六六)，跨過了世紀的中葉；再經短命的穆宗隆慶帝，接著又逢神宗萬曆帝漫長的治世(一五七三—一六一九)，持續到了十七世紀初期。不過，在這期間裡，並非沒有外患。其中，値得一提的有兩大事件；一爲嘉靖年間(一五二二—一五六六)，侵擾東南沿海的倭寇之亂；一爲萬曆中期(約一五九一—一五九八)，出兵朝鮮，與關白平秀吉，即豐臣秀吉(一五三六—一五九八)交戰之役。儘管如此，這些外患對多數人來說，彷彿遠在天邊，並未嚴重到破壞國內太平意識的程度。至少不像當時的日本，正値足利幕府(一三三八—一五七三)的末期，全國都在水深火熱中的戰國時代。

第二節　李夢陽

復古運動的首倡者是李夢陽，他不但是帶頭的理論家，也是個認眞的實踐者。傳有《空同集》六十六卷，《空同子》一卷等。

李夢陽（一四七五—一五三一），字獻吉，自號空同子，陝西省慶陽人。首先値得注意的是他的出身，不是來自文人薈萃的江南一帶，而是生於偏遠荒漠的西北邊區。根據他自己仿《史記》體裁所作的「族譜」，祖父是當地食品雜貨商人，兼營貸款錢鋪，任俠好義，頗爲閭里所推重。伯父李剛（王剛）「好氣任俠有父風」，曾任「衛主文」，大概是當地駐軍掌管文書的筆吏。另一伯父王慶是以「曆數」爲生的陰陽先生。到了他父親李正，才算是個像樣的讀書人，爲大學貢生，除阜平縣訓導。最後遷到河南開封，任封丘溫和王王府教授。不過，雖然名爲教授，其實只是聊備一格，主要任務就是充當這個皇族的酒伴。因爲這個緣故，李夢陽把開封當作第二故鄉。但當時的開封也談不上是個文學昌盛的地方。

關於他的名字，據說是因他母親懷他的時候，夢見一輪太陽墮入胎中，所以才叫做「夢陽」。無論如何，他的確是一個罕見的才子。孝宗弘治六年（一四九三），十九歲，便考中陝西鄉試第一名。翌年的會試也順利過關，成了年輕的進士；授戶部主事，從此開始了宦海浮沉的生涯。當年會試的主考，就是本書介紹過的李東陽（第五章第四節）。但李夢陽少年得志，血氣方剛，對這位主宰文壇多年的「巨公」，卻頗有微詞；尤其對他在文學與政治上所表現的妥協、容忍、八面玲瓏、好好先生的作風，很不以爲然，甚至譏之爲萎弱行徑。另一方面，對於南方以沈周及其弟子爲中心的文學，也認爲過於纖細嬌嫩、半生不熟、都市氣味太重、不夠豪爽，而不屑一顧。作爲一個農村俠客的子弟，李夢陽心目中的文學，必須是一種氣象高古、感性激烈的文學。

他的辦法就是學習「古文辭」，於是有「文必秦漢，詩必盛唐」，以及「不讀唐以後書」的主張。

這是相當革命性的主張。就散文而言，在李夢陽以前被奉爲模範的，是唐韓愈、宋歐陽修等人的「古文」，但是「文必秦漢」的說法，等於全盤否定了唐宋諸家作品的價值，而僅以司馬遷的《史記》，或加上《戰國策》，爲唯一可學的典型。他認爲唐宋以來的所謂「古文」，多半淺俗、鬆散、軟弱，缺乏嚴密的格局和節奏，所以說：「今其流傳之辭，如摶沙弄𥫗，渙無紀律。古之所云開闔照應，倒插頓挫者，一切廢之矣。」（〈答周子書〉）

「詩必盛唐」也是同樣革命性的主張。雖然在一百多年前，明初高棅的《唐詩品彙》，已經提出唐詩，特別是「盛唐」詩，爲古今之極致的看法，但並不抹殺白居易、杜牧、李商隱等「中、晚唐」諸家之作，認爲仍有遺風餘韻可資借鑑，所以也一併加以收錄。反之，李夢陽卻完全否定了白居易以下的唐詩。本來，以前也屢次說過，明代的詩壇一向有專祖唐詩的風氣，至於蘇軾等人的宋詩，則被束之高閣，幾乎無人過問。不過，這並不表示他們把宋詩一筆勾消，充其量也只是敬而遠之而已。至少他們還承認，杜甫最好的祖述者就是宋詩人黃庭堅。李夢陽卻連這點容忍都沒有；視宋詩如寇仇，認爲有害無益，必須全部拋棄。

他反對宋詩的主要理由是「宋人主理不主調」。「理」是道理、邏輯。「調」是韻律、節奏；大概兼指語言發之於外的音樂旋律，以及志趣情致所構成的內在節奏而言。宋人之詩重「理」而輕「調」，所以不是詩。他理想的詩是：「比興錯雜，假物以神變者也。難言不測之妙，感觸突發，流動情思，故其氣柔厚，其聲悠揚，其言切而不迫，故歌之心暢而聞之者動也。」人間當然不能沒有「理」；無意識的或下意識的「理」，在詩裡也不可缺少。但如果有意識地談道說理，那是散文的任務，不是詩歌的目的。所以他又說：「詩何嘗無理？若專作理語，何不作文而詩爲邪？」（〈缶音

序〉）

此外，他在爲安徽商人佘育所寫的〈潛虬山人記〉裡，也談到了宋詩理論過剩、感性缺乏之病。他說：「夫詩有七難：格古、調逸、氣舒、句渾、音圓、思沖、情以發之；七者備而後詩昌也。」也就是說，格局要高古，節奏要超逸，氣氛要舒暢，字句要厚實，音響要宛轉，思惟要沖深，然後，訴諸感情加以表現出來。只有這樣，才能寫出好詩。又說：「然非色不神。」「色」指感覺上的因素，是決定性的條件。沒有「色」，就沒有「神」韻可言。然而「宋人遺茲」，只管訴諸理性，「故曰無詩也。」

他對於模擬古典，求其一致同歸，爲創作之唯一門徑的主張，自然也有他的理論根據。在他回答浙江山陰人周祚的信裡說：「文必有法式，然後中諧音度。如方圓之於規矩，古人用之，非自作之，實天生之也。今人法式古人，非法式古人也，實物之自則也。」（〈答周子書〉）換言之，文學本身本來就有天生自然的法則，古人的典範便是這些法則圓滿的體現。因此，模擬古人的行爲，只是通過古人以便揣摹萬古常新的文學自然法則而已。

這就是他作詩必須擬古的理論基礎。這裡先舉他的古體詩。弘治十八年（一五〇五）四月，因爲彈劾孝宗外戚壽寧侯張鶴齡，觸怒了皇后及后母金夫人，第二次下獄。在獄中作了〈述憤〉十七首，中有一首云：

湫宇夕陰陰，
寒燈焰不長。

氣棲遮微明，
飄忽如清霜。
人云網恢恢，
我胡寓茲房？
墉鼠語牀下，
蝙蝠穿空梁。
驚風振南牖，
徂夜倏已央。
於邑不成寐，
輾轉情內傷。

「氣棲」一詞，其意不詳。「人云」一聯，典出《老子》：「天網恢恢，疏而不失。」人們都說老天爺勸善懲惡，公平無私，可是我爲什麼會被關在這牢房裡呢？「於邑」是愁苦悲泣的樣子。「輾轉」謂在床上翻來覆去，不能成眠。李夢陽的官運不但不亨通，反而險風惡浪，時遭不測之禍。他在政治上的作風，也像他的文學主張一樣，恃才傲物，言行激烈，動不動就得罪別人，以致有三次被誣裁不遜之罪，變成了「錦衣衛」的階下囚。有一次還差一點兒送掉了性命。

至於他的律詩，不但專尊「盛唐」，而且以杜甫的再現爲己任。試與題爲〈登高〉的五言律詩二首之一如下：

屏跡良吾性，
逢辰每壯心。
花含向日霧，
柳變隔年陰。
行坐自芳草，
依棲還舊林。
高樓出迥絕，
無日不登臨。

這首詩可能作於第二故鄉開封。他如稍後所作的〈夏登汴城東樓〉，也重複了同樣的主題。「汴」就是開封市。

身世吾垂老，
中原此上樓。
陰陽眞去鳥，
天地本虛舟。
王屋千峰伏，
黃河一線流。

晴沙暮浩浩，
羨爾自行鷗。

「陰陽」指宇宙時間的推移。「王屋」，山名，在山西、河南交界；其狀如屋，又名天壇山。「浩浩」謂廣漠的空間。由此可見，李夢陽所刻意模仿杜甫的壯闊孤高，不是杜甫的精細緻密。「中原」、「天地」之類是他最愛用的語詞，也屢屢出現在其他的詩裡。由於典範有限，措辭固定，所以寫來寫去，難免「千篇一律」，好像總是在重複著同樣的主題與題材。不過，這不是李夢陽一個人的問題，而是所有復古派共同的缺點。

在他晚年所作的詩裡，有五言律詩〈遊金山〉三首，較為圓熟，也許可算是他的代表作品。金山在鎮江西北長江中。舉其一首：

狂瀾日東倒，
此嶼忽中流。
蜃學樓臺結，
龍專澒洞遊。
光涵天上下，
影變地沈浮。
解識超三象，

何須問十洲？

「解識」與「三象」似爲佛家語。「十洲」是古來傳說中的海外仙島。

他的七言律詩，如〈歲暮〉五首之一：

萬木蕭蕭俱歲暮，
疏梅修竹可憐風。
三河晴雪飛鴻裡，
四海孤城返照中。
白首園林惟闃寂，
紫塵車馬自開通。
誰堪物序驚前事？
況復憑高數廢宮！

詩中所寫的大概是開封的風景。「四海」喻世界、天下，也是他常用的語詞。看這首詩，各句的意思或不明確，意象的運用也欠連貫。不過，他的企圖似在模擬杜甫詩的「調」；至於意思的明確與否，並不是他的主要問題。

李夢陽對壯闊、強烈、孤高的追求，也表現在絕句，特別是七言絕句裡。在這方面，他的範本是

「盛唐」李白或王昌齡的豪壯。如作於居庸關的〈經行塞上〉二首之一。

天設居庸百二關，
祈年更隔萬重山。
不知誰放呼延入，
昨日楊河大戰還。

「百二」謂以二足以敵百的險固要塞。「祈年」是漢代匈奴所居之地。「呼延」即匈奴。這裡借喻蒙古人。「楊河」爲蒙古地名烏里雅蘇台的漢譯。

又如歌頌世宗皇帝即位的〈嘉靖元年歌〉二首之一：

元年元月又王春，
四海人稱拱聖人。
已報岐山鳴彩鳳，
更傳關內出麒麟。

即使詠小小的〈葡萄〉，也多豪言壯語：

萬里西風過雁時，
綠雲玄玉影參差。
酒醒試取冰丸嚼，
不說天南有荔枝。

末句的「天南」，天下之極南，指盛產荔枝的廣東。荔枝雖然自來有珍果之譽，但較之葡萄清涼爽口的風味，就不值一提了。「萬里」一詞，也跟「四海」一樣，在其詩裡屢見不鮮。

要之，李夢陽所追求的是視界壯闊、感情激烈的詩歌。好作豪言壯語的結果，有時不免流於滑稽。如在獄中所作的七言絕句〈獄雨〉二首，便有這種傾向。其一云：

冷雨橫天八月來，
黑雲來往赤雲開。
潯陽李白何如此？
宋玉悲秋未是哀。

李夢陽的詩在當時具有無上的權威；萬人景仰，籠罩一世。讚美之詞，如「沉博偉麗」、「雄渾豪麗」等等，不一而足。但是後來的文人學士，尤其明末清初以來的批評家，卻大不以爲然；往往譏之爲模擬剽竊，故作豪壯之語，而內容空虛，不足爲訓。其實，他的同代已有不無微詞的，如薛蕙

（一四八九—一五四一）就曾評其詩爲「粗豪」（見下節）。

所謂「粗豪」，也正是李夢陽爲人的特徵。他那豪邁激烈的性情，不但導致他幾次的受屈入獄；不僅使他得以創造「粗豪」的詩，以及簡易率直的文學理論；而且爲他的理論與創作準備了一種哲學基礎。

這種哲學基礎就是他的宇宙觀。他認爲感覺的要素與運動是人性的本質，是世界賴以成立或存在的條件。其說理之作《空同子》〈化理上篇〉云：

> 天地間惟聲色。人安能不溺之聲色者？五行精華之氣以之爲神者也。凡物有竅則聲，無色則敝。超乎此而不離乎此，謂之不溺。

「聲」、「色」都是感覺的要素。溺於聲色原是人性本然的傾向；人不能離聲色而存在。要在不即不離，超然處之而已。又同書〈物理篇〉云

> 桃杏仁以核內含生生，故曰仁（譯案：一本作殼）。孟子曰：仁，人心也。又曰：仁者人也。以生生言之也。

萬物生生化化，經常在轉易變動之中。這是人心或世界的本質。

基於這樣的人性論或宇宙觀，發揚開去，歸根結柢，便促成了文學至上的思想。李夢陽認爲以恆

動不居的感情為內容，而憑藉感覺加以發抒的文學，必然是人類心理活動最眞實的表現。就此定義而言，文學應該是人世間不可或缺的事業。雖然他並沒有說得如此明確而肯定，但他所倡導的復古運動，不僅提示了一條文學創作的途徑，也含有一種文學至上主義的色彩。

李夢陽的文學至上的意識，較之前人，不但有異，而且更進一步。雖然以文學藝術為至上而獻身與之的態度，如前所述，已見於楊維楨、倪瓚等元末文人（第三章第二、三節），不過，那是為了抗拒蒙古的統治，或逃避現實的一種表現。又如與他大約同時的祝允明、唐寅等江南才子，在態度上，也還帶有否定或反抗權威的消極意識（第五章第三節）。至於李夢陽的態度，卻相當肯定，相當積極。況且由於他身為高官而主宰文壇，影響所及，形勢所趨，終使積極的文學至上主義，變成了十六世紀指引作家的主要意識型態。

李夢陽在完成他理論的過程中，因為強調以感情，特別是自然的感情，為文學不可缺少的內容，檢古驗今，也發覺了民間詩歌，較之「文人學子」之作，含有更多眞實的感情。他在〈詩集自序〉裡，引用了友人王崇文（叔武）的話：「夫詩者，天地自然之音也。今途咢而巷謳，勞呻而康吟，一唱而群和者，其眞也；斯之謂風也。孔子曰：『禮失而求之野。』今眞詩乃在民間，而文人學子顧往往為韻言，謂之詩。……悲夫！」經過一場議論後，李夢陽無法辯駁，「於是憮然失，已灑然醒也」，也極表贊成。儘管如此，他卻堅持「法式古人，非法式古人也，實物之自則也」的成見，繼續專一地模擬古人典範，終其一生，死而後已。

還有一點値得注意的是，李夢陽與王守仁的關係。王守仁即陽明先生，早年與李夢陽交游，刻意詞章，為復古派同志。後來覺得光靠模擬古人，無法求得眞理，才另闢蹊徑，主張「心即理」、「致良知」，並倡「知行合一」的學說，變成了一個哲學大家。如果說陽明哲學有主情主義的傾向，那麼，與李夢陽的文學或文學理論，還是有一脈相承的地方。

關於李夢陽，請參考拙文〈李夢陽的一面——古文辭的庶民性〉（一九六〇，《全集》卷十五收。譯案：請見本書〈附錄〉）。本節所述，泰半爲其後研究的成果。

第三節　何景明、徐禎卿、康海、王守仁

李夢陽以其大膽率直的理論與作品，風靡海內，大受歡迎。時人爭相仿效，尊之爲詩壇宗師，甚至推爲「盛唐」以來詩人第一。他自己也受之無愧，且以李白、杜甫之後的大詩人自居；氣焰萬丈，不可一世。

當時在復古派裡，較爲突出的有所謂「前七子」。除了李夢陽之外，有河南信陽的何景明、山東歷城的邊貢、江蘇蘇州的徐禎卿、陝西武功的康海、陝西鄠縣的王九思、河南儀封的王廷相。值得注意的是，除了徐禎卿，其他都來自非文學中心的北方或西北。其中，李夢陽、何景明、徐禎卿、邊貢，又有「弘正四傑」之稱。弘正即弘治、正德時代（一四八八—一五二一）。

何景明（一四八三—一五二一），字仲默，號大復。名聲與李夢陽相埒，並稱「何李」。他的家鄉信陽是河南的鄉下，而且與李夢陽一樣，也是個出身於貧賤之家的才子。弘治十一年（一四八九），十六歲，舉河南鄉試第一；二十歲進士及第，授中書舍人，便在北京開始了官吏生活。其後，遷直內閣制敕房，進吏部員外郎，擢陝西提學副使。嘉靖元年卒，才三十九歲。傳有《大復集》三十八卷。

何景明在北京時，與大他八歲的李夢陽爲復古派同志，事見於兩人往返書信中。不過，後來雙方發生了齟齬，曾經互相辯難了一番。譬如就祖述的典範而言，李夢陽專主「盛唐」，而何景明則偏重「初唐」，特別是七言長詩。他的模擬之作，首推〈明月篇〉。此詩有序，用以陳述他對詩的意見。「夫詩本性情之發者也。其切而易見者，莫如夫婦之間。是以《三百篇》首乎關雎；六義首乎〈風〉……子美之詩，博涉世故，出於夫婦者常少。致兼雅頌，而風人之義或缺。此其調在〔初唐〕四子之下歟？」四子指楊炯、王勃、盧照鄰、駱賓王。可見他認爲詩應以發抒性情爲主，循此以觀，杜甫不如初唐四傑；初唐四傑不如《詩經．國風》。〈明月篇〉全詩如下：

長安月，
離離出海嶠。
遙見層城隱半輪，
漸看阿閣銜初照。
瀲灩黃金波，
團圓白玉盤。
青天流景披紅蘂，
白露含輝汎紫蘭。
紫蘭紅蘂西風起，
九衢夾道秋如水。

錦幌高褰香霧濃，
瑣闈斜映輕霞舉。
霧沈霞落天宇開，
萬户千門月明裡。
月明皎皎陌東西，
柏寢岧嶢望不迷。
侯家臺榭光先滿，
戚里笙歌影乍低。
濯濯芙蓉生玉沼，
娟娟楊柳覆金堤。
鳳凰樓上吹簫女，
蟋蟀堂中織錦妻。
別有深宮閉深院，
年年歲歲愁相見。
金屋螢流長信階，
綺櫳燕入照陽殿。
趙女通宵侍御牀，
班姬此夕悲團扇。

秋來明月照金徽，
榆黃沙白路逶迤。
征夫塞上憐行影，
少婦窗前想畫眉。
上林鴻雁書中恨，
北地關山笛裡悲。
書中笛裡空相憶，
幾見盈虧淚沾臆。
紅閨貌減落春華，
玉門腸斷逢秋色。
春華秋色遞如流，
東家怨女上粧樓。
流蘇帳捲初安鏡，
翡翠簾開自上鉤。
河邊織女期七夕，
天上嫦娥奈九秋。
七夕風濤還可渡，
九秋霜露迥生愁。

九秋七夕須臾易，
盛年一去眞堪惜。
可憐揚彩入羅幃，
可憐流素凝瑤席。
未作當壚賣酒人，
難邀隔座援琴客。
客心對此嘆蹉跎，
烏鵲南飛可奈何！
江頭商婦移船待，
湖上佳人挾瑟歌。
此時憑闌垂玉筯，
此時滅燭斂青蛾。
玉筯青蛾苦緘怨，
緘怨含情不能吐。
麗色春妍桃李蹊，
遲輝晚媚菖蒲浦。
與君相思在二八，
與君相期在三五。

空持夜被貼鴛鴦，
空持暖玉擘鸚鵡。
青衫泣掩琵琶絃，
銀瓶忍對箜篌語。
箜篌再彈月已微，
穿廊入閨靄斜暉。
歸心日遠大刀折，
極目天涯破鏡飛。

同代的人薛蕙，曾評何景明的詩爲「俊逸」，與李夢陽的「粗豪」相對，有詩云：「俊逸終憐何大復，粗豪不解李空同。」頗有抑李揚何之意。又日本本居宣長（一七三〇—一八〇一）在所著《玉籠》卷十裡，也對〈明月篇〉的序有所批評。

徐禎卿（一四七九—一五一一），字昌穀，一字昌國。在「前七子」中是例外的蘇州人。早期與祝允明、唐寅、文徵明，號爲「吳中四才子」，專學「中唐」白居易、劉禹錫等人比較柔軟的詩。下面這道七言律詩相當有名，可以算是早期的代表作。

風霜獨臥閑中病，
時節偏催壑口蛇。

籬下落英秋半掬，
燈前新夢鬢雙華。
文章江左家家玉，
煙月揚州樹樹花。
會待此心銷滅盡，
好持齋缽禮毗耶。

「江左」即「江南」。「毗耶」爲佛語，是戒律之意。

徐禎卿於弘治十八年(一五〇五)，二十七歲成進士。在北京受到李夢陽、何景明的影響，悔其少作，改學漢、魏、盛唐，變成了復古派的一員驍將。但英年早逝，才活了三十三歲。王陽明有〈徐昌國墓誌銘〉。錢謙益評其詩云：「標格清妍，摛詞婉約。……江左風流，故自在也。」(《列朝詩集》丙集小傳)他的詩在「前七子」之中，的確最爲華麗。著有《迪功集》六卷等多種。

康海(一四七五—一五四〇)，字德涵，號對山。農家出身。其家鄉陝西省武功縣，久來也是文學的不毛之地。他與李夢陽同年生，與何景明同年成進士，殿試第一，授修撰。六年後，武宗皇帝正德三年(一五〇八)，李夢陽被宦官劉瑾羅織下獄，危在旦夕，偷偷託人從獄中帶出一張紙條給康海，只有四個字：「對山救我。」康海急人之難，也不顧後果，便去謁見劉瑾。「瑾大喜，盛稱德涵眞狀元，爲關中增光。德涵曰：『海何足言？今關中自有三才，古今稀少。』瑾驚問曰：『何也？』德涵曰：『老先生之功業，張尙書之政事，李郎中之文章。』瑾曰：『李郎中非李夢陽耶？應殺無赦。』

德涵曰：『應則應矣，殺之，關中少一才矣。』歡飲而罷。明日瑾奏上，赦李。」（《列朝詩集》丙集康海小傳）但過了二年，劉瑾失勢，康海也無辜受到牽連，落職爲民。官場既不得意，只好回到家鄉，以山水聲妓自娛。「前七子」之一王九思（一四六八—一五五一），字敬夫，也由於劉瑾餘黨的嫌疑，被迫致仕，隱居在附近鄠縣渼陂農村。兩人同病相憐，過從甚密。有時康海請王九思到家裡來，就在屋前打麥場上，喝酒擺龍門陣，談詩論文，徵歌度曲，以相娛樂。有五言律詩〈釀酒〉云：

吾道仍須酒，秋分釀更宜。
便當炊百名，猶未足千巵。
行樂年空暮，聞歌日尚遲，
風流杜陵老，傾倒是吾師。

「杜陵老」指杜甫。雖然「傾倒」於杜甫而奉爲「吾師」，但他的詩卻不如杜甫遠甚。如果說「七子」之詩，或明人之詩，一般都有追求簡易、率直、豪壯的傾向，那麼，這道詩可以當作流於粗疏之弊的例子。康海有《對山集》四十四卷等傳世。

康海與王九思也以散曲和雜劇名家。康海的〈中山狼〉、王九思的〈杜子美沽酒遊春〉，可以說打破了十五世紀以來戲曲史的沉寂，成為明代戲曲復興的先聲。關於這方面，現代的文學史家言之已詳，不必贅述。要之，虛構文學也終於趕上了傳統的詩文文學，造成了雙雙並行發展的現象。

至於其他的「七子」，由於篇幅有限，只好略而不談。事實上，他們的著作現在大都成為罕覯書籍，有些甚至只傳其名，遍尋不獲，難得一見。所謂「七子」的文學作品，固然曾經名噪一時，炙手可熱，不過，到了十七世紀以後，時過境遷，在明末，就已大失人心，無復當年盛譽；進入清朝，更是一落千丈，幾乎全被棄置不顧，任其散失了。

這裡倒應該介紹一下王守仁。這個與「前七子」同代的哲學大家，如前所述，早年曾經是復古派領袖李夢陽的同志。他的詩富於俊爽之氣，自成一格，只是時有說理的傾向。如有名的七言絕句〈泛海〉：

險夷原不滯胸中，
何異浮雲過太空？
夜靜海濤三萬里，
月明飛錫下天風。

不過，他也有極富風趣之作，如五言律詩〈李白祠〉二首之一：

千古人豪去，
空山尚有祠。
竹深荒舊徑，
薜合失殘碑。
雲雨羅文藻，
溪泉繫夢思。
老僧殊未解，
猶自索題詩。

末聯寫老僧昧於道理，還一味求人題詩，相當富於幽默感。

第四節　李攀龍

復古派「前七子」的領袖李夢陽，卒於世宗嘉靖十年（一五三一），享年五十七歲。徐楨卿、何景明死得更早。「前七子」中最長壽的王九思，八十四歲，於嘉靖三十年（一五五一）過世，恰好在世紀的中間。

在十六世紀前半，復古運動不但獲得了各階層廣泛的支持、歡迎和參預，也在社會上變成了一股不可忽視的勢力。到了世紀的後半，其聲勢更加波瀾壯闊，無遠弗屆，名副其實地風靡了全國。這個時期相當於從嘉靖（一五二一—一六一九）的中期，經穆宗隆慶（一五六七—一五七二），至神宗萬曆（一五七三—一六一九）的中葉。

十六世紀後半的領袖是李攀龍、王世貞二人。他們不僅是文壇的巨子，也是時代文明的主宰。當時的知識分子，從士大夫到民間騷客，莫不奔走門下。這兩人的好惡褒貶，可以使人聲價驟起，也可以使人名譽掃地。他們都是進士出身，也都做過官吏，卻不能算是政界的中心人物。不過，由於他們在文學界的地位，儼然一代巨人，所以他們的一顰一笑，或隻字片語，往往足以左右視聽，引起莫大的影響。復古運動早期所內涵的文學至上的意識，經過他們的互相標榜，極力鼓吹，終於匯成了一股巨流，瀰漫了整個時代。他們兩人也理所當然地變成了人人崇拜的偶像。

李攀龍（一五一四—一五七〇），字于鱗，號滄溟，山東濟南人。自謂「吾起山東農家，獨好爲文章，自恨不得一當古作者者」（王世貞〈書與于鱗論詩事〉引）。據王世貞所撰〈李于鱗先生傳〉，他的父親李寶，兼營商業，「善酒任俠，不問家人生產」，捐貲在德州莊王府謀得管家的工作。可見他的家庭背景與李夢陽相似，而且母親夢日墮懷而生他的故事，也與李夢陽不謀而合。他的名與字合起來，便是「攀龍于鱗」，爲的是紀念他出生的祥兆，頗有自負不凡的氣概。又因爲「其家近東海」，所以自號「滄溟」。他的家境本來還算富裕，但是他九歲時父親去世，由於母親是繼室，在家中備受排擠，所以小時候的生活並不快樂。他有幾篇文章，如〈爲太恭人乞言文〉等，描寫他母親爲他的教育如何辛苦的情形。他從小就喜歡寫些古奧怪異的詩文，在鄉里有「狂生」之稱。他的回答是「吾而不狂，誰當狂者？」

李攀龍於嘉靖十九年（一五四〇）舉山東鄉試第二。四年後，三十一歲，進士及第，授刑部主事。

在文學方面，早就堅持文主秦漢，詩規盛唐的論調，「謂文自西京，詩自天寶而下，俱無足觀，於本朝獨推李夢陽」（《明史》〈文苑三〉）。當時李夢陽已去世多年，復古運動失去了領導，正值群龍無首之際。李攀龍雖與李夢陽從無直接的交往，卻傲然以其後繼者自居，創立詩社，吸引了不少少壯派的官僚與文人學子。

「科舉」每三年舉行一次。李攀龍於嘉靖二十三年登科，接著王世貞於嘉靖二十六年進士及第，亦授刑部主事。這兩人不但是官場裡的同僚，而且在文壇上變成了終生的同志。其後，嘉靖二十九年，恰值世紀中間的一五五〇年，有江蘇湖州長興的徐中行、江蘇揚州興化的宗臣、廣東廣州順德的梁有譽、湖北武昌興國的吳國倫等，同榜中式，也加入了結社。這些人，包括王世貞在內，都是來自南方。這個事實顯示了原起北方的復古運動，逐漸遠播，終於變成了全國性的文學潮流。

這個時期，仿「前七子」之例，也有所謂「後七子」之稱。不過，尙欠一人。於是，他們敦請了老詩人謝榛加入，湊足了七人之數。謝榛（一四九五—一五七五），字茂秦，山東臨清人，是個無官一身輕的布衣。一眼失明，早年好作「樂府商調」俗曲，極受年輕人的歡迎。其後折節讀書，刻意詩文，聞名於時。經常漫遊黃河南北，急公好義，有俠客之譽。最有名的是他營救盧柟的義舉。盧柟，字少楩，一字子木，河南濬縣人，富家之子，入貲爲太學生，博聞強記，很有文才。當地的邑令恨他目空一切，藉故捕他下獄，蓄意加以處死。謝榛知情後，趕到北京去找達官貴人，代爲泣訴申冤，並說：「生有一盧柟，視其死而不救，乃從千古惘惘，哀沅而弔湘乎？」（《列朝詩集》丁集盧柟小傳）。換句話說，有活詩人盧柟不救，卻在那裡舞文弄墨，只管哀弔千年以前的屈原。結果，成功地平反了這樁冤案。

李攀龍有《滄溟集》三十卷。他在刑部期間所作的詩，可舉〈同元美諸比部早夏城南放舟〉第一首爲例。「元美」即王世貞；「諸比部」是刑部同僚；「城南」指北京城南小湖。

豈悟風塵客，
還能汗漫遊？
天涯唯短髮，
海内此扁舟。
宦跡清時劣，
人才畫省優。
百年渾綠酳，
一日且滄洲。

本來應該在浮生「風塵」裡，日夜奔忙的這些官吏同僚，沒想到還能如此逍遙自在地遊息作樂。在這「天涯」宇宙裡，有的是彼此越來越短的短髮；而浮在這「海內」人世上的，也只有眼前的小小「扁舟」。「宦跡」是官吏的功績。「清時」謂昇平之世。「畫省」即尚書。「綠酳」是青黃色美酒。「滄洲」指浩淼無邊的湖水。因爲天下無事，做官的沒有機會發揮所長，當然談不上有什麼經國濟民的功勞；反而致使過多的人才，擠在京城裡，過著無憂無慮的日子。人生「百年」是有限的，何況日推月移，一事無成；只好借酒消愁作樂，在浩淼的湖上享受一天的逍遙遊。

他在北京大約十年，從刑部主事，歷員外郎、郎中等職，官運還算順利。意氣風發，與同僚互相標榜。當他於嘉靖三十二年（一五五三）轉任河北順德知府時，已經以詩壇領袖自許，別人也推他爲一代宗師。那時候，李攀龍早把謝榛摒除出去，視同路人。從此以後，唯獨心重王世貞，互以英雄相許。王世貞有一次訪問順德時，李攀龍作了〈與元美登郡樓〉二首，其一云：

開軒萬里坐高秋，
把酒漳河正北流。
自愛青山供使者，
誰堪華髮滯邢州？
浮雲不盡蕭條色，
落日遙臨睥睨愁。
上國風塵還倚劍，
中原我輩更登樓。

「使者」指王世貞。「華髮」指自己的白髮。「邢州」即邢臺，順德府治。「睥睨」指他們兩人狂妄自大、冷對天下的眼光。「上國風塵還倚劍」一句，蓋謂當時的北京，爲了預防蒙古的侵略，處於備戰的戒嚴時期。

這兩人的確「睥睨」天下，自以爲當世無人。王世貞曾評李攀龍的七言律詩，「自是神境，無容擬議」，推為杜甫以來第一人（《藝苑巵言》卷七）。然而，在他的詩裡，喜用「天涯」、「海內」、「萬里」、「百年」等大字眼，層出不窮，難免招來千篇一律之譏。同代的胡應麟，就批評他的律詩絕句說：「用字多同，……故十篇而外，不耐多讀。」（《詩藪》）（譯案：吉川氏誤引為王世貞弟王世懋語。）

不久，李攀龍升為陝西提學副使。當時因為陝西境內地震頻繁，擔心老母的安危；又因為有個同鄉而地位相等的巡撫，居然下令要他代作文章，所以憤而辭職，歸去來兮了。

回到家鄉濟南之後，他便在郊外蓋了一棟房子，叫白雪樓。據其七言古詩〈酬李東昌寫寄白雪樓圖〉的序說：「樓在濟南郡東三十里許鮑城。前望太麓，西北眺華不注諸山。大河清河，交絡其下。左瞰長白、平陵之野，海氣所際。每一登臨，鬱為盛觀……。」

有一首病後所作的詠白雪樓七律云：

伏枕空林積雨開，
旋因起色一登臺。
大清河抱孤城轉，
長白山邀返照迴。
無那嵇生成懶慢，
可知陶令賦歸來。
何人定解浮雲意，

片影漂搖落酒盃。

「嵇生」即魏嵇康；「陶令」指陶淵明，都是用來比喻自己。

據《西山日記》所載，白雪樓有三層。最高層爲作詩處，二樓爲愛妾所居，一樓爲會客室。周圍有溝渠繞護。訪客須先出示所作詩文作品，如果主人認爲尚可，才用小舟帶進客廳予以接見。但往往不耐長談，過了片刻，便訓誡訪客要多讀書，然後趕出門去。

李攀龍也主張以模擬特定的古代典範爲文學創作的唯一門徑，但比李夢陽更進一步，更多局限。他自己並未留下什麼有系統的理論文章；比較完整的介紹見於王世貞的〈李于鱗先生傳〉。其中論文一段云：「于鱗既以古文辭創起齊魯間，意不可一世。……以爲記述之文厄於東京班氏，姑其狡狡者耳耳。不以規矩，不能方圓。擬議成變，日新富有。」接著列舉他心目中的典範，如《尚書》、《莊子》、《左傳》、《禮記》（〈檀弓〉、〈考工記〉）、司馬遷《史記》等，以爲「其成言班如也；法則森如也。吾攄其華而裁其衷，琢字成辭，屬辭成篇，以求當於古之作者而已」。

所謂「擬議成變，日新富有」，正是他主張模擬的理論根據；典出《易經》：「擬之而後言，議之而後動，擬議以成其變化。」（〈繫辭上〉）李攀龍似乎認爲在文學創作上，只要根據古文辭的典型，字模句擬，「攄其華而裁其衷」，便能推陳出新，產生富於變化的優秀作品，而終可「當於古之作者」。或者可以這樣說，因爲典型常新，是古人自由意志的表現，所以模仿得越像，不但不會越受拘束，反而越能達到自由創作的境界。

至於李攀龍的詩論，王世貞也在他的傳記裡說：「蓋于鱗以詩歌自西京逮唐大曆，代有降而體不沿；格有變而才各至。故於法不必有所增損，而能縱其夙授神解於法之表。句得而爲篇，篇得而爲句。即所稱古作者，其已至之語，出入於筆端而不見跡；未發之語爲天地所秘者，創出於胸臆而不爲異。」換句話說，古人創造而用過的字句，被李攀龍一模擬，就顯得自然混成，彷彿己作，不留祖襲的痕跡。還有古人未能發現的宇宙萬物的奧秘，他也往往以他敏銳的感性，創之胸臆而加以表現出來。這是「日新富有」，補古人之不足，與祖襲古典的行爲並無矛盾的地方。

像這樣的主張，不管他多麼強調堅持，恐怕也不配稱爲一種文學理論。不過，如果當作音樂、舞蹈等的創作途徑，因爲那是一種具有特定形式，注重流派相傳的藝術，或者還可適用也說不定。至於文學創作，就另當別論了。

由於專事模擬的結果，不免「句摭字捃，行數墨尋，興會索然，神明不屬」（《列朝詩集》丁集上小傳），難逃剽竊之嫌。最受譏評的是他晚年的擬漢魏樂府古詩之作。如〈古詩十九首〉之一的原文是：

青青河畔草，
鬱鬱園中柳。
盈盈樓上女，
皎皎當窗牖。
娥娥紅粉粧，
纖纖出素手。

昔爲倡家女，
今爲蕩子婦。
蕩子行不歸，
空牀難獨守。

李攀龍的擬作是：

搖搖車馬客，
依依燕趙女。
沾沾倚箏立，
交交夾窗語。
盤盤高結出，
飆飆中帶舉。
浮雲忽自歸，
蕩子漫無所。
天寒錦衣薄，
空牀難獨處。

把這兩首對照一下，就知道他的擬作，果然「句摭字捃，行數墨尋」；形同抄襲，了無新意。難怪後起的批評家要大張撻伐了。錢謙益就挖苦他說：「『易』云『擬議以成其變化』；不云擬議以成其臭腐也。」（《列朝詩集》丁集上小傳）。不過，他當然有他自己的說辭。勒韁之馬，反而跑得更直更快（〈古詩前後十九首〉引）；模擬可以補古人之未及處（〈代建安從軍公燕詩〉引）。

李攀龍卒於穆宗隆慶四年（一五七〇），享年五十七歲。隆慶元年起，他曾一度離開白雪樓，復進仕途，出任浙江副使、參政，及河南按察使等職。但不久母親去世，奔喪回家。由於哀傷過度，得了心痛之疾；一病不起，也跟著離開了人世。可見也是個激情的人物。

他最愛吃愛妾手製的蔥饅頭。生前酷嗜弓箭，善於射獵。王世貞有七言古詩〈觀李于鱗射歌〉一首，加以讚美，中有句云：

李侯手挽三石強，
左射右射勢莫當。

第五節　王世貞

王世貞（一五二六——一五九〇），字元美，號鳳洲，又號弇州。與李攀龍並稱「李王」，同爲後期復古運動的領袖。

他與復古的其他巨頭一樣，也是個虛憍恃氣，性情激烈的人物。只不過他的家庭環境卻與他們不同。「前七子」的巨頭李夢陽，以及他「後七子」的盟友李攀龍，如前所述，都是來自偏僻鄉村的貧寒之家。反之，王世貞卻出身於江蘇太倉，是蘇州的鄰縣。自元末明初以來，蘇州一帶是南方平民文學的中心。不久以前，才出現過沈周、文徵明等大家。這群江南才子之中，還包括了像祝允明、唐寅那樣放浪形骸、玩世不恭的人物(見第五章第三節)。不過，大體上他們仍然保持了都市文化的優雅傳統，對於崛起荒漠北地的「古文辭」，抱著懷疑的態度。儘管有徐禎卿列名於「前七子」，又有蘇州名門皇甫四兄弟(沖、涍、汸、濂)，及其中表黃氏昆仲(魯曾、省曾)，也追隨過李夢陽，但是人數既少，畢竟改變不了根深柢固、富於地方色彩的文學傳統。事實上，王世貞在年輕時，還曾受過文徵明的獎挹賞識。

況且王世貞的背景，又是官宦書香之家。祖父和父親都是進士出身。父親王忬(一五〇七—一五六〇)以文官而參預軍事，北禦蒙古，東抗滿洲，東南沿海則抵制倭寇，轉戰各地，頗有功名(《明史》列傳九十二)。有這樣的父親，恐怕也是使他性情激烈的原因之一。不過大致說來，他的爲人處世卻不能完全脫離公子哥兒的習氣。

王世貞之所以超越或背叛地方傳統，終至變成了「古文辭」的大家，可以說正是他那激情的性格使然。他的一生充滿著激昂慷慨的事跡。嘉靖二十六年(一五四七)，二十二歲，進士及第，授刑部主事。數年後，同年進士楊繼盛(一五一六—一五五五)，因爲彈劾宰相嚴嵩而下獄；王世貞不顧得罪嚴嵩，不但常去探監，遞送衣食，而且代楊妻起草申冤訴狀。當申冤無效，楊被刑死時，他又甘冒風險，出面收屍，加以安葬。嚴嵩爲此恨他入骨，伺機報復。幾年後，「父忬以灤河失事，嵩搆之，論死繫獄。世貞解官奔赴，與弟世懋日蒲伏嵩門，涕泣求貸。……又日囚服跽道旁，遮諸貴人輿，搏顙乞救。諸貴人畏嵩不敢言。忬竟死西市，兄弟哀號欲絕。持喪歸，蔬食三年，不入內寢」（《明史》〈王世貞傳〉）。等到嘉靖帝去世，隆慶帝即位，他又為了恢復父親的名譽，奔走請願，伏闕申冤，終於獲得了平反。而世貞自己也被派為地方官，重上仕途。

據他自己說：「某吳人也。少嘗與吳中人論詩，既而厭之。」乃寄意於北方文學，仰慕中原李夢陽（〈李氏山藏集序〉）。又說他十五歲時，「先生戲分韻教余詩，余得漢字，輒成句云：『少年醉舞洛陽街，將軍血戰黃沙漠。』先生大奇之，曰：『子異日必以文鳴世。』」（《藝苑卮言》卷七）這個對子已顯有「古文辭」的傾向了。

進士及第後，與李攀龍定交結社，更決定了他走向復古模擬的道路。這兩人黨同伐異，互相吹捧，以一代文壇宗主自命。有一次王世貞休假返鄉，有五言古詩寄李攀龍，充分流露了兩人青年時代的交情與抱負。

今日別我友，
還望之故鄉。
故鄉豈無歡？
我友安得將？
行者慘不輝，
居者以彷徨。
肉骨雖摎捫，

既析亦相忘。
唯有肝與膽，
委照差可方。
焉顧非日月，
東西揚景光？
情知諧親邁，
乃在媒慨慷。
雖有綢繆淚，
何以寫中腸？

這道詩強調了兩人情逾骨肉、肝膽相照的關係。甚至更進一步，竟以東西輝映的太陽與月亮互況相許；眞是趾高氣揚，目無餘子。最後說他們之間和諧親密的交誼，建立在以「慨慷」激情爲媒介的基礎上，深入「中腸」肺腑，即使有流不盡的「綢繆」感傷之淚，也無法表達彼此難捨難分的情意。

王世貞在《藝苑巵言》（卷七）裡，還記有一個插話。「于麟一日酒間，顧余而笑曰：『世固無無偶者；有仲尼，則必有左丘明。』余不答，第目攝之。遽曰：『吾愰矣！有仲尼，則必有老聃耳。』其自任誕如此。」李攀龍居然用孔子與老子來比況兩人，大言不慚，頗有「天下英雄唯使君與操耳」之意。王世貞之所以「不答」，倒不是因爲他不同意，而是因爲左丘明傳係孔子弟子，根本不可能與孔子爲「偶」——做並駕齊驅的同志或爭長論短的對象。

這兩人的來往書信甚多，而且無不充滿著互相景慕、彼此誇獎的話。什麼一掃千古、不可一世之類，把他們自己形容爲古今第一。他們之間贈答的詩歌也是如此。前節曾引李攀龍〈與元美登郡樓〉一首，作於順德。當時王世貞亦有用其韻所作的七言律詩：

使君杯酒一登樓，
倚檻蕭條木葉愁。
不盡天風吹大陸，
何來岳色滿邢州？
匣中星動雙龍夜，
柝裡寒生萬馬秋。
爲問郡曹諸記室，
幾人能並李膺遊？

「匣中」句用「匣裡龍吟」故事。「雙龍」即雙劍，比喻兩人。「柝裡」謂巡夜報時的柝聲所及之範圍。末聯問李攀龍幕下的「諸記室」，即順德府的官員們，論才學文章，有誰夠資格與李攀龍對等交遊、平起平坐呢？這些人都不行，當今之世，只有我王世貞一人。李膺（一一〇—一六九），字元禮，東漢人，德高望重，名噪一時，士人被其容接者稱爲「登龍門」。這裡當然用來比喻李攀龍。

李攀龍去世後，王世貞唯我獨尊，繼續把持文壇，達二十年之久。晚年又是個大官；雖然不在首都北京，卻是陪都南京的國務大臣之一，先後出任應天府尹、南京大理卿、兵部右侍郎、刑部尚書等要職。所著有詩文總集《弇州山人四部稿》一百七十四卷、《續稿》二百零七卷。又有《弇山堂別集》、《弇州史料》、《王氏書畫苑》等有關歷史或藝術的編著。一般認爲其天分之高、學殖之富，遠在李攀龍之上。王世貞不愧爲當代首屈一指的巨子，被許爲不世出的偉人。整個時代可說都匍匐在其聲威之下；即使原先對「古文辭」存有疑問的蘇州等江南地區，也不例外，終於全部納入了他的勢力範圍。五十一歲致仕歸隱後，他在鄉里太倉營建了豪華的庭園，先稱爲小祇林，後改名弇山園。去官之後，聲名更著。每天總有絡繹不絕的訪客，包括士大夫、道士、僧侶、布衣詩人、民間詞客，奔走其門，乞求指教。追隨者則引爲同道；反抗者則視如敵人。他把最初的結社同志李攀龍、徐中行、梁有譽、吳國倫、宗臣，定爲「前五子」，又設「後五子」、「廣五子」、「續五子」、「末五子」等，排列追隨者的等級。同鄉大官王錫爵（一五三四—一六一〇）有女燾貞，一生虔信觀音大士，終致神靈附體，號爲曇陽子，他也變成了她的信徒（〈曇陽大師傳〉）。如此這般，直到萬曆十八年（一五九〇），即豐臣秀吉侵略朝鮮的前一年，六十五歲去世爲止，王世貞在中國文壇上，扮演了睥睨一世的獨裁角色。

王世貞的詩，由於注重模擬，力求接近古人典範，所以也與李攀龍的一樣，頗多興會索然之作。不過，他的才氣既高，規模又大，作起詩來，也就更柔軟而華麗。下舉數首爲例。

嘉靖三十二年，二十八歲時，倭寇侵擾故鄉太倉。王世貞攜家避難蘇州，有五言律詩〈亂後初入吳與舍弟小酌〉：

與爾同茲難，
重逢恐未眞。
一身初屬我，
萬事欲輸人。
天意寧群盜？
時艱更老親。
不堪追往昔，
醉語亦傷神。

有前輩詩人孫一元（一四八四—一五二〇），字太初，不知何方人氏，自號太白山人。「或曰安化王宗人，王坐不軌誅，故變姓名避難也。一元姿性絕人，善爲詩，風儀秀朗，蹤跡奇譎，烏巾白帢，攜鐵笛鶴瓢，遍遊中原，……所至賦詩，談神仙，論當世事，往往傾其座人」（《明史》〈隱逸傳〉），爲「苕溪五隱」之一。死時才三十七歲。王世貞對這個未及謀面的隱逸詩人，似頗仰慕，有七言古詩〈酹孫太初墓〉一首，表其哀悼之意。

死不必孫與子，
生不必父與祖。
突作憑陵千古人，

依然寂寞一坏土。
道場山陰五十秋，
那能華表鶴來遊？
君看太華蓮花掌，
應有笙歌在上頭。

「道場」爲山名，又名雲峰，在浙江省吳興縣西南，孫一元葬於此。「山陰」今屬浙江紹興縣，亦爲孫一元舊遊之地。「五十秋」蓋謂死後已五十年。根據傳說，「丁令威，本遼東人，學道於靈虛山。後化鶴歸遼，集城門華表柱。……徘徊空中而言曰：有鳥有鳥丁令威，去家千里今始歸。城郭如故人民非，何不學仙冢纍纍！」（《搜神後記》）這裡以丁令威喻好談仙道的孫一元。但是，他既然沒有故鄉，即使化鶴之後，也不可能飛來停在山陰的華表上面。他生前浪跡天涯，包括陝西的太華山。這個已經成仙的詩人，現在說不定就在華山的蓮花峰仙人掌上，繼續彈著流浪的樂曲。

又崑曲《浣紗記》作者梁辰魚，字伯龍，崑山人。嘉靖年間，與「後七子」爲「古文辭」同志。王世貞有七言律詩〈贈梁伯龍〉：

漢闕題罷鬒初華，
梁苑文成席更誇。
匣裡秋霜諸俠少，

曲中春雪舊名家。
江陵客寫金樓子，
建業人歌玉樹花。
誰道歸來仍壁立，
文君窈窕自煎茶。

「壁立」即「家徒四壁立」，形容窮困之極，典出司馬相如（《漢書》〈司馬相如傳〉上）。不過相如有愛人卓文君當壚賣酒；你也有窈窕的女人，親自爲你煎茶，也該滿足了。

戚繼光（一五二八—一五八七）是屢平倭寇的名將。萬曆十三年（一五八五）造訪弇山園；王世貞有〈戚將軍贈寶劍〉二首。其二云：

曾向滄海剸怒鯨，
酒闌分手贈書生。
芙蓉澀盡魚鱗老，
總爲人間事漸平。

又在《四部稿》七言律詩部分，附有〈署中獨酌先後共得十首頗有白家門風不足存也〉、〈信筆爲雜題三首〉、〈戲爲江左變體二首〉，並自註云：「右十五篇，格調稍異，聊存之以見一體。」另外，在其集中又收有〈即事效長慶體〉、〈偶覽元白長慶集有感逝者〉等詩。可見他對復古派所忌避的中唐詩人，如白居易等，也不完全排除。只是，既是「不足存也」，又說「聊存之」，心中不免有些矛盾而已。例如〈信筆爲雜體〉之一云：

一番花競一番新，
五度門閑五度春。
風外遊絲塵外事，
雨中黃葉夢中身。
病堪醫療難言病，
貧假分殊未是貧。
莫向向平輕有約，
掛冠人是倦遊人。

「遊絲」即蛛類所吐飄在空中之絲。「向平」即向長，東漢隱士，字子平。「男女嫁娶既畢，勑斷家事勿相關，當如我死也。……遊五嶽名山，竟不知所終。」（《後漢書》〈逸民列傳〉）白居易有詩云：「最喜兩家婚嫁畢，一時抽得向平身。」（〈閒吟贈皇甫郎中親家翁〉）「掛冠人」是無官一身輕的人。

有人認爲王世貞到了晚年，文學趣味發生了變化。如李維楨〈王鳳洲先生全集序〉說：「先生於唐好白樂天，於宋好蘇子瞻。」又如劉鳳〈王鳳洲先生弇州續集序〉說：「病遂大作，余往問，則見其猶恆手子瞻集。」至於《明史》則更加渲染，說他「晚年，攻者漸起，世貞顧漸造平淡。病亟時，劉鳳往視，見其手蘇子瞻集，諷翫不置也」（〈文苑〉）。宋人的集子，尤其是蘇軾的詩文，最爲復古派所忌避，王世貞在病亟時，卻「諷翫不置」。不過這種說法不免有些誇張，似乎在強調他晚年有「覺今是而昨非」的心情，其實，只要查一下他的著作，就知道他從小就喜歡蘇軾。如《藝苑卮言》（卷四）云：「懶倦欲睡，誦子瞻小文及小詞，亦覺神王。」又說：「子瞻之文爽而俊。」他還纂有《蘇長公外紀》十卷，在其序文裡，備致推許，甚至說：「天下而有能盡蘇公奇者，億且不得一也。」

另外，據日本川濟之所編的《明七才子傳》（寬延三年，一七五〇），載有王世貞晚年感懷身世的自白，大意謂：「余所好者唯讀書、文學與酒而已。酒能使我無行，但飲之可以消愁解悶；文學助我生計，然實非當務之急。杯酒渡日，難逃譏刺；以文揚名，反招嫉妒。每遭嫉妒，則遇挫折。挫折與嫉妒，蓋天公憐我，所以置我於人間是非之外者也。」這段話或有所據，但已不詳所出。川濟之的《明七才子傳》出現於江戶中期，是荻生徂徠倡導「古文辭」時代的產物。

第六節　古文辭的功過

所謂「古文辭」或復古運動，雖然在十六世紀，風靡文壇，獨步一時，但是，當「其盛也，推尊之者徧天下；及其衰也，攻擊之者亦徧天下」（《四庫提要》），進入十七世紀以後，直至今日，一直受著激烈的抨擊或不利的批評。現代的一般文學史家不是置之不顧，就是嗤之以鼻，視爲揶揄的對象。難怪復古派諸家的著作，除了少數例外，久來無人問津，而遭受了蠹蝕塵封的命運。

其實，早在「古文辭」方興未艾的時代，就有所謂「唐宋派」的古文作家，對於「文必秦漢」的主張，提出了反對的意見。譬如被認爲明代第一的古文大家歸有光（一五〇六—一五七一），字熙甫，號震川，曾在〈項思堯文集序〉裡，諷刺王世貞等人說：「蓋今世之所爲文者，難言矣。而苟得一二妄庸人，爲之巨子，爭附和之，以詆誹前人。……文章至於宋元諸家，其力足以追數千載之上而與之頡頏，而世直以蚍蜉撼之，可悲也。」（《震川集》卷二）據錢謙益在〈題歸太僕文集〉一文的記述，王世貞的反應是「妄誠有之，庸則未敢聞命」。歸有光又挖苦說：「唯庸故妄，未有妄而不庸者也。」（《初學集》卷八十三，又見《列朝詩集》丁集中小傳）又如放浪不羈的文人徐渭（一五二一—一五九三），以及稍後的戲曲大家湯顯祖（一五五〇—一六一七）等人，也經常加以猛烈的攻擊或譏笑，散見於他們的書信或爲人所作的序文中。儘管如此，當時王世貞的勢力如日中天，黨羽滿天下，這些人的批判雖然激烈，還不至於影響到他作爲文壇巨子的地位。只有到了十七世紀初葉，如下章所述，袁宏道等「公安派」出現之後，反「古文辭」的運動才逐漸得勢，占了上風，取而代之。接著有鍾惺、譚元春等「竟陵派」的反擊，最後到了明末清初的錢謙益，更毫不容情地大張撻伐，到體無完膚的地步，徹底而永遠地否定了明代的復古運動的價值。

「古文辭」的主張，追根究柢，的確有其勉強而不合時宜的內在缺點。錢謙益等反對派的指摘批判，綜合起來，大致如下：

第一，主張祖述有限的典型，力求與之同歸一致的結果，使他們的作品無法擺脫窠臼，變成了古人的奴隸，難免止於單純的模仿，毫無推陳出新、獨出心裁的創造性可言。李攀龍的模擬古詩古歌之作，便是其中最突出的例子（見本章第四節）。他無視於身在十六世紀的現實，反而不但在措辭表現上，也在內容感情方面，企圖與第三世紀以前的「漢魏」，以及第八世紀的「盛唐」之詩，認同求合，在本質上就犯了嚴重的時代錯誤。因此，錢謙益譏之為「繆學，如僞玉贗鼎」（《初學集》卷七十九〈答唐訓導汝諤論文書〉）、〈優孟之衣冠〉、〈木偶之衣冠、土苴之文繡〉（同上卷三十二〈曾房仲詩敘〉）等等。

第二、即使以擬作或贗品而論，既不逼真，也不高明。他們的模仿僅止於皮相的模仿，對於古人之詩，「生吞活剝」，根本不了解內在的「精神脈理」，結果他們的擬作雖然「爛然滿目，終為象物而已」（同上）。就祖述杜甫之詩而言，他們只能粗略地模擬杜詩壯闊雄渾的外表，而於杜詩精細的感性與緻密的韻律，不是了無體會或力所不及，就是不加重視而置之度外。可憐又可笑的是，他們對古代典籍與語言學的知識，水準低下，往往一知半解而自以為是。所以他儘管以「古文辭」為己任，標榜復古，卻由於粗心或無知，難免使用不見經傳的單字措辭，使其擬作不古不今，似是而非；紕繆掛漏，不一而足。譬如李攀龍的散文常用的「打」字，在「秦漢」古文中，絕無先例可援。豈止單字而已。如前引李夢陽獄中〈述憤〉五言古詩（見本章第二節），在「墉鼠語床下」一句裡出現了家鼠。這類小動物在唐詩中難得一見，反而在「古文辭」家最忌諱的宋詩，尤其蘇軾的詩裡，倒是屢見不鮮（詳拙文〈蘇東坡與鼠〉）。如果要吹毛求疵的話，像這樣自相矛盾的例子，在他們自以為擬古的詩文裡，可以說俯拾即是，不勝枚舉。

第三、由於把典型的選擇對象，始終局限於激烈慷慨的「秦漢文」與「盛唐詩」，彷彿只此一家，別無分號；結果對過去那些優雅、精緻的文學遺產，不但無暇也不屑一顧，甚至避之若浼，一概加以抹殺，自然談不上有所借鑑。偏執固陋，到了自欺欺人的地步。

第四、模擬的對象只限於特殊而固定的典型，難免導致千篇一律、單調乏味的後果。

第五、由於專事法式古人風格，一心認同古典世界，只知有古，不知有今，從而忽視了對十六世紀當代現實的反映。這個推斷，就他們的散文作品而言，倒不一定很中肯。譬如李夢陽、李攀龍的散文，特別是他們對其家世的敘述，模仿《史記》作法，儘管文體顯得奇異古怪，但描寫從來古文未嘗觸及的社會階層的生活狀態，在內容上確能獨創一格，頗有推陳出新之處。不過，在詩歌的創作上，的確有不顧現實的缺陷。由於力求與「漢魏」或「盛唐」之詩的情趣內容一致同歸，反而喪失了創作的自由精神；唯古人馬首是瞻，以致脫離了十六世紀的感情與現實。最顯明的事例是李夢陽的被搆繫獄，還有王世貞父親的蒙冤刑死。雖然這兩件刑案是轟動一時的大事，然而要在他們兩人的詩裡追尋事件的詳情，或者窺探他們對其遭遇的感情反應，卻相當困難。

對於上列的這些指摘批判，「古文辭」家恐怕非甘受不可。如在序章所述，自宋朝以後的人們，已不像六朝人或唐人那樣，具有耽溺於悲哀的心態與環境。明朝的「古文辭」家當然也不例外。事實上，無論他們如何嫌惡文人蘇軾，他們卻與蘇軾一樣，或不知不覺地受其影響，也顯有抑制或揚棄悲哀的傾向。儘管如此，他們還一味模擬「盛唐」以前的詩，實在是削足適履，不合時代的潮流。

總之，就實際的創作而言，復古運動不能不說是一個失敗的歷史。不過，另一方面卻也有不可埋沒的功績。那就是對文學理論或文學批評的貢獻。

第一、關於詩的本質或文學本質的理論。李夢陽以爲詩者發之於「情」，以「調」或韻律爲主，而且必須帶有「色」即感覺的要素。復古派之所以以「秦漢文」與「盛唐詩」爲唯一的典範，歸根結柢，就是因爲他們認爲這些時代的詩文，最適合又能滿足他們心目中所謂文學的條件。固然他們過度拘泥於這些固定的典範，無異作繭自縛，可謂愚不可及；不過，他們據以從事創作的動機與理論，卻多少還有傾聽細問的價值，不可一筆抹殺。況且他們的文學理論與批評，往往能發前人之所未發，或能闡揚前人之所未明言，頗有超越前人的獨創之見。何景明對戀愛感情的特別重視，便是一個很好的例子(見本章第三節)。

第二、以文學爲人間至高無上，而且不可或缺的事業。類似的態度過去並非沒有。早在二世紀三國時代，文人之間就有類似的主張。例如魏文帝曹丕(一八七—二二六)就說：「文章經國之大業，不朽之盛事，年壽有時而盡，榮樂止乎其身，二者必至之常期，未若文章之無窮。」(〈典論論文〉)以後到七、八世紀的唐朝，甚至到宋代新儒學開始鼓吹道理哲學爲止，可以說一直都在這種意識型態的影響下。又如元末明初以來「文人」的心態行徑，可能也產生了助長促進的作用。然而像「古文辭」家那樣積極而果敢的態度，自古以來的確並不多見。只有到了十六世紀，文學至上的意識才深入民間，開始左右多數人民的生態態度，變成了整個時代顯著的風氣。這在文明的發展史上，可以說是一段必須的過程。

第三、對過去文學的評價。「古文辭」家在從事創作時，對模擬對象的嚴格限制，作繭自縛，固然是愚蠢不過的下策，但他們對「秦漢文」與「盛唐詩」的極力推重，卻合乎文學史的實際情形。在中國文學史上，「盛唐」代表著最健康的產物，或至少代表著其中最重要的一部分；這已是不容置辯的事實。即使現代的文學史家也無人表示異議。儘管這個看法其來有自，可以上溯到南宋嚴羽的《滄浪詩話》、明初高棅的《唐詩品彙》等書，但其終於成為不易的定論，卻要等到前後「七子」。還有他們發現並肯定了久被閒置的「漢魏」古詩的價值，闡而揚之，其功亦不可沒。馮惟訥(？—一五七二)蒐集唐以前詩歌，編為總集《古詩紀》，規模宏大，共一百五十六卷；便是在尊古復古的風尚之下，順應時代的需要而作出的不朽貢獻。此外，「七子」論詩的著作，如王世貞的《藝苑卮言》、謝榛的《四溟詩話》，又如王世貞門人而列名「末五子」的胡應麟的《詩藪》等書，在中國文學批評史上，也都占有一席之地，所以至今仍有不少讀者。

附帶值得一提的是，《史記》在今天雖已成為人人必讀之書，但這部司馬遷的名著，在復古派尊之為古文典範之前，流傳並不廣，甚至有難得一見的情形。「前七子」之一的康海有鑑於此，乃自貲重刻《史記》，以廣流傳。他在序文裡說，自元中統(一二六〇—一二六三)以來，此書久無完本。一般人只能在坊刻選本中見其一鱗半爪。他於是費十餘年之力，訂正補缺，還其本來面目，付之剞劂，公之於世，云云(《對山文集》卷十〈史記序〉)。現在的人也許會覺得不可思議，但在復古運動以前情形的確如此。可見「古文辭」家對《史記》一書的普及，也有不可忽視的功勞。

另外，復古運動與戲曲小說的興盛，似乎也有某種程度的關鍵。眾所周知，十六世紀是戲曲史的一個高潮(詳青木正兒《中國近世戲曲史》)，而且值得注意的是，明代有些重要的劇作家，如康海、王九思等，往往也是「古文辭」的詩文作者(見本章第三節)。這個事實是傳統詩文與虛構文學相輔相成、同臻盛況的有力佐證。又如小說《金瓶梅》，傳為王世貞匿名之作；即使此說不足採信，但正如沈德符(一五七八—一六四二)所說，「聞此為嘉靖大名士手筆」(《野獲編》)，足見在當時人們之間，已有「古文辭」與虛構文學並非無緣的看法。

就社會史而言，復古運動也具有相當重要的意義。所謂「古文辭」的文學理論，儘管表面上看似冠冕堂皇，自命不凡，但是作爲實際的創作方法，卻其實最簡易不過。因而人人得以爲之，既合乎一般群眾追求文學的需要，也易於滿足他們附庸風雅的願望。結果是促使越來越多的平民書生，加入了詩歌作者的行列。如王世貞的門生或訪客當中，包括了許多三教九流的人物，便是反映這種現象的一個事例。如此一來，久而久之，「古文辭」所內涵的文學至上的思想，也就更廣泛地浸透民間了。

除在中國本土之外，「古文辭」對日本江戶時代（一六〇三—一八六七）的儒學，也發生了極爲深遠的影響。原來，自德川氏開設幕府於江戶，成爲實際上的統治者之後，即奉嚴肅而重思辨的宋理學爲儒學正宗，定爲「官學」，倡導鼓吹，不遺餘力；非是者即目之爲異端。荻生徂徠（一六六六—一七二八）起而抗衡，主張兼容並包，以古代語言學的方法闡述儒家的哲學思想。他認爲包括宋儒在內的「後世學者，不知古文辭，故不能讀六經」（《徂徠集》卷二十八〈答東玄意問〉）。如果在「古文辭」的基礎，那麼，「取秦漢以上書，而求所謂古言者以推諸六經焉，則六經之旨瞭然如指諸掌矣」（同上卷二十二〈與藪震菴〉）。據他自己說，他這種治經方法是得自李攀龍、王世貞「二公」的啓示：「不佞從幼守宋儒傳注，崇奉有年。積習所錮，亦不自覺其非矣。藉天之寵靈，暨中年，得二公之業以讀之，其初亦苦難入焉。蓋二公之文資諸古辭，故不熟古書者，不能以讀之。古書之辭，傳注不能解者。」（同上卷二十七〈答屈景山書〉）不過，「李王二公歿世，用力於文章之業，而不遑及經術。然不佞藉其學，以得窺經術之一斑焉」（《學則》附錄）。也就是說，李王固然是「所謂大豪傑」，但終生「僅爲文章之士」，其貢獻只限於文學方面，而他自己卻更進一步，把他們「古文辭」的理論與方法，應用在儒學的研究上面；自謂「迺以東夷之人，而得聖人之道於遺經者，亦李王二先生之賜也」(《徂徠集》卷二十二〈與富春山人〉)。得意之情,溢於言表。要之,徂徠受到李王擬古主義的啓示,認爲古人有古人的語言生活,所以要確切了解「聖人之道」,必須進入古代經典的世界中,「以古言讀之」。否則就會像宋儒的傳注那樣,紕繆百出。「殊不知經者古也,傳注者今也。以傳注解經者,以今視古者也,非通古者也」。他甚至更簡捷了當地說:「故病模擬者,不知學之道者也。」(〈答屈景山書〉)所著有《論語徵》十卷等十多種闡述儒家經典之作。他在日本首倡「古文辭」,爲江戶中期一代大儒,門生甚多,號爲蘐園學派(詳見拙著〈受容的歷史〉)。他的治學方法不但風靡了日本的儒學界,也影響了本居宣長(一七三〇—一八〇一),促進了日本「國學」的誕生、發展與成熟。

徂徠一派應用「李王之學」於儒學研究,頗著成效,已如上述。至於對「漢文學」(中國古典文學)的鑑賞與創作,他們更是明代「古文辭」派的忠實繼承者。譬如傳爲李攀龍所編的《唐詩選》,曾由徂徠的弟子服部南郭(一六八三—一七五九),於享保九年(一七二四),即在原書出現後約一百五十年,刊行了和刻本,變成了當時的暢銷書。有人說這個選本是根據李攀龍的《古今詩刪》,抽出其中唐詩部分而成。所選詩歌以初唐盛唐爲主,傾向於高華雄渾、古雅悲壯一格,而忽略了白居易等中唐晚唐的詩人,反映著「古文辭」派的趣味與主張。這本書在日本風行已久,即使到現在,依然被奉爲鑑賞或學習中國詩的津筏。版本之多,不可勝計。如此說來,幾百年前發生在中國的復古運動,還在餘波蕩漾,間接地影響著現代日本人的精神生活。(拙編《新唐詩選》及其《續篇》,俱爲「岩波新書」版,在選詩的標準和態度上,《唐詩選》有所不同。藉此機會,特爲聲明。)

第七章

十七世紀前半　明代末期

第一節　平民詩的飽和

明代末期相當於十七世紀的前半。一六〇〇是神宗萬曆二十八年。萬曆是明朝最長的年號，共四十八年，於一六二〇年結束。其後，經過七年的熹宗天啓之世，到末代皇帝毅宗的崇禎十七年，即一六四四年，明朝終告滅亡。從十六世紀末葉起，在政治舞台上，就黨爭頻仍，此起彼落，直到亡國爲止，無時或歇。這一連串的黨爭，諸如有名的東林黨錮或復社事件等，往往牽涉到宮廷內部的密謀暗鬥，有時又結合在野士人或民間勢力；黨同伐異，壁壘分明，互不相容。就在官僚士人朋黨勾結，翻雲覆雨，舉國嘩然的時候，國內發生了饑民流寇的暴動，如火燎原，蔓延各地。邊境則有滿洲日益強大的武力，在愛新覺羅・努爾哈赤的統領下，巧妙地利用心理戰術，步步入侵。在這內外交困，極端危急的局面下，明朝政治愈益腐敗，不但不知改弦更張，亟圖力挽狂瀾之計，反而激化黨爭，自相殘害；致使滿洲漁人得利，終爲努爾哈赤的子孫取而代之，建立了大清帝國，再度出現了異族入主中國的局面。滿清的統治長達二百六十多年，到本世紀初的一九一一年辛亥革命，才被推翻。

不過，在這明代末期，儘管內憂外患紛至沓來，國家命運危在旦夕，但在崇禎十七年三月十九日，北京失陷，毅宗自殺以前，一般人民似乎視若無睹，缺少切身的危機意識。自上世紀明代中期以來，隨著復古運動之盛行而活躍起來的民間詩壇，不但沒有衰落的跡象，反而更加膨脹，而達到了飽和的狀態。當時作詩的並不限於在職官吏，或富農富商之類的地方有力人士，即使在陋巷之中也往往有詩人。錢謙益所編《列朝詩集》的最後部分，就蒐集了不少民間小詩人的資料。譬如自號白雲先生的陳昂，福建莆田人。爲了逃避倭寇之亂，帶著妻小流浪各地，遠至四川。後來落籍南京秦淮河畔，靠賣卜、織屨、或爲人代作詩文，過了窮困的殘生。蘇州詩人袁景休，字孟逸，亦以賣卜終老。浙江龍游人童珮，字子鳴，從其父鬻書爲業，曾問學於歸有光，亦有詩名。松江唐汝詢，字仲言，五歲而瞽，居陋巷而甘之如飴，旁通經史，能爲古今諸體詩（以上諸人皆見於丁集中）。他們的詩都還能達到一定的水準，尚有一讀的價値。例如白雲先生陳昂避倭寇所作的五言律詩，〈城破領老妻逃入仙遊胡嶺〉（仙遊爲福建地名）：

喪亂餘生在，
飢寒何所投？
晝逃聞鬼哭，
夜竄望仙遊。

有徑風先慘，
無山鳥肯留。
老妻向天問：
盜賊幾時休？

這些民間的小詩人，有不安於陋巷的往往旅遊四方，或寄大官富豪籬下，或賣詩文書畫爲生，當時稱之爲「山人」。「山人」橫行的情形，可在沈德符《野獲篇》及其他雜著中，見其一斑。

再者，當時的民間詩文作者，包括所謂「山人」在內，喜歡結黨立社。有的甚至不限於文學活動，而甘爲官僚黨派的外圍團體。最大的政治性結社「東林黨」以及「復社」，便是比較著名的例子。

至於戲曲小說等虛構文學，也依然保持著自上世紀以來的盛況。在印刷方面往往講究精美的插圖，又多內容淫猥、敘述誇張的作品。可以說是平民生活富足有餘的表現。

在這樣的風氣之下，這時期的詩壇開始出現了反對「古文辭」的傾向。十六世紀以來風靡已久的復古派文學，以其簡易率直而彷彿古雅高貴的模擬主張，雖然蔚爲風尙，吸引了不少平民作者，但是如今時過境遷，新起的一代已對「古文辭」的矯飾侷促，感到不滿，而開始另闢蹊徑，追求獨出心裁、自抒性靈的文學。在某種意義上，這是因量的增加而引起的質的變化。另一方面，也還有以繼承「古文辭」自命的結社。當時的文學界，類似政治界的黨同伐異，也存在著群雄割據的局面，不過，大體言之，明朝末期反復古、反模擬的傾向，已成了文學的主流，則是不容否認的事實。

當上世紀復古派把持文壇的時代，如前述，已有江蘇崑山的歸有光、浙江山陰的徐渭和江西臨川的湯顯祖等，起而反抗，極盡揶揄譏諷之能事（見第六章第六節）。這三個人後來雖被反「古文辭」驍將錢謙益，推爲先知，備致贊揚，但他們在當時還只是各別孤立的存在，未能引起廣泛的響應；而且他們又都不善於詩。歸有光年紀大於李攀龍、王世貞，以古文名家，詩非所長。徐渭，字文長，號青藤，生年後於李而先於王，曾爲抵抗倭寇名將胡宗憲的幕府書記。言行荒誕，自謂「吾書第一，詩二，文三，畫四」，但他的詩其實不如他的書畫。對日本人較有意思的，是一首描寫倭寇的七言絕句：

夷女愁妖身畫丹，
夫行親授不縫衫。
今朝死向中華地，
猶上阿蘇望海帆。

有自注云：「其地阿蘇山最高。」首句的「畫丹」即朱色紋身。至於湯顯祖，字義仍，比王世貞年輕，爲戲曲《牡丹亭還魂記》等所謂《玉茗堂四夢》的作者。雖也以詩自負，但其成就遠不如所作戲曲之膾炙人口。

這些孤立的反復古現象，要等到世紀之交「公安派」的出現，才蔚然成風，確立了文學史上的地位與勢力。

第二節 公安派

所謂「公安派」是以公安縣出身的三個兄弟為中心的詩派。公安是湖北長江沿岸的一個小城。袁宗道（一五六〇—一六〇〇），字伯修；袁宏道（一五六八—一六一〇），字中郎；袁中道（一五七〇—一六二三），字小修，號稱「公安三袁」。

這三兄弟都是進士出身的才子，反對「古文辭」派的模擬作風，強調詩文的清新妙悟，應該是自由心情的自由表現。他們最推崇的是「古文辭」家最嫌忌的唐白居易、宋蘇軾二人。長兄袁宗道甚至名其書齋為「白蘇齋」；題其詩文集為《白蘇齋集》。

三人中最有名的是老二袁宏道，也就是袁中郎。他的詩自由平易，的確與「古文辭」派的截然不同。而且自由平易之故，也較能反映現實。例如在北京任職時所作的五言古詩〈二月十一日崇國寺踏月〉：

寒色浸精藍，
光明見題額。
踏月遍九衢，
無此一方白。
山僧盡掩扉，

避月如避客。
空階寫虯枝，
格老健如石。
霜吹透體寒，
酒不暖胸膈。
一身加數氈，
天街斷行跡。
雖有傳柝人，
見慣少憐惜。
惜哉清冷光，
長夜照沙磧。

早春寒冷的月光傾瀉在崇國寺上，連山門上的匾額題字都清晰可見。踏遍了首都北京縱橫貫通的九條大街，也看不到像這裡那樣白亮皎潔的月色。僧侶們好像怕看到月亮似的，早已關起了所有的門戶，躲在屋裡休息了。月亮在空蕩的台階上，以其生花妙筆，描出了屈曲如虯龍的古木枝椏的影子，顯露著老而彌健、固如盤石的風格。傾聽著笛聲嗚咽，只覺得霜氣襲人，凍入骨髓。儘管喝酒取暖，也驅除不了胸次的寒意；只好在身上多加幾條毛毯。京城的大街上已無行人的蹤跡。雖然偶有擊柝報時的聲音，但那是每夜都有，習以爲常，所以對於冒寒巡夜的人，也就少有憐憫的感覺。令人惦念的，倒是那些駐守邊疆沙漠的士兵們；他們大概也在同樣冷清清的月光下，忍受著漫漫長夜，懷念著遙遠的故鄉吧！

袁宏道曾學禪於異人李贄（卓吾），跟這個行爲怪誕的思想家私交甚篤。結果，也許受到了影響，有時也會寫些設想奇特的詩。例如五言古詩〈漸漸詩戲題壁上〉：

明月漸漸高，
青山漸漸卑。
花枝漸漸紅，
春色漸漸虧。
祿食漸漸多，
牙齒漸漸稀。
姬妾漸漸廣，
顏色漸漸衰。
賤當壯盛日，
歡非少年時。
功德黑暗女，
一步不相離。
天地猶缺陷，

人世總參差。
何方尋至樂？
稽首問仙師。

自然人間的事情，都在「漸漸」地改變。年輕力壯時祿低位賤，但等到在經濟上、時間上可以盡情享受時，不知不覺間，早已變成色衰垂暮的老人了。「功德」與「黑暗」為二女神，前者為福神，後者為禍神。據《大般涅槃經》卷十一所載，有一美貌女子來訪，自稱功德大天。問其所事，則謂專事賞人以種種金銀琉璃、頗梨眞珠、珊瑚琥珀、車渠瑪瑙、象馬車乘、奴婢僕使等物。主人大喜，迎之門內。不久，又有一醜女出現，自稱黑暗，告以專司損耗一切財寶之職。主人揮刀驅之。黑暗女卻不慌不忙地說，適才來者為家姊；姊妹二人一向形影相隨，不可分離。主人質之功德天，答曰：「實是我妹也。我與此妹，行住共俱，未曾相離。隨所住處，我常作好，彼常作惡。我作利益，彼作衰損。若愛我者，亦應愛彼。若承恭敬，亦應敬彼。」

袁宏道的近體律詩，由於志在一掃復古派模擬之病，難免矯枉過正，有時以遊戲的態度輕率為之，而流於俚俗油滑。如七言律詩〈暮春同謝生汪生小修遊北城臨水諸寺至德勝橋水軒待月〉，作於北京：

無才終是樂官閑，
何地何賓不解顏？

乍疊乍鋪風裡水，
半酣半醒霧中山。
御溝板落金鱗出，
宮樹花翻乳燕還。
淺綠疏黃是處有，
泥人眞自勝姬鬟。

「淺綠疏黃」指暮春林園的色彩。「泥人」謂以媚態誘人。「婦鬟」即美女。春色撩人勝似美女的誘惑。

袁宏道卒於萬曆三十八年（一六一〇），雖然只活了四十三歲，但他及其兄弟的詩風，獨抒性靈，不拘格套，大受歡迎，終於成功地取代了「古文辭」的地位。由於他早年做過吳縣即蘇州的知縣，政績良好，頗受愛戴，無疑也有助於吸收當地的民間文人，追隨左右，壯大了他的聲勢。

三袁之中，小弟袁中道壽命最長，但也不過五十四歲。有五言古詩〈詠懷〉系列，也許最能代表他的詩風。茲錄其一：

大堤有垂楊，
鬱鬱垂新綠。
北風一以至，

蒼然換故木。
四時遞推遷，
時光一何速！
人生貴適意，
胡乃自局促？
歡娛極歡娛，
聲色窮情欲。
寂寞寄寂寞，
被髮入空谷。
胡爲逐紅塵，
泛泛復碌碌？

「聲色」即音樂女色。「被髮」謂披頭髮，任其自然，不加梳理，喻謝絕人世，恢復自由之身，退隱山林。「泛泛」是浮沉不定。「碌碌」是辛勤勞碌。尋歡作樂也好，遺世隱遁也好，一定要乾脆徹底，不要游移不定，而自尋煩惱。這種要求乾脆徹底的態度，也正是明人一般心情的表露。

袁宏道的文學作品，很早就由明亡命者陳元贇（一五八七—一六七一）傳入日本，吸引了不少讀者。江戶初期的詩僧深草元政（一六二三—一六六八），最爲推崇，愛之不忍釋手。有〈與元贇書〉云：

數日之前，探市得《袁中郎集》。樂府妙絕，不可復言。〈廣莊〉諸篇，識地甚高。〈瓶史〉風流，可想見其人。又尺牘之中，言佛法者，其見最正。余頗愛之。因足下之言，知有此書。今得之讀之，實足下之賜也(《艸山集》卷三)。

信中所提的「樂府」，指「擬古樂府」部分；〈廣莊〉爲闡述莊子哲學之作；〈瓶史〉是有關插花藝術及其欣賞的文章。

第三節　竟陵派

從萬曆末年到天啓年間，即從一六二〇年前後到一六三〇年左右，「公安三袁」都已謝世，由「竟陵派」的「鍾譚」起而代之，也風靡一時。鍾即鍾惺(一五七四—一六二四)，字伯敬，號退谷；譚是譚元春(一五八六—一六三一)，字友夏。兩人都是竟陵同鄉。竟陵即湖北天門縣，靠近三袁出身的公安。他們的詩風可以說是公安體的一種變形，基本上也反對「古文辭」的模擬，主張重性靈、重個性、重自由。不過，公安力求平易清新，講究本色獨造，信腕信口，抒發性情；而竟陵卻偏好奇辭奇想奇趣，因有「幽深孤峭」之稱。這是兩派同中之異。鍾惺的五言古詩如〈山月〉：

山于月何與？
靜觀忽焉通。

孤煙出其外，
相與成寒空。
清輝所積處，
餘寒一以窮。
萬情盡歸夜，
動息此光中。

又如七言律詩〈江行俳體十二首〉；這是赴南京應試，自武昌順江而下時所作。其一云：

村煙城樹遠依依，
解指青溪與翠微。
風送白魚爭入市，
江過黃鵠漸多磯。
家從久念方驚別，
地喜初來也似歸。
近日江南新澇後，
稻蝦難比往年肥。

譚元春也一心求新求異，至於走火入魔，反而流於僻澀蒙晦的反效果。如七言古詩〈夏夜古意〉：

吳女織羅添花作，
江南諸姬身上著。
夜來怕遺香風度，
裁縫裁羅作羅幞。
明月皎皎照羅幃，
羅花一一影香肌。
郎來訝妾肌生花，
取衣覆肌花在衣。

難怪錢謙益也要大不以爲然，斥之爲「淫哇卑賤」了（《列朝詩集》丁集中小傳）。

儘管如此，他們兩人所倡導的竟陵體，雖然爲時不久，卻也自成一派，影響所及，「海內稱詩者靡然從之」（同上〈鍾惺小傳〉）。這兩人爲了抵制李攀龍的《古今詩刪》，共同編選了《古詩歸》十五卷、《唐詩歸》三十六卷。「盛行於世，承學之士，家置一編，奉之如尼丘之刪定」（同上）。這兩本書也傳到日本，但久被擱置，等到江戶末期，反對荻生徂徠「古文辭學」的勢力高漲時，才開始受到注意，成爲人人必讀之書。

日本作家永井荷風（一八七九—一九五九）推崇備至的王彥泓（一五九三—一六二四），字次回，江蘇金壇人，傳有《疑雨集》、《疑雲集》，雖然不屬於竟陵派，但不妨在此附帶提一下。他是專學晚唐李商隱、韓偓的香奩體的艷詩作者。試舉其五言絕句〈即事〉：

醉色風前減，
茶香雨後添。
看妝仍把卷，
相對一爐煙。

手裡拿著書，眼睛卻看著女人在化妝。兩人之間隔著一爐香煙。這首詩作於萬曆四十六年(一六一八)。這一年滿洲的努爾哈赤攻占了撫順，明朝的命運已經岌岌可危了。

第四節　明清過渡期

「公安」、「竟陵」兩派，如上所述，以其重個性重自由的傾向，或所謂「獨抒性靈，不拘格套」的主張，的確足以抗拒並補救「古文辭」家專事模擬、食古不化的缺點，而受到了一般民間詩人的熱烈歡迎。然而他們在實際創作上，卻偏重於個人生活中的見聞感懷的表現，而且往往顯得措辭率易、格局狹隘，充其量也只能算是輕量級的詩。所以儘管能夠風靡一時，卻因後勁不足，畢竟難以造成持久的勢力與影響。結果也和「古文辭」的下場一樣，不得不走上窮途末路，只是方向不同而已。

時過境遷，世代遞嬗，繼起的人們又開始要求嚴肅凝重的詩風。加以明末時局危機紛至沓來，隨著憂患意識的日益深刻，有志之士也就更加強了追求嚴肅的文學的願望。

首先登場的重要詩人是錢謙益(一五八二—一六六四)，字受之，號牧齋，江蘇常熟縣人。他在政治方面也極爲活躍，崇禎初年官至禮部侍郎，又曾列名於最大的政治結社「東林黨」，爲其核心成員之一。雖然後來投降了清朝，名節大虧，受人詬病，但在明亡以前，他是文壇與政界的領袖，聲望之隆，如日中天，足以掩蓋一世。即使在降清之後，他的文壇盟主的地位並未完全動搖，而且繼續對「古文辭」展開激烈的批判，終於徹底改變了詩壇的方向(參照拙文〈政客錢謙益〉)。

另一方面，又有文人學士的結社，如張溥(一六〇二—一六四一)等的「復社」，或陳子龍(一六〇八—一六四七)等的「幾社」，基本上還繼承了「古文辭」或所謂復古學，但於其理論主張則頗多修正或改進，也產生了相當的影響。尤其是「復社」，以興復絕學爲號召，規模最大。崇禎六年(一六三三)，曾邀集南北各省文會詩社，在蘇州虎丘召開全國性的大會；盛況空前，到會者竟達兩千多人。其中還包括了吳偉業(一六〇九—一六七一)、顧炎武(一六一三—一六八二)等鼎鼎大名的人物。但不幸的是，這些人物旋即遭到亡國的命運，只有等到滿族入主中國以後的清朝，才以遺民的身分充分發揮了他的潛力，在文學史上留下了不可磨滅的痕跡。

這些人的詩，出於明詩而自有其特殊的風格；繼往開來，爲以後清詩的發展開闢了不同的途徑。其實，以上所述的整個明朝詩史，廣義地說，也可視爲走向清詩的過渡時期。

清朝是中國傳統詩史的最後階段，可惜本書未克論及。如果天假之年，也許還有機會續寫一本《清詩概說》。

在各種明詩選集中，質量俱佳者，首推錢謙益的《列朝詩集》。據錢氏自己說：「余撰此集，仿元好問『中州』故事，用爲正史發端。搜摭考訂，頗有次第。」而且要「使後之觀者，有百年世事之感，不獨論詩而已也。」可知他遭逢亡國之痛之餘，立意仿效元好問《中州集》的體裁，編選此集，藉詩以保存有明一代的資料文獻，作爲修撰正史的參考。不過，《中州集》的對象是只有百年的金國小王朝，而《列朝詩集》卻包括明朝二百七十六年的詩歌。共八十一卷，選錄詩人約二千家；足見錢氏才學之厚、涉獵之廣。全書構成如下：

乾集(上下)二卷：皇帝及皇族之詩；

甲前集十一卷：自太祖舉兵至建國共十六年之詩；

甲集二十二卷：洪武、建元兩朝共三十五年之詩；

乙集八卷：自永樂至天順五朝共六十二年之詩；

丙集十六卷：自成化至正德三朝共五十七年之詩；

丁集(上中下)十六卷：自嘉靖至崇禎六朝共一百二十四年之詩；

閏集六卷：僧侶、道士、香奩(女性)、內侍、外國人等等之詩。

這個選集規模宏大，眞可謂皇皇巨著。後來在清康熙年間，錢謙益的族孫陸燦抽出《列朝詩集》中所附的詩人小傳，輯成《列朝詩集小傳》另刻單行本，也流傳於世。不過，如想深入地探討明詩的歷史，單靠《小傳》還不夠，非得縱覽集中所收的大量詩篇不可。本書中有關明詩部分的敘述，基本上便是閱讀《列朝詩集》全書所得的結果。遺憾的是編選者錢謙益，對於復古派的成見根深柢固，力詆「前後七子」，彷彿一無是處，至於感情用事的地步，被認爲是最大的缺點。後來朱彝尊(一六二九—一七〇九）爲了糾正錢氏的偏頗，並補其遺漏，編了《明詩綜》一百卷，入選者三千四百餘家。但由於志在網羅一切，沒有嚴格而一定的選擇標準，反而不免玉石不分、薰蕕錯雜的結果。

關於明人的詩論，鈴木虎雄的《中國詩論史》是必讀的經典著作。

扉頁的照片是沈周的山水畫，題有他自己所作的〈廬山高〉七言古詩一首。

又文天祥的墨跡，見於文徵明《停雲館法帖》，題爲〈虎頭山〉，爲至元十六年（一二七九）被俘北上途中所作的五言律詩之一：

早不逃秦帝，
終然陷楚囚。
故園春草夢，
舊國夕陽愁。
妾婦生何益？
男兒死未休。
虎頭山下路，
揮涕憶虔州。

天祥泣血。

心腸雖如鐵石，書法卻極優美。

附錄一

李夢陽的一面——「古文辭」的庶民性

一

明代中國崛起文壇的復古運動，即以李夢陽、何景明等所謂「前七子」，及稍後繼起的李攀龍、王世貞等所謂「後七子」爲中堅，倡導模擬古人，風靡將近百年的所謂「古文辭」的文學，現在已經成了歷史的陳跡。他們卷帙浩繁的著作，也早被束之高閣，蠹蝕塵封，幾乎無人過問了。

他們之所以受到如此的冷遇，就其文學作品而言，毋寧說是理所當然，無可奈何的事。他們所倡導的復古主義，即《明史》簡要言之的「文必秦漢，詩必盛唐」的主張(見〈文苑二〉李夢陽傳)，至少在詩的創作上，並沒有產生良好的結果。

究其原因，第一是他們所作的詩，不僅在措辭用語上，甚至在題材感情上，只知刻意法式古人，力求與之一致同歸；而且專襲古典中剛健豪邁的格調，無視古典中優雅緻密的品質。偏執一端，作繭自縛，擺脫不了古人的窠臼。結果是陳腔濫調，了無新意。一言以蔽之：千篇一律，單調乏味。

再者，文學應該是時代的反映，但他們對於隨著歷史的演變而日形複雜的現實，卻視若無睹，充耳不聞，更談不上略盡反映之責。本來宋詩頗能反映時代，只因宋詩時有談道說理的傾向，大不以為然，便不分青紅皂白，大加撻伐，避之唯恐不及，自絕於宋詩的模範。結果，他們的詩不免乖離現實，浮泛空疏。

談到他們的空疏，在詩的題材涉及現實的場合，尤其顯而易見。當所用的語言乖離現實，令人感到時代錯誤的時候，空疏已不僅僅是空疏而已，甚至有些滑稽可笑。這種現象在他們的律詩裡最爲顯著。這裡，不妨隨便舉一首李夢陽的七言律詩，題爲〈郊齋逢人日有懷邊何二子〉（《空同集》卷三十），爲贈社友邊貢、何景明之作：

今日今年風日動，
苑邊新柳弱垂垂。
齋居寂寞難乘興，
獨立蒼茫有所思。
谷暖遷鶯番太早，
雲長旅雁故多遲。
鳳池仙客容臺彥，
兩處傷春爾爲誰？

這首詩不但模仿了杜甫的用語，連感情也東施效顰，處心積慮，硬要與杜甫認同合一；難怪顯得索然乏味，引不起讀者的任何感動。李夢陽把自己與「邊何二子」當作杜甫的同代，也設想他們同樣具有第八世紀的感情。一味依傍古人，抹殺自我。這樣寫出來的當然不會是現實的個人的感情。只管模仿杜甫的語言，無論模仿得多像，如果缺少湧自內心的感情，那麼這種語言就不免矯飾，不免空疏。

當然，在他們的詩裡，偶爾也會出現新的題材或新的感情。不過這種情形與其說是有意識的採用，毋寧說是無意識的侵入。如李夢陽有〈效李白體〉五言古詩四十七首（《空同集》卷十六），其第一首〈沐浴子〉云：

玉盤兩鴛鴦，
拍拍弄蘭湯。
振衣馨香發，
彈冠有輝光。
豈念蓬首女，
含情怨朝陽。

這首詩可以說是竄改李白同題之作（《李太白全集》卷六），原詩云：

沐芳莫彈冠，

浴蘭莫振衣。
處世忌太潔，
至人貴藏暉。
滄浪有釣叟，
吾與爾同歸。

把這兩首一作比較，就可看出李夢陽蹈襲李白用語的痕跡。不過，主題卻不一樣，而且值得重視的是在李夢陽的詩裡，有一個李白未嘗用過，也不可能採用的形象。這就是「玉盤兩鴛鴦」——澡盆裡的男女。這個形象不但在李白的詩裡未嘗出現，而且在古代的詩裡，或甚至在李夢陽以前的詩裡，恐怕也難得一見。其所以會出現在這首詩中，正說明了李夢陽不是八世紀的人，而是十五世紀的人。如果李夢陽能站在十五世紀人的立場，把澡盆這個新的形象，以及因之而生的新的感情，善加處理，如實反映，那麼，這首詩很可能會顯得趣味盎然，獨創一格，令人耳目一新。可惜，這並不是他的立場或用意。就他而言，澡盆的出現只不過是疏忽所致的失著，不是細心布置的結果。因此接下去便都是些毫無新意的硬湊的字句，致使這個無意間侵入的新鮮的形象，與其餘一連串的陳詞濫調，顯得格格不入，互不連貫。難怪這首詩只能給人以不調合、欠統一、前後矛盾、莫名其妙的感覺了。

可見「古文辭」派的詩之被錢謙益譏爲「優孟之衣冠」（《初學集》卷三十二〈曾房仲詩敘〉），並非無的放矢。他們的文學作品之所以受到現代文學史家的冷落，追根究柢，可說自食其果，也是無可奈何的事。

二

儘管如此，對於「古文辭」運動的功過，近來也有人做過重新評價的嘗試。如茅盾（沈雁冰）就認爲李夢陽等人的文學，至少在出發點上，是一個正面的改革運動，具有肯定而積極的意義。他在《夜讀偶記》（一九五八）第二章〈中國文學史上的現實主義與反現實主義的鬥爭〉裡說：

我之所以在韓愈之後的許多「古文運動」中間單單揀出明朝的「前後七子」來討論，無非因爲「前後七子」的運動不但有文體改革的意義，而且更重要的是，他們的反對「臺閣體」是有意識地反對「臺閣體」的那種平正典雅、不痛不癢逃避現實的「考實則無人，抽華則無文」（李夢陽語）的反現實主義的文風。在反對形式主義、反對反現實主義這點上，「前後七子」的運動是有進步的意義的。

文中所引李夢陽語，「考實則無人，抽華則無文」，見於《空同子》的〈論學上篇〉。不過，茅盾對李夢陽的實際創作的成果，也並沒有給以很高的評價：

在創作實踐上，他的詩摹擬漢魏盛唐，縱橫馳驟的氣勢，慷慨激昂的音節，在當時果然是一新耳目，但思想內容是不深刻的，他不敢觸及當時政治社會的根本問題。他的散文摹擬秦漢，那就詰屈聱牙，用形式上的古樸艱深來掩飾內容的貧乏。為了反對形式主義而揭起的改革運動，自己卻又終於不免成為另一種形式主義，這正是「前七子」的矛盾所在，也正是他們「命定」的悲劇！

茅盾以爲李夢陽等「前後七子」的文學，出自並基於一股改革的熱情；這個看法是可以首肯的。不管實踐的成果如何，他們的出發點的確相當積極。關於李夢陽以前的明詩的情形，在此無法詳述（請看《元明詩概說》第五章〈明代中期〉）；要之，以楊士奇等所謂「三楊」爲中心的所謂「臺閣體」，空洞無物，了無生氣。不滿於這種文風而起來反抗，並企圖加以改革的，便是李夢陽等的「古文辭」運動。

三

「古文辭」派基於改革的熱情所產生的文學，換個角度說，可以看作明代庶民精神的一種表現。這就是我在本文想要討論的重點。

明朝的時代特徵是庶民勢力的膨脹，以及隨之而來的庶民精神的高昂。這個特徵也明顯地反映在文學史上。具體言之，就是白話小說或散曲等庶民文學的空前的發展與盛行。這些都是現代的文學史家競相討論的現象。

另外在詩文的世界裡，以沈周為前驅，從南方蘇州地帶陸續出現了唐寅、祝允明、文徵明等平民或準平民的文人，也是庶民勢力抬頭的有力證據（詳見《元明詩概說》第五章第二節及第三節）。關於沈周，我曾在長文〈沈石田〉裡做過詳細的介紹。

至於李夢陽等人的文學，由於刻意法式古人，臨摹古語，乍見之下，似乎與庶民的生活最爲無緣。再者，如果說追求自由是庶民精神的重要表現，那麼他們的文學在措辭、題材、感情各方面，自設局限，不敢逾越，也顯得違背了自由的精神。然而，事實上並不盡如此。我在這裡想強調的是他們的文學，特別在文學理論方面，還是體現了明代的特徵，也充溢著庶民的精神，散發著庶民的本色。

簡言之，李夢陽所倡導的復古主義，不僅單純地堅持模擬古代的典範，其實更重要的，也主張恢復古代的淳樸，認爲淳樸才是文學的本質。而且在這個議論的形成過程中，他意識到在今日而能保存淳樸的古風的，莫過於當世流行的俗歌俚曲。這的確是一個大膽的見解，也是個値得注意的文學思想。

像這樣的文學理論，見於李夢陽的〈詩集自序〉（《空同集》卷五十）。在這裡不妨稍爲詳細地介紹一下。

這篇〈自序〉採用對話的方式。首先由李夢陽的友人王崇文（字叔武）提出「今眞詩乃在民間」的看法：

李子曰：曹縣蓋有王叔武云。其言曰：夫詩者，天地自然之音也。今途咢而巷謳，勞呻而康吟，一唱而群和者，其眞也。斯之謂風也。孔子曰：「禮失而求之野。」今眞詩乃在民間，而文人學子，顧往往爲韻言，謂之詩。夫孟子謂『詩』亡，然後『春秋』作者，雅也。而風者亦遂棄而不采，不列之樂官。悲夫！

王宗文按照《詩經》的分類，認為詩歌原有「風」與「雅」之別，並提出「風」的傳統，細水長流，依然存在於當今民間歌謠的看法。所謂「風」，蓋指純粹抒情的民歌而言，而「雅」則指具有社會意識的文人學士之詩。

對於這樣的意見，李夢陽疑信參半，採取保留的態度，所以故意反問了一番：

李子曰：嗟！異哉！有是乎？予嘗聆民間音矣，其曲胡，其思淫，其聲哀，其調靡靡，是金、元之樂也。奚其眞？

他之所以提出疑問，是因爲他覺得民間流行的雜劇、散曲之類，原是夷狄之調，而且淫蕩哀怨，缺乏溫柔敦厚之旨，不能算是眞詩。

對於這些疑問，王崇文加以解釋說，所謂「眞」不應有華夏夷狄之分，中國既然經歷過金、元的統治，自然免不了外族音樂的影響。但只要是發自內心，便是「眞」，便合乎「風」的傳統，不必用「雅俗」的標準來定其是非。而且他又指出李夢陽所知道的，只不過是像雜劇、散曲的歌詞那樣，必須遵守既定的韻律格式塡寫的東西，而忽略了還有自由自在、發自性情之眞的民間歌謠。原文云：

王子曰：眞者，音之發而情之原也。古者國異風，即其俗成聲。今之俗既歷胡，乃其曲烏得而不胡也？故眞者，音之發而情之原也。非雅俗之辨也。且子之聆之也，亦其譜而聲者也。不有卒然而謠，勃然而訛者乎？莫知所從來，而長短疾徐，無弗諧焉。斯誰使之？

李夢陽聽了這段議論後，終於衷心感佩，捐棄成見，大加贊成：

李子聞之，矍然而興曰：大哉！漢以來不復聞此矣！

王崇文繼而言及詩的修辭問題，認爲在所謂「六義」之中以「比、興」最爲重要。並指出「文人學子」之詩「出於情寡而工於詞多」，難免「比興寡而直率多」，所以不足爲訓。反之，「途巷蠢蠢之夫」雖然不學無文，但唱起歌來，「此唱彼和，無不有比焉興焉，無非其情焉」；不愧是「天地自然之音」的眞詩，最能動人心弦。李夢陽聽到這裡，又不以爲然，提出疑問道：「子之論者，風耳。夫雅頌不出文人學子手乎？」王崇文立刻提醒他說，所謂「雅頌」之音，「不見於世久矣！雖有作者，微矣！」換句話說，現在只能聽到「風」體歌謠，至於純正的「雅頌」早已失傳，難以爲繼了。

李夢陽「於是憮然失已，灑然醒也」，便接著敘述他自己如何「廢唐近體諸篇，而爲李、杜歌行」，又如何更往上溯，祖述六朝詩、晉魏詩、賦騷、琴操古歌詩，而終至於四言，追求「入風出雅」的經過。最後以難得的謙遜自貶的語氣結束了這篇序文：

今二十年矣，乃有刻而布者。李子聞之懼且慚，曰：予之詩非眞也。王子所謂文人學子韻言耳，出之情寡而工之詞多者也。……每自欲改之以求其眞，然今老矣。

四

在〈詩集自序〉的近尾處，李夢陽突然提出「雅頌」的問題。這個提法與前半的論旨之間，到底有什麼必然的關係，並沒有說清楚。他自己好像也注意到這一點，所以另外在《空同子》的〈論學上篇〉（《空同集》外篇）裡，有如下的補充與辯明：

或問：〈詩集自序〉謂眞詩在民間者，風耳；雅頌者，固文學筆也。空同子曰：吁！黍離之後，雅頌微矣。作者變正靡達，音律罔諧。即有其篇，無所用之矣。予以是專風乎言矣。吁！予得已哉？

不過，讀了這段話後，我還是不大了解他對「雅頌」到底有什麼看法。只好暫時擱下，不加深究了。至於「風」體的俗歌俚曲，他的立場倒是相當清楚；不但積極地肯定了其存在的意義，而且認爲有高度的文學價值。這種知覺或態度，說不定就是使他倡導復古主義的動機。儘管復古的文學與庶民的歌曲之間，乍一看，似乎相去甚遠，風馬牛不相及，但如果從「風」的傳統來說，二者皆以民間爲依歸，雖有古今之別，可謂同出一轍，顯有一脈相承的關係。

事實上，在「前七子」之中，就有兼善俗歌俚曲的。例如康海不但是個復古派詩文的作者，同時也是個散曲大家，又傳有《中山狼》雜劇一種。李夢陽是否也與康海那樣作過雜劇或散曲，雖然不得而知，不過他對當時的民間歌曲，並非毫不關心。他的〈郭公謠〉（《空同集》卷六）便是一個例證。這是一首長短句的樂府體：

赤雲日東江水西，
榛墟樹孤禽來啼。
語音哀切行且啄，
慘怛若訴聞者悽。
靜察細忖不可辯，
似乎郭公兼其妻。
一呼郭公兩呼婆，
各家栽禾。
栽到田塍，
誰教檢取螺？
公要螺炙，
婆言攝客。
攝得客來，

新婦偷食。
公欲罵婦婆則嗔，
婦頭插金行帶銀。
郭公脣乾口燥救不得，
哀鳴繞枝天色黑。

這大概是把當時流行的民謠，用他獨特的「古文辭」的擬古手法，加以整理修飾而成的。這首詩後面還附有自注：

李子曰：世嘗謂刪後無詩，無者謂雅耳。風自偣口出，孰得而無之哉？今錄其民謠一篇，使人知眞詩果在民間。於乎！非子期孰知洋洋峨峨哉？

這段話與前舉〈詩集自序〉若合符節。

儘管李夢陽在散曲、雜劇之類的民間文學裡，發現了文學的本質，而不禁大加讚賞，他自己卻始終無意於這方面的創作，難免令人遺憾。究其原因，大概認爲古代文學不但一樣具有庶民的精神，而且在藝術表現上顯得更爲優越，所以才專心走上了擬古的途徑。

五

李夢陽的文學思想之所以植根於庶民的精神，共鳴於民間的歌曲，甚至終生受其啓示或影響，我想與他的生平環境不無關係。

對於文學是環境之產物的看法，我是贊成的，但是絕非毫無保留。至少我覺得不能一概而論。因爲文學的創作心理，有意無意間，多少總帶有不受拘束，企求超越、背離，甚至獨立於一定環境的傾向。也只有這樣，眞正的文學才有成立的可能。不過在另一方面，文學又不能完全擺脫一定的環境，不可能完全與現實無緣，這也是事實。因此，爲了探討某種文學的性質，如能參考產生這種文學的環境，不但必要，而且會有更好的效果。我以爲李夢陽的情形可以採取這個方法。

李夢陽生於相當清寒的家庭。這在明代的士大夫之間倒不稀奇；有不少也來自微賤的背景。不過，他是個比較特出的例子。

他有自述家世的〈族譜〉一卷（《空同集》卷三十八）。在開宗明義的〈例義第一〉之後，即爲〈世系第二〉，附有世系圖：

諱恩	子諱忠	子剛	子麟 無嗣
		慶	子孟春
		諱正	子孟和
			夢陽

孟章 無嗣
敬　子璡　子釗
瑄 無嗣

接著在〈家傳第三〉裡，爲世系圖附加生卒年月、配偶姓名、女子等項，並做了簡短的說明。最後的〈大傳第四〉是曾祖李恩以下各人的詳傳，以李夢陽特有的古文辭體寫成。在內容方面，則將其先祖源出西陲寒賤之家的背景，不憚其煩地、又毫不隱諱地作了詳盡的敘述。

首先寫其曾祖「貞義公」李恩，「不知何里人也」。只知他是河南扶溝人王聚的贅婿；隨王聚遷至山西蒲州，又徙於甘肅慶陽；最後戰死於河北白溝河之役。從此這一家就在慶陽落戶，變成了西北邊城的居民。

其次記其祖父「處士公」李忠(王忠)的生平。由於曾祖父的戰死與曾祖母的再嫁，這個八歲就成孤兒的祖父發憤學商，從小販而至中等商人。卒於正統十二年(一四四七)。李夢陽生於二十五年後的成化八年(一四七二)，所以有關祖父的記載，都是得自父親及其他長輩的口述：

> 往先君謂夢陽曰：貞義公沒時，處士公蓋八歲云。是時母氏(曾祖母)改爲他氏室，而公乃因不之他氏食，零零僜僜，往來邠寧間，學賈，爲小賈，能自活。乃後十餘歲而至中賈云。

又敘其祖父母的婚姻說：

寧州有李媼者，竊瞯公，異之，迺因妻以女，而公即不知爲同姓。

可見他們犯了同姓結婚的禁忌。這在從前的社會裡，特別在知書達禮的人看來，是冒天下之大不諱的事。

像這樣的寫法和文體，顯有模仿《史記》〈高祖本紀〉等篇的痕跡。

接著又記鄉里長輩之言云：

長老曰：處士公任俠有氣人也。即小時，而好解推衣食衣食人。於是閭里之人皆多處士公。

這個祖父不但是任俠使氣的男子漢，也是個善於理財之道的商人：

處士公顧愈謹治生，日厚富有貲。郡中人用貲，無問識不識，皆與貲。於是郡中人亦無不多處士公。

他那富厚的資金，大概是經營錢庄，從事借貸的結果。又云：

處士公載鹽過閭里，與閭里門斗鹽。及載菜，即又與閭里菜。卒歲散鹽菜數十車。於是，閭里率歲不復購鹽菜。而俗謂善人爲佛，處士又治佛，因號曰佛王忠。於是佛王忠之名蓋郡中矣。

這種慈善的施捨行爲也許是事實，但同時也說明他是個批發鹽菜而獲利的商販。最後又引用「長老」的話說，當地有個姓田的人爲仇家所殺，祖父居間調停，也受到牽連，死於獄中，可知他也是個「包攬訴訟」的人物。

祖父〈大傳〉之後，附有其弟「軍漢公」王敬的小傳，更顯示這一家的俠客之風：

軍漢公則嗜酒，不治生，好擊雞走馬試劍。即大仇，醉之以酒輒解，顧反厚。年八十餘，竟無疾卒。

六

〈族譜〉的〈大傳〉繼而敘述世系圖的第三世，即李夢陽的父親及伯叔一代的事跡。首先記伯父李剛(王剛)的生平。他的職業是「衛主文」，也就是當地駐軍的書記，所以稱爲「主文公」。這個伯父「好氣任俠有父風」；很像祖父，也是個豪放不羈的男人。但自從祖父突然死亡後，錢庄倒閉，家道中落，到了「家徒四壁立」的地步，而且還被認爲這是高利貸的因果報應，咎由自取，不得不忍受鄉里的白眼。伯父氣憤不過，採取了如下的報復手段：

> 主文公於是痛哭，往來里門，罵竊笑李氏者曰：若眞以李氏無人邪？罵且行，卒無應者而止。

在這激情的行爲裡，恐怕也含有李家的債務由我一人承擔的意思。

不過，這個伯父也是把書香帶進李家的第一人。有一次，他因事到北京去，買了不少書籍回來，爲的是要教育他的兩個弟弟：

> 主文公嘗以事至京師。有羨貲，迺盡買學士家言並曆數家，歸，訓其二弟。

「學士家言」即「八股文」範本；「曆數家」謂星相占卜之家。後來，李夢陽的二伯王慶果然以「曆數」爲業，號「陰陽公」。至於從事「學士家言」的，便是李夢陽的父親李正。

這位「主文公」王剛，也是個「強力使氣」的豪紳。鄉里有什麼聚會，只要他一句話，人們不敢不來。每有宴會，一定要等他出現，大家才敢就席。有一次，他的叔父「軍漢公」王敬，以房子作抵押，大喝其酒。當債主前來接收房子時，王剛怒目而視，一聲不響地磨起單刀來。債主驚恐萬分，落荒而逃。他這才開口說：「咍！此奴走矣。」接著大罵一番，又倒在地上作氣絕狀。債主嚇破了膽，哀訴道：「天天！寧主文生，不願得屋直。」

李夢陽的父親「吏隱公」李正，便是在這個豪橫狡猾的伯父的照顧下長大成人的：

吏隱公年九歲喪父，而依於伯氏。伯氏教之則嚴也。十二三歲時，伯氏傭書造里籍。伯氏不自書，顧令吏隱公書。吏隱公即善造書。伯氏乃大喜奇之，顧反嚴。吏隱公訛一字，伯氏一朴其掌。久之，掌墳赤。公啼泣。里父老見之，爲蘇蘇隕涕曰：夫紙易得耳，奈何至是？伯氏乃竊仰嘆曰：嗟乎！吾寧爲紙惜耶？

可知當時伯父王剛是個謄錄戶籍的胥吏。

李夢陽的父親後來頗善書法，無疑得力於長兄嚴格的督促和調教。當他十八九歲時，隨其兄王剛去看了易者邵道人。這個看命先生一言不發，只伸直雙手食指靠在耳邊，象徵紗帽的帽翅；也就是說，是個做官的命。他於是更發憤讀書，二十歲充郡學生，二十五歲爲太學貢生。三十三歲生李夢陽，三十六歲任阜平縣訓導。阜平屬於直隸正定府。又四十二歲爲封丘溫和王教授，舉家遷居開封。弘治八年（一四九五），即其子李夢陽進士及第的次年，享年五十七而卒。這就是他的一生。所謂封丘溫和王就是明太祖第五子周定王朱橚之庶孫朱子垚，於成化五年（一四六九）襲封，弘治十五年（一五〇二）薨（《明史》〈諸王世表〉）。

要之，李夢陽之父李正好歹是個讀書人。不過，論其地位或成就，絕對不能算是什麼了不起的人物。據布目潮渢所著〈明朝的諸王政策及其影響〉一文（《史學雜誌》，昭和十九年三、四、五月號），明代庶王大都是尸位素餐的存在，根本沒什麼實權可言。李正就是這麼一個庶王之家的教授，當然談不上是個顯赫的地位。李夢陽在其〈大傳〉裡也說：「公在王門十三年，沈晦於酒。」好像無所事事，日與溫和王飲酒度日。當他任阜平縣學的訓導時，提學副使閻禹錫（一四二六—一四七六）下令振興學政，他曾具文申說落後地區興學，欲速則不達的意見。這篇文章收錄在〈大傳〉中，相當不錯，不過可能經過李夢陽的潤色。

在〈族譜〉的最後，是十九歲就夭折的弟弟李孟章的傳記，中云：

> 弟生而巨口高顴，骨隆隆起髮際，名為伏犀。七八歲時，猶啖乳，有氣力。然矯捷善戲，善打毬。綴幡騎竹馬，群兒莫先也。弟又好黏竿擊撲蟬、打蜻蜓。又放風鳶。父母以其有奇氣，時時折辱之，不可下。迺後父母歿，弟因而省悟，始折節誦書史，日記二千餘言。

這個小弟又好道士之言，可惜早夭。但從他的傳記也可看出，李夢陽一家的生活尚未完全脫離庶民的環境。

七

總而言之，根據〈族譜〉的記載，可知李夢陽生長的環境，儘管父親是個起碼的讀書人，基本上還是脫離不了庶民的生活，依然保留了庶民的心態作風。

知道了他的家庭背景之後，再來考察他的文學思想，就更能理解並證明在那乍見高古的表面下，其實存在著強烈的庶民性格。

首先必須指出的是，他生長於容易引發革新思想的環境。他的故鄉慶陽是西陲一寒邑，本來就與文學無甚因緣，不像江浙帶人才薈萃，具有深厚的文學傳統。所以當然沒有什麼鄉黨前輩可以師承，卻也不必受到地方傳統的束縛。何況他又是個庶民之子，與所謂「詩書世家」沾不上邊，也就無所謂世傳的家憲庭訓約束他的言行，使他得以肆無忌憚地提出革新的論調。雖然在〈族譜〉中，記有他訓誡其弟的話說：「夫吾家業詩書，世有顯名焉。今傳汝，汝奈何弗省？」但這是他一貫的豪言壯語，無異臉上貼金，不足採信。

像這樣的家庭環境，我覺得不但構成了他從事文學的出發點，而且即使在成名之後，也繼續左右著他的文學思想和創作態度。

譬如說，他的復古主義的主張，除了以古樸自然爲依歸之外，還帶著濃厚的把文學簡易化、單純化的傾向。所謂「文必秦漢，詩必漢魏盛唐」的主張，把學習文學的，嚴格局限於《史記》與《戰國策》的文章，以及漢魏古詩的一部分和初唐盛唐的詩歌。至於宋代以後的文學，卻由於注重煩瑣的知識修養，而視爲有害之物，一概置之不聞不問。

如果再細加考察，就知道李夢陽以及復古派諸人的文學作品之所以失敗，原因就在愚直二字。他們在作詩的時候，不但在措辭用語，甚至在題材感情各方面，都要嚴格法式有限而固定的古代典範，等於作繭自縛，實在不是聰明人應有的作法。究其原因，可說是庶民的愚直，特別是農民的愚直，有以致之。後來的清詩得力於商人的機智，終於能夠挽回衰落的詩運，創出了一代的新局面。兩相對照，其間得失，就可一目了然了。

不過，且不談復古派的詩，有一點値得重視的是，他們的文儘管模擬秦漢，古語古調，聱牙戟口，卻往往能夠反映庶民社會的現實。李夢陽的〈族譜〉便是個很好的例子。

他在這卷〈族譜〉裡，如實地寫下了前人未曾寫過，或置之不顧的低層庶民的生活。他的文體由於刻意模擬《史記》，鋪張誇飾，不免做作；有時還顯得不倫不類，有點滑稽。又偶爾不小心，也會用些未見於秦漢文的字眼，如前引李孟章傳中「善打毬」、「打蜻蜓」的「打」字之類，以致招來了清代古典學者的譏笑。這些都是事實。儘管如此，其中敘述卻如實而委細，爲前人所不及。這也是不可否認的事實。關於這一點，只要與他的業師李東陽的文章做一比較，就更顯而易見。如李東陽爲李夢陽之父李正所撰的〈大明周府封丘王教授贈承德郎戶部主事李君墓表〉（《懷麓堂文後稿》卷十六），較之〈族譜〉中的李正〈大傳〉，就顯得浮而不實，淡而無味。這兩人雖有師生關係，但後來由於官場上的恩怨，導致了文學立場與個人關係的不和。再者，兩人的出身雖然同樣貧賤，但李東陽羞於談及家世，而李夢陽卻不但不以爲恥，反而大肆渲染。這種態度上的差別，固然是性格使然，但恐怕也含有更重大的意義。

八

李夢陽對其家庭環境及其文學的關係，也常在他自己的文章裡故意加以強調。如正德七年（一五一二），他四十一歲，任江西按察使提學副使時，曾上辭職奏疏〈乞休致本〉（《空同集》卷四十），一開頭就說：

> 臣生長塞鄙，身出寒細。

又〈與徐氏論文書〉（同卷六十二）云：

> 僕西鄙人也，無所知識，顧獨喜歌吟。

「徐氏」即「前七子」之一的徐禎卿，又〈與李道夫書〉（同卷六十二）云：

> 僕婞直之性，孤危之行，皎然心難白。

他之所以形容自己的性格，大概是想表明他這種性格與出身有關，天生如此，也無可奈何。因此，即使在官場或文壇上容易冒犯別人，惹起是非猜忌，甚至受人毀謗而身陷危機，也只好認命，顧不了那麼多了。

以上所述的李夢陽的性格心態，似乎也可以適用於與他並稱的何景明。何氏也是出身於寒微之家。又就「後七子」而言，其中李攀龍的父親，也是個任俠之徒。這些事實，在探討復古派文學的性質上，也許可以提供不同的重要線索。詳細的考察，只好待之來日了。

此外，值得注意的是在李夢陽的集子中，有不少爲商人所作或與商人交游的文章。如見於〈梅山先生墓志銘〉(卷四十五)及〈祭鮑子文〉(卷六十四)的歙州鮑弼；〈明故王文顯墓志銘〉(卷四十六)的蒲城王現；〈潛虬山人記〉(卷四十八)的歙州佘育；〈缶音序〉(卷五十二)的佘育之父佘存修；〈方山子集序〉(卷五十一)及〈方山子祭文〉(卷六十四)的歙州鄭作；〈贈豫齋子序〉(卷五十六)的歙州鮑輔；〈贈汪時嵩序〉(同上)的鮑輔外舅；〈汪子年六十鮑鄭二生繪圖爲之序〉(卷五十七)的鮑弼、鄭作與歙人汪昂；〈鮑母八十壽序〉(同上)的汴州鮑崇相；歙州人〈鮑允亨傳〉(卷五十八)等等，都是商人。又有〈賈隱〉、〈賈論〉二篇，則是有關商賈之作。這樣的交往關係或有特殊的意義，錄之於此，以供社會經濟史家的參考。

一九六〇年五月十六日

(原載一九六〇年六月《立命館文學》《橋本博士古稀記念東洋學論叢》)

附錄二

元明詩年表

注：一、人名後所附數字爲年齡，包括西方人在內，皆以虛歲計之；

二、外國人物事跡以〔　〕號別之，並冠以國名簡稱（日：日本，法：法國，義：義大利，德：德國，荷：荷蘭，英：英國）。

時期	干支	西曆	皇帝	年號	在位年數	事略	共存王朝	日本天皇
十二世紀後半	辛巳	一一六一	金世宗	大定	一	十一月世宗三九立　海陵王四〇被弒	宋高宗紹興三一	二條
	壬午	一一六二		二	二		三二	
	癸未	一一六三		三	三	宋張浚伐金敗北	孝宗隆興　元	
	甲申	一一六四		四	四		二	
	乙酉	一一六五		五	五	宋洪适使金	乾道　元	
	丙戌	一一六六		六	六		二	六條
	丁亥	一一六七		七	七	〔日本平清盛五〇太政大臣〕	三	
	戊子	一一六八		八	八		四	
	己丑	一一六九		九	九		五	
	庚寅	一一七〇		十	十	△楊雲翼生　黨懷英三七進士　宋范成大四五樓鑰三四使金	六	高倉
	辛卯	一一七一		十一	十一		七	

時期	干支	西曆	皇帝	年號	在位年數	事略	共存王朝	日本天皇
十二世紀後半	壬辰	一一七二		十二	十二		八	
	癸巳	一一七三		十三	十三	〔日親鸞生〕	九	
	甲午	一一七四		十四	十四	△王若虛生▲蔡珪卒	淳熙 元	
	乙未	一一七五		十五	十五		二	
	丙申	一一七六		十六	十六	王庭筠三一進士	三	
	丁酉	一一七七		十七	十七		四	
	戊戌	一一七八		十八	十八		五	
	己亥	一一七九		十九	十九		六	
	庚子	一一八〇		二〇	二〇		七	安德
	辛丑	一一八一		二一	二一	〔日平清盛六四卒〕	八	
	壬寅	一一八二		二二	二二	△嚴實生	九	
	癸卯	一一八三		二三	二三		十	
	甲辰	一一八四		二四	二四		十一	
	乙巳	一一八五		二五	二五	趙秉文二七進士〔日屋島壇浦之戰〕	十二	後羽
	丙午	一一八六		二六	二六	△楊奐、雷淵生	十三	
	丁未	一一八七		二七	二七	〔日《千載和歌集》〕	十四	
	戊申	一一八八		二八	二八		十五	
	己酉	一一八九		二九	二九	正月世宗六七崩孫章宗二三立〔日源義經卒〕〔第三次十字軍〕	十六	
	庚戌	一一九〇	章宗	明昌	二	△元好問、耶律楚材生〔日僧西行七三卒〕	光宗紹熙 元	
	辛亥	一一九一		二	三		二	
	壬子	一一九二		三	四	▲耶律履六一卒〔日源賴朝四六開幕府〕	三	
	癸丑	一一九三		四	五	▲范成大六八卒	四	
	甲寅	一一九四		五	六	楊雲翼二五進士	五	
	乙卯	一一九五		六	七	△李治生	寧宗慶元 元	
	丙辰	一一九六		承安	八	△段克己生　元好問七歲能詩	二	
	丁巳	一一九七		二	九	△楊果生　王若虛二四　李純甫進士	三	
	戊午	一一九八		三	十		四	
	己未	一一九九		四	十一	△段成己生〔源賴朝五三卒〕	五	土御門

時期	干支	西曆	皇帝	年號	在位年數	事略	共存王朝		日本天皇
十三世紀前半	庚申	一二〇〇		五	十二	△朱熹七一卒		六	
	辛酉	一二〇一		泰和	十三			嘉泰 元	
	壬戌	一二〇二		二	十四	△王磐、史天澤生▲王庭筠四七卒〔第四次十字軍〕		二	
	癸亥	一二〇三		三	十五	△劉祈生		三	
	甲子	一二〇四		四	十六	〔日藤原俊成九一卒〕		四	
	乙丑	一二〇五		五	十七	韓侂胄伐金〔日《新古今和歌集》〕		開禧 元	
	丙寅	一二〇六		六	十八	▲楊萬里八〇卒　成吉思汗立	蒙古太祖 元	二	
	丁卯	一二〇七		七	十九	▲辛棄疾六八卒　史彌遠等殺韓侂胄五七	二	三	
	戊辰	一二〇八		八	二〇	韓侂胄首畀金講和　十一月章宗四一崩　叔衛紹王立	三	嘉定 元	
	己巳	一二〇九	衛紹王	大安	二	△許衡生　▲陸游八五卒	四	二	
	庚午	一二一〇		二	三		五	三	順德
	辛未	一二一一		三	四	▲黨懷英七八卒　成吉思汗攻金	六	四	
	壬申	一二一二		崇慶	五	〔日鴨長明五八《方丈記》　法然八〇卒〕	七	五	
	癸酉	一二一三	宣宗	至寧 貞祐	六	八月衛紹王被弒　九月甥宣宗五一立　雷淵二八進士	八	六	
	甲戌	一二一四		二	二	五月金遷都汴京　元好問二五兒卒	九	七	
	乙亥	一二一五		三	三	五月燕京陷　耶律楚材二六降　元世祖生〔日榮西七五卒〕	十	八	
	丙子	一二一六		四	四	元好問二七南渡〔鴨長明六二卒〕	十一	九	
	丁丑	一二一七		興定	五	△劉秉忠生　元好問二八見趙秉文五九《論詩絕句》	十二	十	
	戊寅	一二一八		二	六	耶律楚材二九謁成吉思汗	十三	十一	
	己卯	一二一九		三	七	△姚樞生　耶律楚材三〇從成吉思汗西征〔日源實朝二八卒〕	十四	十二	仲恭
	庚辰	一二二〇		四	八		十五	十三	後堀河
	辛巳	一二二一		五	九	元好問三二進士　成吉思汗攻印度	十六	十四	
	壬午	一二二二		元光	十	〔日日蓮生〕	十七	十五	

時期	干支	西曆	皇帝	年號	在位年數	事略		共存王朝	日本天皇
十三世紀前半	癸未	一二二三		二	十一	△王應麟、郝經、馬廷鸞生　十二月宣宗六一崩哀宗二六立	十八	十六	
	甲申	一二二四	哀宗	正大	二	元好問三五詞科　段成己二六進士　宋金講和〔日親鸞五二《教行信證》〕	十九	十七	
	乙酉	一二二五		二	三	成吉思汗班師東還	二〇	理宗寶慶 元	
	丙戌	一二二六		三	四	△謝枋德、白仁甫、胡祇遹生	二一	二	
	丁亥	一二二七		四	五	△方回、王惲生　七月成吉思汗崩　拖雷監國	二二	三	
	戊子	一二二八		五	六	▲楊雲翼五九卒〔第五次十字軍〕	拖雷 一	紹定 元	
	己丑	一二二九		六	七	八月蒙古太宗窩闊台四四立	太宗 元	二	
	庚寅	一二三〇		七	八	△胡三省生　段克己三五進士	二	三	
	辛卯	一二三一		八	九	△劉辰翁生▲雷淵四六卒　耶律楚材四二中書令	三	四	
	壬辰	一二三二		開興 天興	十	▲趙秉文七四卒　三月蒙古圍汴京　十二月哀宗三五出奔	四	五	四條
	癸巳	一二三三		二	十一	正月汴京陷　耶律楚材四四〈湛然居士集序〉	五	六	
	甲午	一二三四		三	十二	哀宗三七崩　金亡　元好問四五囚聊城	六	端平 元	
	乙未	一二三五	蒙古 太宗	七	七	元好問四六赴濟南		二	
	丙申	一二三六		八	八	△文天祥生		三	
	丁酉	一二三七		九	九	〈黑韃事略序〉　蒙古入俄羅斯		嘉熙 元	
	戊戌	一二三八		十	十	△陸秀夫生　賈似道二六進士		二	
	己亥	一二三九		十一	十一	△鄭思肖生　元好問五〇野史亭		三	
	庚子	一二四〇		十二	十二	▲嚴實五九卒		四	
	辛丑	一二四一		十三	十三	△方鳳生　十一月太宗五六崩皇后攝政〔日藤原定家八〇卒〕		淳祐 元	後嵯峨
	壬寅	一二四二	海迷失	元	一	△林景熙生		二	
	癸卯	一二四三		二	二	▲王若虛七〇耶律楚材五五卒		三	
	甲辰	一二四四		三	三	〈詩人玉屑序〉		四	
	乙巳	一二四五		四	四	△戴表元生		五	
	丙午	一二四六	定宗	元	一	七月定宗貴由四三立		六	後深草
	丁未	一二四七		二	二	△唐珏生〔歸化僧一山一寧生〕		七	
	戊申	一二四八	海迷失	元	五	△張炎生　三月定宗四五崩太后攝政〔第六次十字軍〕		八	

時期	干支	西曆	皇帝	年號	在位年數	事略	共存王朝	日本天皇
十三世紀後半	己酉	一二四九		二	六	△謝翶、劉因、吳澄、程鉅夫生	九	
	庚戌	一二五〇		三	七	▲劉祈四八卒	十	
	辛亥	一二五一	憲宗	元	一	六月憲宗蒙哥四四立	十一	
	壬子	一二五二		二	二	元好問六三謁忽必烈	十二	
	癸丑	一二五三		三	三	〔日僧道元五四卒〕	寶祐 元	
	甲寅	一二五四		四	四	△趙孟頫生　▲段古己五九卒	二	
	乙卯	一二五五		五	五	▲楊奐七〇卒	三	
	丙辰	一二五六		六	六	謝枋德三一文天祥二一進士	四	
	丁巳	一二五七		七	七	▲元好問六八卒　蒙古圍宋襄陽	五	
	戊午	一二五八		八	八		六	
	己未	一二五九		九	九	蒙古圍宋合州　憲宗五二崩	開慶 元	
	庚申	一二六〇	世祖	中統	一	世祖四六立　許衡五二謁見　郝經三九使宋囚眞州	景定 元	龜山
	辛酉	一二六一		二	二	△仇遠生	二	
	壬戌	一二六二		三	三	△管道昇夫人生〔親鸞九〇卒〕	三	
	癸亥	一二六三		四	四		四	
	甲子	一二六四		至元	五	蒙古以北京爲大都	五	
	乙丑	一二六五		二	六	〔義但丁生〕	度宗咸淳 元	
	丙寅	一二六六		三	七	△袁桷生	二	
	丁卯	一二六七		四	八		三	
	戊辰	一二六八		五	九	郝經四七放雁	四	
	己巳	一二六九		六	十	△黃公望生　▲楊果七三卒	五	
	庚午	一二七〇		七	十一	△柳貫生（第七次十字軍）	六	
	辛未	一二七一		八	十二	△楊載生　蒙古建國號曰元	七	
	壬申	一二七二		九	十三	△虞集、范梈、薩都刺生	八	
	癸酉	一二七三		十	十四	宋呂文煥降	九	
	甲戌	一二七四		十一	十五	△楊傒斯生　▲劉秉忠五八卒　伯顏南侵〔元寇文永之役〕	十	
	乙亥	一二七五		十二	十六	▲史天澤七四郝經五三卒　馬哥孛羅來朝〔日夢窗疏石生〕	恭宗德祐 元	後宇多
	丙子	一二七六		十三	十七	一月杭州陷落　宋帝七北上　文天祥四一北上途中脫逃	端宗景炎 元	
	丁丑	一二七七		十四	十八	△黃溍、張雨生	二	

時期	干支	西曆	皇帝	年號	在位年數	事略	日本天皇
十三世紀後半	戊寅	一二七八		十五	十九	四月趙昰崩趙昺立　十二月文天祥又被執　帝昺祥興　元	
	己卯	一二七九		十六	二〇	△馬祖常生　二月趙昺溺崖山　文天祥北上　二	
	庚辰	一二八〇		十七	二一	△喬夢符、吳鎮生　▲張弘範四三卒〔日《十六夜日記》〕	
	辛巳	一二八一		十八	二二	▲許衡七三卒　文天祥四六〈正氣歌〉〔元寇弘安之役〕	
	壬午	一二八二		十九	二三	▲文天祥四七卒〔日蓮六一卒〕	
	癸未	一二八三		二〇	二四	△歐陽玄生　方回五七〈瀛奎律髓序〉	
	甲申	一二八四		二一	二五	▲胡三省卒	
	乙酉	一二八五		二二	二六	▲白仁甫六〇卒	
	丙戌	一二八六		二三	二七	△貫雲石生　趙孟頫三三程鉅夫三八應召	
	丁亥	一二八七		二四	二八	△許有壬生　月泉吟社　袁桷二二學於王應麟六五	
	戊子	一二八八		二五	二九		伏見
	己丑	一二八九		二六	三〇	▲馬廷鸞六七謝枋德六四卒	
	庚寅	一二九〇		二七	三一	謝翺四二〈西台慟哭記〉　趙孟頫三七集賢直學士〔日雪村友梅生〕	
	辛卯	一二九一		二八	三二	周密六〇〈齊東野語序〉	
	壬辰	一二九二		二九	三三		
	癸巳	一二九三		三〇	三四	▲胡祇遹六八劉因四五卒〔日北畠親房生〕	
	甲午	一二九四		三一	三五	△蘇天爵生　▲劉辰翁六四卒　一月世祖八〇崩四月孫成宗三〇立	
	乙未	一二九五	成宗	元貞	二	▲謝翺四七卒	
	丙申	一二九六		二	三	△楊維楨生　▲王應麟七四卒	
十四世紀前半	丁酉	一二九七		大德	四	△吳萊生	
	戊戌	一二九八		二	五	▲周密六七卒	
	己亥	一二九九		三	六	〔一山一寧渡日〕	
	庚子	一三〇〇		四	七	蔡正孫〈聯珠詩格序〉〔日中巖圓月生〕	後伏見
	辛丑	一三〇一		五	八	△倪瓚生〔日卜部兼方《釋日本紀》〕	後二條
	壬寅	一三〇二		六	九	▲胡三省七三卒	
	癸卯	一三〇三		七	十	△危素生	
	甲辰	一三〇四		八	十一	▲王惲七八卒〔義佩脫拉克生〕	
	乙巳	一三〇五		九	十二		
	丙午	一三〇六		十	十三	▲方回八〇卒	

時期	干支	西曆	皇帝	年號	在位年數	事略	日本天皇
十四世紀前半	丁未	一三〇七		十一	十四	一月成宗四三崩　五月甥武宗二七立	
	戊申	一三〇八	武宗	至大	二		花園
	己酉	一三〇九		二	三		
	庚戌	一三一〇		三	四	△宋濂、高明、顧瑛生　▲林景熙六九戴表元六七卒	
	辛亥	一三一一		四	五	△劉基生　一月武宗三一崩　三月弟仁宗二七立	
	壬子	一三一二	仁宗	皇慶	二		
	癸丑	一三一三		二	三	〔義薄伽邱生〕	
	甲寅	一三一四		延祐	四	袁桷四九《開平第一集》	
	乙卯	一三一五		二	五	恢復科舉　黃溍三九馬祖常三七歐陽玄三三許有壬二九進士	
	丙辰	一三一六		三	六		
	丁巳	一三一七		四	七	〔一山一寧七一卒〕	
	戊午	一三一八		五	八	▲鄭思肖八〇程鉅夫七〇卒	後醍醐
	己未	一三一九		六	九	▲管道昇夫人五八卒　袁桷五四《開平第二集》	
	庚申	一三二〇		七	十	柳貫五一〈上京紀行詩〉一月仁宗三六崩三月子英宗十八立	
	辛酉	一三二一	英宗	至治	二	袁桷五六《開平第三集》　張士誠生　〔但丁五七卒〕	
	壬戌	一三二二		二	三	△王禕　▲方鳳八二趙孟頫六九卒〔日虎關師鍊四五《元亨釋書》〕	
	癸亥	一三二三		三	四	▲楊載五三卒　八月英宗二一崩九月泰定帝三一立	
	甲子	一三二四	泰定帝	泰定	二	▲貫雲石三九卒　周德清《中原音韻》	
	乙丑	一三二五		二	三		
	丙寅	一三二六		三	四		
	丁卯	一三二七		四	五	▲袁桷六二卒　薩都剌五六楊維楨三二進士	
	戊辰	一三二八	文宗	致和 天曆	一	七月泰定帝三六崩文宗二五立　明太祖朱元璋生	
	己巳	一三二九		二	二	奎章閣學士院　《經世大典》	
	庚午	一三三〇		至順	三	▲范梈五九卒	
	辛未	一三三一		二	四	△王行生　▲吳澄八三卒	光嚴
	壬申	一三三二		三	五	八月文宗二九崩十月甥寧宗六立十一月崩	
	癸酉	一三三三	順帝	元統	一	△張羽生　劉基二三進士　六月寧宗兄順帝十四立	
	甲戌	一三三四		二	二	蘇天爵三七《國朝文類》〔日建武中興〕	

時期	干支	西曆	皇帝	年號	在位年數	事略	日本天皇
十四世紀前半	乙亥	一三三五		至元	三	△王冕、丁鶴年生	光明
	丙子	一三三六		二	四	△高啓生〔日絕海中津生〕	
	丁丑	一三三七		三	五		
	戊寅	一三三八		四	六	▲馮祖常六〇卒	後村上
	己卯	一三三九		五	七		
	庚辰	一三四〇		六	八	▲吳萊四四卒	
	辛巳	一三四一		至正	九	△瞿祐生　楊維楨四六〈琴操十一首〉	
	壬午	一三四二		二	十	▲柳貫七三卒	
	癸未	一三四三		三	十一	宋遼金三史	
	甲申	一三四四		四	十二	▲楊傒斯七一卒	
	乙酉	一三四五		五	十三	▲喬夢符六六卒	
	丙戌	一三四六		六	十四	楊維楨五一〈鐵崖古樂府序〉〔虎關師錬六九雪村友梅五七卒〕	
	丁亥	一三四七		七	十五		
	戊子	一三四八		八	十六	▲虞集七七張雨七二卒　顧瑛四九刊《鐵崖古樂府》　方國珍反	崇光
	己丑	一三四九		九	十七		
	庚寅	一三五〇		十	十八	△高棅生〔卜部兼好卒〕	
十四世紀後半	辛卯	一三五一		十一	十九	高啓一六等北郭十友　楊朝英《太平樂府》〔夢窗疏石七七卒〕	後光嚴
	壬辰	一三五二		十二	二〇	▲蘇天爵五九卒	
	癸巳	一三五三		十三	二一	張士誠三三朱元璋二六舉兵	
	甲午	一三五四		十四	二二	▲黃公望八六吳鎮七五卒〔北畠親房六二卒〕	
	乙未	一三五五		十五	二三		
	丙申	一三五六		十六	二四	張士誠三六居蘇州　朱元璋二九居南京	
	丁酉	一三五七		十七	二五	△方孝孺生　▲黃溍八一歐陽玄七五卒　張士誠三七去王號	
	戊戌	一三五八		十八	二六	高啓二三〈青邱子歌〉〔日足利尊氏五四卒〕	
	己亥	一三五九		十九	二七	宋濂五〇劉基四九仕朱元璋三二	
	庚子	一三六〇		二〇	二八		
	辛丑	一三六一		二一	二九		
	壬寅	一三六二		二二	三〇		

時期	干支	西曆	皇帝	年號	在位年數	事略	日本天皇
十四世紀後半	癸卯	一三六三		二三	三一	九月張士誠四三稱吳王〔日世阿彌生〕	
	甲辰	一三六四		二四	三二	▲許有壬七八卒　楊維楨六九〈復古詩集序〉　朱元璋三七稱吳王	
	乙巳	一三六五		二五	三三	△楊士奇生	
	丙午	一三六六		二六	三四	楊維楨七一〈香奩八題序〉　朱元璋三九取浙江	
	丁未	一三六七		二七	三五	高啓三二《缶鳴集》　九月張士誠四七亡	
	戊申	一三六八	明太祖	洪武	一	▲陶宗儀卒　一月太祖四一立　元順帝四九遁漠北	
	己酉	一三六九		二	二	△解縉生　▲顧瑛六〇卒　高啓三四召赴南京　倭寇之始	長慶
	庚戌	一三七〇		三	三	▲楊維楨七五卒　高啓三五歸鄉　元順帝五一崩	
	辛亥	一三七一		四	四	△楊榮生	後圓融
	壬子	一三七二		五	五	△楊溥生　▲危素七〇卒	
	癸丑	一三七三		六	六	▲王禕五二卒	
	甲寅	一三七四		七	七	△朱有敦生　▲倪瓚七四高啓三九卒〔佩脫拉克七一卒〕	
	乙卯	一三七五		八	八	〔中嚴圓月七六薄伽邱六三卒〕	
	丙辰	一三七六		九	九	△李禎生　▲劉基六五卒	
	丁巳	一三七七		十	十		
	戊午	一三七八		十一	十一		
	己未	一三七九		十二	十二		
	庚申	一三八〇		十三	十三	▲高明七一卒	
	辛酉	一三八一		十四	十四	▲宋濂七二卒	後小松
	壬戌	一三八二		十五	十五		
	癸亥	一三八三		十六	十六		後龜山
	甲子	一三八四		十七	十七		
	乙丑	一三八五		十八	十八	▲張羽五十三王蒙卒	
	丙寅	一三八六		十九	十九		
	丁卯	一三八七		二〇	二〇		
	戊辰	一三八八		二一	二一		
	己巳	一三八九		二二	二二		

時期	干支	西曆	皇帝	年號	在位年數	事略	日本天皇
十四世紀後半	庚午	一三九〇		二三	二三		
	辛未	一三九一		二四	二四		
	壬申	一三九二		二五	二五	〔日南北朝統一〕	後小松
	癸酉	一三九三		二六	二六	高棅四四〈唐詩品彙序〉 解縉二五進士	
	甲戌	一三九四		二七	二七		
	乙亥	一三九五		二八	二八	▲王行六五卒	
	丙丁	一三九六					
	丁丑	一三九七		三〇	三〇	瞿祐五七《剪燈新話》〔日足利義滿四〇金閣寺〕	
	戊寅	一三九八		三一	三一	△丁謙生 閏五月太祖七一崩孫惠帝立	
	己卯	一三九九	惠帝	建文	二	楊榮二九楊溥二八進士 燕王反	
	庚辰	一四〇〇		二	三	〔英喬叟卒〕	
十五世紀前半	辛巳	一四〇一		三	四		
	壬午	一四〇二		四	五	▲方孝孺四六卒 六月惠帝遁叔成祖四四立 〔日一條兼良生〕	
	癸未	一四〇三	成祖	永樂	二	李禎二八進士	
	甲申	一四〇四		二	三		
	乙酉	一四〇五		三	四	鄭和第一次出使西洋〈南洋〉〔絕海中津七〇卒〕	
	丙戌	一四〇六		四	五		
	丁亥	一四〇七		五	六	△王冕六三卒	
	戊子	一四〇八		六	七	《永樂大典》	
	己丑	一四〇九		七	八		
	庚寅	一四一〇		八	九		
	辛卯	一四一一		九	十		
	壬辰	一四一二		十	十一		稱光
	癸巳	一四一三		十一	十二		
	甲午	一四一四		十二	十三	《五經四書性理大全》	
	乙未	一四一五		十三	十四	▲解縉四七卒	
	丙申	一四一六		十四	十五		
	丁酉	一四一七		十五	十六		
	戊戌	一四一八		十六	十七		

時期	干支	西曆	皇帝	年號	在位年數	事略	日本天皇
十五世紀前半	己亥	一四一九		十七	十八		
	庚子	一四二〇		十八	十九	△丘濬生　李禎四六《剪燈餘話》〔日雪舟生〕	
	辛丑	一四二一		十九	二〇	于謙二四進士　遷都北京〔日宗祇生〕	
	壬寅	一四二二		二〇	二一		
	癸卯	一四二三		二一	二二	▲高棅七四卒	
	甲辰	一四二四		二二	二三	▲丁鶴年九〇卒　七月成祖六六崩八月子仁宗四七立	
	乙巳	一四二五	仁宗	洪熙	二	五月仁宗四八崩六月子宣宗二七立	
	丙午	一四二六	宣宗	宣德	二		
	丁未	一四二七		二	三	△沈周生　▲瞿佑八七卒	
	戊申	一四二八		三	四	△陳獻章生	後花園
	己酉	一四二九		四	五	〔日上杉憲實設足利學校〕	
	庚戌	一四三〇		五	六	鄭和第七次使西洋	
	辛亥	一四三一		六	七		
	壬子	一四三二		七	八		
	癸丑	一四三三		八	九		
	甲寅	一四三四		九	十		
	乙卯	一四三五		十	十一	△吳寬生　正月宣宗三七崩子英宗九立	
	丙辰	一四三六	英宗	正統	二		
	丁巳	一四三七		二	三	▲朱有燉六四卒	
	戊午	一四三八		三	四		
	己未	一四三九		四	五		
	庚申	一四四〇		五	六	▲楊榮七〇卒	
	辛酉	一四四一		六	七	沈周一五爲糧長	
	壬戌	一四四二		七	八		
	癸亥	一四四三		八	九	〔世阿彌八一卒〕	
	甲子	一四四四		九	十	▲楊士奇八〇卒	

時期	干支	西曆	皇帝	年號	在位年數	事略	日本天皇
十五世紀前半	乙丑	一四四五		十	十一		
	丙寅	一四四六		十一	十二	▲楊溥七五卒	
	丁卯	一四四七		十二	十三	△李東陽、桑悅生	
	戊辰	一四四八		十三	十四		
	己巳	一四四九		十四	十五	△王鏊生　七月英宗二三爲衛拉特所俘　九月弟景帝二二立	
	庚午	一四五〇	景帝	景泰	二	英宗二四自衛拉特返	
十五世紀後半	辛未	一四五一		二	三		
	壬申	一四五二		三	四	▲李禎七七卒〔義達文奇生〕	
	癸酉	一四五三		四	五		
	甲戌	一四五四		五	六		
	乙亥	一四五五		六	七		
	丙子	一四五六		七	八	△楊循吉生	
	丁丑	一四五七	英宗重祚	天順	十六	▲于謙六〇卒　正月英宗三一重祚　二月弟景帝三〇崩	
	戊寅	一四五八		二	十七	△都穆生	
	己卯	一四五九		三	十八		
	庚辰	一四六〇		四	十九	△祝允明生	
	辛巳	一四六一		五	二〇		
	壬午	一四六二		六	二一		
	癸未	一四六三		七	二二	〔法維雍卒？〕	
	甲申	一四六四		八	二三	李東陽十八進士　正月英宗崩子憲宗十七立	後土御門
	乙酉	一四六五	憲宗	成化	二		
	丙戌	一四六六		二	三	沈周四〇畫業大進	
	丁亥	一四六七		三	四	〔日應仁之亂〕	
	戊子	一四六八		四	五	△王九思生	
	己丑	一四六九		五	六	〔義馬基維利生〕	
	庚寅	一四七〇		六	七	△唐寅、文徵明生	
	辛卯	一四七一		七	八		
	壬辰	一四七二		八	九	△王守仁生　吳寬三八進士　李東陽二六直內閣	

時期	干支	西曆	皇帝	年號	在位年數	事略	日本天皇
十五世紀前半	癸巳	一四七三		九	十	〔日荒木田守武生〕	
	甲午	一四七四		十	十一	△王廷相生	
	乙未	一四七五		十一	十二	△李夢陽、康海生　王鏊二七進士〔日清原宣賢生〕〔義米開蘭基羅生〕	
	丙申	一四七六		十二	十三	△邊貢、顧璘生	
	丁酉	一四七七		十三	十四		
	戊戌	一四七八		十四	十五		
	己亥	一四七九		十五	十六	△徐禎卿生	
	庚子	一四八〇		十六	十七	嚴嵩生	
	辛丑	一四八一		十七	十八	〔一條兼良八〇卒〕	
	壬寅	一四八二		十八	十九		
	癸卯	一四八三		十九	二〇	△何景明生〔德馬丁路德生〕	
	甲辰	一四八四		二〇	二一	△孫一元生　楊循吉二九進士	
	乙巳	一四八五		二一	二二		
	丙午	一四八六		二二	二三		
	丁未	一四八七		二三	二四	八月憲宗四〇崩九月子孝宗立	
	戊申	一四八八	孝宗	弘治	二	△楊慎生	
	己酉	一四八九		二	三	△黃省曾、薛蕙生	
	庚戌	一四九〇		三	四	△皇甫沖生	
	辛亥	一四九一		四	五		
	壬子	一四九二		五	六	祝允明三三舉人〔義哥倫布橫斷大西洋〕	
	癸丑	一四九三		六	七	李夢陽十九陝西鄉試第一	
	甲寅	一四九四		七	八	李東陽四八禮部侍郎翰林學士　李夢陽二〇進士	
	乙卯	一四九五		八	九	△謝榛生　▲丘濬七六卒	
	丙辰	一四九六		九	十	王守仁二五邊貢二一顧璘二一進士	
	丁巳	一四九七		十	十一	△皇甫涍、皇甫汸生	
	戊午	一四九八		十一	十二	唐寅二九南京鄉試第一　何景明十六河南鄉試第一	
	己未	一四九九		十二	十三	都穆四二王守仁二八進士	

時期	干支	西曆	皇帝	年號	在位年數	事略	日本天皇
十六世紀前半	庚申	一五〇〇		十三	十四	△吳承恩生？ ▲陳獻章七三卒	
	辛酉	一五〇一		十四	十五	△李開先、高叔嗣生 李夢陽二七下獄	後柏原
	壬戌	一五〇二		十五	十六	康海二八何景明二〇進士 《大明會典》〔宗祇八二卒〕	
	癸亥	一五〇三		十六	十七		
	甲子	一五〇四		十七	十八	▲吳寬七〇卒 李東陽五八〈擬古樂府序〉	
	乙丑	一五〇五		十八	十九	徐禎卿二七進士 李夢陽三三下獄 五月孝宗三六崩子武宗十五立	
	丙寅	一五〇六	武宗	正德	二	△歸有光生〔雪舟八七卒〕	
	丁卯	一五〇七		二	三	△唐順之生	
	戊辰	一五〇八		三	四	李夢陽三四下獄康海三四救之	
	己巳	一五〇九		四	五	▲沈周八三卒	
	庚午	一五一〇		五	六	宦官劉瑾誅	
	辦未	一五一一		六	七	▲徐禎卿三三卒 李夢陽三七江西提學副使 楊慎二四進士	
	壬申	一五一二		七	八	△茅坤生 李東陽六六致仕	
	癸酉	一五一三		八	九	▲桑悅六七卒	
	甲戌	一五一四		九	十	△李攀龍生 薛蕙二六進士	
	乙亥	一五一五		十	十一		
	丙子	一五一六		十一	十二	△楊繼盛生 ▲李東陽七〇卒	
	丁丑	一五一七		十二	十三	△徐中行生	
	戊寅	一五一八		十三	十四		
	己卯	一五一九		十四	十五	王守仁四八平寧王宸濠 武宗南巡〔達文奇六八卒〕	
	庚辰	一五二〇		十五	十六	△梁辰魚生 ▲孫一元三七卒	
	辛巳	一五二一		十六	十七	△徐渭生 ▲何景明三九卒 三月武宗三一崩四月從弟世宗十五立	
	壬午	一五二二	世宗	嘉靖	二		
	癸未	一五二三		二	三	▲唐寅五四卒 文徵明五四翰林院待詔 高叔嗣二三進士	
	甲申	一五二四		三	四	▲王鏊七五卒	
	乙酉	一五二五		四	五	△宗臣、張居正生 ▲都穆六八卒	後奈良
	丙戌	一五二六		五	六	△王世貞生 ▲祝允明六七卒	
	丁亥	一五二七		六	七	△李贄生〔馬基維利五九卒〕	
	戊子	一五二八		七	八	△戚繼光生 ▲王守仁五七卒	

時期	干支	西曆	皇帝	年號	在位年數	事略	日本天皇
十六世紀前半	己丑	一五二九		八	九	皇甫汸三三李開先二九唐順之二三進士	
	庚寅	一五三〇		九	十		
	辛卯	一五三一		十	十一	▲李夢陽五七卒	
	壬辰	一五三二		十一	十二	▲邊貢五七卒　皇甫涍三六進士	
	癸巳	一五三三		十二	十三	〔法蒙田生〕	
	甲午	一五三四		十三	十四	〔日織田信長生〕	
	乙未	一五三五		十四	十五	△王穉登、趙用賢生	
	丙申	一五三六		十五	十六	△王世懋生〔日豐臣秀吉生〕〔荷伊拉斯莫斯卒〕	
	丁酉	一五三七		十六	十七	▲高叔嗣三七卒	
	戊戌	一五三八		十七	十八	茅坤二七馮惟訥進士	
	己亥	一五三九		十八	十九	努兒哈赤生〔日山崎宗鑑《犬筑波集》〕	
	庚子	一五四〇		十九	二〇	▲康海六六黃省曾五一卒　李攀龍二七山東鄉試第二	
	辛丑	一五四一		二〇	二一	△焦竑生　▲薛蕙五三卒《清平山堂話本》	
	壬寅	一五四二		二一	二二	△屠龍生　王世貞十七北上〔日德川家康生〕	
	癸卯	一五四三		二二	二三	王世貞十八舉人	
	甲辰	一五四四		二三	二四	▲楊循吉八九王廷相七一卒　李攀龍三一皇甫濂進士	
	乙巳	一五四五		二四	二五	▲顧璘七〇卒	
十六世紀後半	丙午	一五四六		二五	二六	〔馬丁路德六四卒〕	
	丁未	一五四七		二六	二七	楊繼盛三二張居正二三王世貞二二汪道昆進士　李攀龍三四刑部主事	
	戊申	一五四八		二七	二八	王世貞二三刑部主事	
	己酉	一五四九		二八	二九	王世貞二四李攀龍三六訂交〔荒木田守武六五卒〕	
	庚戌	一五五〇		二九	三〇	△湯顯祖、顧憲成生　徐中行三四宗臣二六張佳胤、劉鳳進士	
	辛亥	一五五一		三〇	三一	△胡應麟生　▲王九思八四卒	
	壬子	一五五二		三一	三二	〔義利馬竇生〕	
	癸丑	一五五三		三二	三三	△沈璟、梅鼎祚生　李攀龍四〇知順德與謝榛五九絕交〔法拉伯雷卒〕	
	甲寅	一五五四		三三	三四	▲梁有譽卒　余日德入社	
	乙卯	一五五五		三四	三五	△董其昌生　▲楊繼盛四〇卒　張佳胤入社　倭寇犯南京	
	丙辰	一五五六		三五	三六	王世貞三一訪李攀龍四三於順德攀龍遷陝西提學副使旋謝病歸田	
	丁巳	一五五七		三六	三七	王世貞三二青州兵備	正親町

時期	干支	西曆	皇帝	年號	在位年數	事略	共存王朝	日本天皇
十六世紀後半	戊午	一五五八		三七	三八	△陳繼儒生　▲皇甫沖卒　馮惟訥〈古詩紀序〉〔英伊麗莎白女王二六立〕		
	己未	一五五九		三八	三九	▲文徵明九〇楊愼七二卒　王世懋二四進士		
	庚申	一五六〇		三九	四〇	△袁宗道生　▲唐順之五四宗臣三六卒　王世貞三五父王忬卒		
	辛酉	一五六一		四〇	四一	〔日藤原惺窩生〕〔英培根生〕		
	壬戌	一五六二		四一	四二	△徐光啓生　嚴嵩八三被黜		
	癸亥	一五六三		四二	四三			
	甲子	一五六四		四三	四四	〔英莎士比亞生〕〔米開蘭基羅九〇卒〕		
	乙丑	一五六五		四四	四五	△程嘉燧生　歸有光六〇進士　王世貞《藝苑卮言》成		
	丙寅	一五六六		四五	四六	十二月世宗六〇崩子穆宗三〇立　《雍熙樂府》		
	丁卯	一五六七	穆宗	隆慶	一	王世貞四二訴父冤　李攀龍五四薦起浙江副使		
	戊辰	一五六八		二	二	△袁宏道生　▲李開先六八卒　王世貞四三河南按察司副使		
	己巳	一五六九		三	三	王世貞四四繼李攀龍五六赴任湖州　嚴嵩九〇卒		
	庚午	一五七〇		四	四	△袁中道生　▲李攀龍五七卒　趙用賢三六進士　吳承恩《西遊記》		
	辛未	一五七一		五	五	▲歸有光六六卒		
	壬申	一五七二		六	六	▲馮惟訥卒　王世貞四七重訂《藝苑卮言》　五月穆宗三六崩六月子神宗十立		
	癸酉	一五七三	神宗	萬曆	二	〔日足利氏亡〕〔英約翰但恩生〕		
	甲戌	一五七四		二	三	△鍾惺、曹學佺、馮夢龍生		
	乙亥	一五七五		三	四	▲謝榛八一卒		
	丙子	一五七六		四	五	△王思任生　王世貞五一《四部稿》成辭官家居		
	丁丑	一五七七		五	六	△屠龍生　張居正五三父死不去相位顧憲成二八等攻之		
	戊寅	一五七八		六	七	△劉宗周生　▲徐中行六二卒		
	己卯	一五七九		七	八	▲梁辰魚六一卒		
	庚辰	一五八〇		八	九	△林古度生　王世貞五五信仰曇陽子		
	辛巳	一五八一		九	十			
	壬午	一五八二		十	十一	△錢謙益生　▲張居正五八皇甫汸八六吳承恩卒〔日織田信長卒於本能寺〕		
	癸未	一五八三		十一	十二	△艾南英生　湯顯祖三四進士　努兒哈赤舉兵滿洲　〔日林羅山生〕		
	甲申	一五八四		十二	十三			
	乙酉	一五八五		十三	十四	△黃道周生　〔豐臣秀吉五〇關白〕		
	丙戌	一五八六		十四	十五	△譚元春生　袁宗道二七進士		後陽成

時期	干支	西曆	皇帝	年號	在位年數	事略	共存王朝	日本天皇
十六世紀後半	丁亥	一五八七		十五	十六	△阮大鋮生　▲戚繼光六〇卒		
	戊子	一五八八		十六	十七	王世貞六三南京兵部侍郎		
	己丑	一五八九		十七	十八	王世貞六四南京刑部尚書　焦竑四九董其昌三五進士		
	庚寅	一五九〇		十八	十九	△瞿式耜生　▲王世貞五六卒		
	辛卯	一五九一		十九	二〇	〔豐臣秀吉五六朝鮮戰爭〕		
	壬辰	一五九二		二〇	二一	袁宏道二五進士　〔豐臣秀吉五七陷京城〕　〔蒙田六〇卒〕		
	癸巳	一五九三		二一	二二	▲徐渭七三卒		
	甲午	一五九四		二二	二三	顧憲成四五削籍歸田		
	乙未	一五九五		二三	二四	始徵礦稅　曹學佺二二王思任二〇進士		
	丙申	一五九六		二四	二五	▲趙用賢六二卒　〔豐臣秀吉再犯朝鮮〕　〔法笛卡兒生〕		
	丁酉	一五九七		二五	二六			
	戊戌	一五九八		二六	二七	湯顯祖四九《牡丹亭還魂記》　〔豐臣秀吉六三卒〕		
	己亥	一五九九		二七	二八	△陳洪綬生		
	庚子	一六〇〇		二八	二九	▲袁宗道四一卒　〔日關原之戰〕		
十七世紀前半	辛丑	一六〇一		二九	三〇	▲茅坤卒　〔利馬竇五〇入北京傳教〕		
	壬寅	一六〇二		三〇	三一	△張溥、馮班、史可法生　▲李贄七六胡應麟五二卒		
	癸卯	一六〇三		三一	三二	妖書案　〔伊麗莎白女王七一崩〕		
	甲辰	一六〇四		三二	三三	東林書院設立		
	乙巳	一六〇五		三三	三四	▲屠龍六四卒		
	丙午	一六〇六		三四	三五			
	丁未	一六〇七		三五	三六	利瑪竇五六徐光啓四六《幾何原本》		
	戊申	一六〇八		三六	三七	△陳子龍生		
	己酉	一六〇九		三七	三八	△吳偉業生		
	庚戌	一六一〇		三八	三九	△黃宗羲生　▲袁宏道四三卒　鍾惺三七錢謙益二九進士		
	辛亥	一六一一		三九	四〇	△李漁生		後水尾
	壬子	一六一二		四〇	四一	▲王稚登七八顧憲成六三卒		
	癸丑	一六一三		四一	四二	△顧炎武生　湯顯祖六四《邯鄲記》		
	甲寅	一六一四		四二	四三			
	乙卯	一六一五		四三	四四	△龔鼎孳生　▲梅鼎祚六三卒　梃擊案〔日豐臣氏亡〕		

時期	干支	西曆	皇帝	年號	在位年數	事略	共存王朝	日本天皇
十七世紀前半	丙辰	一六一六		四四	四五	袁中道四七進士　臧晉叔《元曲選》〔莎士比亞五四卒〕〔德川家康七五卒〕	清太祖天命 元	
	丁巳	一六一七		四五	四六	▲湯顯祖六八卒　鍾惺譚元春〈古詩歸・唐詩歸序〉《金瓶梅詞話》	二	
	戊午	一六一八		四六	四七	努兒哈赤取撫順	三	
	己未	一六一九		四七	四八	△王夫之生　滿洲滅葉赫統一扈倫四部〔藤原惺窩五九卒〕	四	
	庚申	一六二〇	光宗	泰昌	一	七月神宗五八崩子光宗三九立九月崩子熹宗十七立　《古今小說》	五	
	辛酉	一六二一	熹宗	天啓	二	努兒哈赤取遼陽	六	
	壬戌	一六二二		二	三	吳偉業十四學於張溥二一	七	
	癸亥	一六二三		三	四	▲袁中道五四卒　《警世通言》〔法巴士卡生〕	八	
	甲子	一六二四		四	五	▲鍾惺五一卒　應社起　鄭成功生	九	
	乙丑	一六二五		五	六	努兒哈赤都瀋陽〔日《太閤記》成〕	十	
	丙寅	一六二六		六	七	▲高攀龍六五卒　東林書院黨禁　努兒哈赤八八卒　《警世恆言》	十一	
	丁卯	一六二七		七	八	八月熹宗二四崩弟毅宗十八立　復社起	太宗天聰 元	
	戊辰	一六二八	毅宗	崇禎	二	凌濛初《拍案驚奇》	二	
	己巳	一六二九		二	三	△朱彝尊生	三	明正
	庚午	一六三〇		三	四	△屈大均、蒲松齡生　復社金陵大會	四	
	辛未	一六三一		四	五	▲譚元春四六卒　吳偉業二三進士〔英約翰但恩卒〕	五	
	壬申	一六三二		五	六	〔荷斯賓諾沙生〕	六	
	癸酉	一六三三		六	七	▲徐光啓七二卒　復社虎丘大會　《今古奇觀》	七	
	甲戌	一六三四		七	八	△王士禎生	八	
	乙亥	一六三五		八	九		九	
	丙子	一六三六		九	十	▲董其昌八二卒　復社黨禍　滿洲建國號曰清	崇德 元	
	丁丑	一六三七		十	十一	〔日島原之亂〕	二	
	戊寅	一六三八		十一	十二		三	
	己卯	一六三九		十二	十三	▲陳繼儒八二卒　吳偉業三一南京國子監司業	四	
	庚辰	一六四〇		十三	十四		五	

時期	干支	西曆	皇帝	年號	在位年數	事略	共存王朝	日本天皇
十七世紀前半	辛巳	一六四一		十四	十五	▲張溥四〇卒	六	
	壬午	一六四二		十五	十六	▲王次回卒	七	
	癸未	一六四三		十六	十七	▲程嘉燧七九卒　清太宗五二崩子世祖六立	八	
	甲申	一六四四		十七	十八	三月李自成陷北京毅宗三五自殺　五月清入北京	世祖順治　元	

譯後記

吉川幸次郎先生的《元明詩概說》，原是岩波書店《中國詩人選集第二集》的第二冊，初版於昭和三十八年，即民國五十二年(一九六三)六月，距今已二十多年。除了這個單行本之外，後來又收在筑摩書房《吉川幸次郎全集》第十五卷(一九六九)之中。這是到目前爲止唯一闡述元明詩史的斷代之作。

吉川先生撰述本書的動機與經過。在他〈關於《元明詩概說》〉一文裡已有詳細的說明。要之，以今視昔，他並不否認一代有一代之所勝，即所謂漢賦、唐詩、宋詞、元曲、明清小說的文學史觀。然而以昔視昔，他卻斷言古典詩歌，自四言、楚騷、古體詩，而律絕近體，在歷代中國人的意識裡，恆與所謂「古文」散體等量齊觀，一直是傳統文學的主要形式。雖然過了唐朝以後，普遍認爲古典詩已盛極而衰，每況愈下，但這種現象與其說是式微，毋寧說是質變。借用他自己的話，就是「此性識之又新，非江河之日下也」(《宋詩概說》中譯本〈著者序〉)。的確，正如他一再指出，自宋金以來，歷元明清各代，作詩的風氣越益普及，詩人的數目有增無減。以致在窮鄉寒村或市井陋巷裡，也不難聽到吟哦諷詠之聲。而且更重要的是在題材內容、表現技巧各方面，也能在既成格式的重重限制下，因時制宜，繼續推移演進，仍不失爲中國人言志抒情或反映現實的主要工具；並非完全陳陳相因，停滯不前，毫無變化。儘管如此，現代的文學史家對唐朝以後各代的詩史，卻往往不是輕描淡寫，就是一筆抹殺；罔顧史實，不能無憾。於是，基於學術良心，他才自告奮勇，權充陳勝、吳廣，陸續出版了《宋詩概說》（一九六二）與《元明詩概說》，藉以拋磚引玉，期望後起有人，開闢這一大片荒蕪的學術園地，進行更詳盡、更深入、更有系統的研究工作。

按照原來的計劃，吉川先生還想利用餘生，續寫一本詳述清詩的「概說」。可惜天不假以年，未能如願以償。其實，自從他於一九六七年自京都大學退休之後，即名其書齋爲「箋杜室」，潛心於杜甫詩集的注釋工作。孜孜矻矻，夙夜匪懈；顧此失彼，只得把清詩擱置了。不過，這個規模宏偉的畢生大業，即原定二十巨冊的《杜甫詩注》（筑摩書房），雖已見諸廣告，也是中途而輟，只完成了不到四分之一，便因癌症腹膜炎，藥石罔效，於一九八〇年四月，遽爾與世長辭了。享年七十有七。固然不可謂不高壽，但一代鴻儒，齎志而歿；死生之際，諒多遺恨。就學術界而言，更是無法彌補的損失。

吉川先生是國際知名的漢學家，是以中國爲中心的東方人文學的詮釋者。他研究範圍極爲廣泛。除了自謙闇於佛學，舉凡儒家經傳、史籍子書、詩文、詞曲、戲劇小說之類，莫不涉足其間，或研精覃思，或優游涵泳；偶亦旁及日本歷代漢文學與國學。著作之多，不啻等身；已彙爲《吉川幸次郎全集》二十餘卷，每卷七百頁左右。另有翻譯數種及《杜甫詩注》數冊，則仍單獨出版。加州大學已故陳世驤教授曾致贊辭云：「先生秉瀛洲之靈秀，播禹域之芬芳。既窮究其墳典，又含咀其華英。寖饋其經史子集，乃逍遙於文苑儒林。蓋出入上下古今，靡所不貫矣。」（《吉川博士退休紀念中國文學論集》序）頗能傳其治學之風貌，並非純屬應景之辭。

我與吉川先生相識二十多年。猶憶仍在臺灣大學就學期間，偶然拜讀了他的《元雜劇研究》，景慕之情，油然而生。當時我正在選修鄭因百先生講授的「元明戲劇」，覺得此書頗有參考價值，自問何不譯爲中文，以廣流傳。於是不顧孤陋淺學，冒昧與吉川先生通信提及此事，並徵求許可。不意旋得回音，不但慨然允許，而且給以鼓勵。從此以後便時有書信往返，但尙無面聆教益之緣。《元雜劇研究》譯本完稿後，承因百先生作序，於一九六〇年交由臺北藝文印書館印行。那時我已從臺大中國文學研究所畢業，正在軍中服役。退伍後返回母校執教一年。接著由於某種機緣，我也隨俗遊學美國；不期然竟與訪美中的吉川先生在普林士頓大學初次會面。「邂逅相遇，適我願兮。」感激之情，自不待言。其後，因爲自己的研究興趣也包括日本文學，難免要到日本去蒐集資料或參加會議，晤談的次數也就與年俱增。每次相見，偶爾談到他的著作，他常以中國知音太少而耿耿於懷，覺得是他治學生涯的一大憾事。他特別舉出《宋詩概說》與《元明詩概說》，自許爲年近六十時用力最勤之作，而且指名由我執筆，把這兩本書譯成中文出版，以便不諳日語的中國讀者也有機會加以參考、批評與指定。當初我並未即作承諾，但後來總覺得盛情難卻，與其掛念，不如遵命，於是發憤利用授課之暇，先譯了《宋詩概說》，由聯經出版公司於一九七七年印行。兩年後，我在日本國際基金會的資助下，赴日研究一年。有一次他到東京開會，打電話約我在皇宮飯店見面。那時他正致力於杜詩的注釋工作，面有倦容，動作也不如從前俐落。雖然眼神矍鑠，不減當年，但在言談之間，間或流露出垂垂老矣，時不我與的焦灼。我邊啜著醇厚的咖啡，邊聽著他以帶有書卷氣的標準中國話，娓娓而談，披瀝他注杜的甘苦。「杜甫是鄙人心目中唯一的詩人。」他說，「我這一生彷彿是爲讀杜甫而存在的。」臨別時，他忽然問我什麼時候開始翻譯《元明詩概說》。當時我因爲另有進行中的研究計劃，自忖短期內無暇兼顧，便向他建議由我介紹一位可靠的譯者。他呷了一口咖啡，沉默片刻，不慌不忙地說：「還是請你勉爲其難吧。慢慢來無所謂。」沒想到那次握別，竟成永訣。現在《元明詩概說》的譯稿總算完成，而且即將付印。記得他還在世的時候，每次翻譯他的論著，總要先把稿本寄給他，請他過目一下，但這次卻欲寄無由，不勝悵惘。屈指一算，他的六週年忌辰都早已過去了。

本書翻譯的手法與《宋詩概說》譯本一樣，多半採取比較自由的意譯，不用逐字逐句的直譯。我以爲翻譯學術論著不必與翻譯文藝作品相提並論。只要忠實於原著的意旨與論點，即在不違背「信」的原則下，爲了行文方便，考慮中文的句法與思路，不妨稍加增刪，重新安排原文的字句次序，或甚至改寫整段文章，以求暢「達」通順。要之，最重要的是求其能「信」與「達」，至於能「雅」與否，那就要看譯者駕馭文字的功力了。這就是我翻譯學術性著作──包括本書在內──所持的態度。對此吉川先生似乎也表贊同，至少從未提出異議。此外，我在翻譯本書的時候，遇有引用或涉及中國詩文或資料的地方，也盡量檢尋出處，用括弧加以注明；如已被轉述或譯成日文，則設法查對原書，還其本來面目。本書原著並無序文，正好吉川先生有一篇〈關於《元明概詩說》〉（《中國詩人選第二集》2附錄），敘其撰述動機與經過，所以特爲譯出，置之卷首，權充代序。他另有討論明人的文章數篇，我選譯其中〈李夢陽的一面──古文辭的庶民性〉一文，作爲附錄之一，以見吉川先生重估明代文學的意圖。

本書的翻譯曾獲國立編譯館的獎助，特誌於此，並致謝忱。

鄭清茂

元明詩概說

2012年11月初版　　定價：新臺幣320元

著　　者　吉川幸次郎
譯　　者　鄭　清　茂
發 行 人　林　載　爵

出　版　者　聯經出版事業股份有限公司
地　　　址　台北市基隆路一段180號4樓
編輯部地址　台北市基隆路一段180號4樓
叢書主編電話　(02)87876242轉229
台北聯經書房　台北市新生南路三段94號
電　　　話　(02)23620308
台中分公司　台中市北區健行路321號1樓
暨門市電話　(04)22371234ext.5
郵政劃撥帳戶第0100559-3號
郵撥電話　(02)23620308
印　刷　者　世和印製企業有限公司
總　經　銷　聯合發行股份有限公司
發　行　所　新北市新店區寶橋路235巷6弄6號2樓
電　　　話　(02)29178022

編　　輯　沙　淑　芬
校　　對　王　中　奇
封面設計　蔡　婕　岑

行政院新聞局出版事業登記證局版臺業字第0130號

本書如有缺頁，破損，倒裝請寄回台北聯經書房更換。　ISBN 978-957-08-4086-5 (平裝)
聯經網址：www.linkingbooks.com.tw
電子信箱：linking@udngroup.com

GEN MINSHI GAISETSU
by Kojiro Yoshikawa

First published 1963 by Iwanami Shoten, Publishers, Tokyo.
This complex Chinese edition published 201X
by Linking Publishing Co., Taipei
by arrangement with the proprietor c/o Iwanami Shoten, Publishers, Tokyo

國家圖書館出版品預行編目資料

元明詩概說/吉川幸次郎著．鄭清茂譯．初版．
臺北市．聯經．2012年11月（民101年）．312面．
14.8×21公分
ISBN 978-957-08-4086-5（平裝）

1.中國詩 2.詩評 3.元代 4.明代

820.91057 101020884